EDIÇÕES BESTBOLSO

O retrato de Dorian Gray

Dramaturgo, poeta, ensaísta e romancista, Oscar Wilde (1854-1900) foi um dos maiores escritores de língua inglesa do século XIX, tornando-se célebre por sua obra e sua personalidade. Wilde publicou suas primeiras peças teatrais no início da década de 1880. Seu período mais produtivo, entretanto, ocorreu anos mais tarde quando escreveu várias novelas e contos, entre eles, "O fantasma de Canterville". Em 1891, lançou sua obra-prima, *O retrato de Dorian Gray*. De 1892 a 1895 alcançou sucesso e prestígio, mas sua vida excessivamente boêmia acabou levando-o a decadência. Rumores sobre seu homossexualismo, naquela época severamente condenado por lei na Inglaterra, se espalharam e Wilde decidiu processar o marquês de Queensberry, pai de seu amante e seu principal ofensor. Uma sucessão de processos o levou a cumprir pena de dois anos. Em 1897, ao sair da prisão, mudou-se para Paris, onde viveu na obscuridade até o fim da vida.

OSCAR WILDE

O retrato de Dorian Gray

Tradução de
LÍGIA JUNQUEIRA

5ª edição

EDIÇÕES
BestBolso
RIO DE JANEIRO – 2018

CIP-BRASIL. CATALOGAÇÃO NA FONTE
SINDICATO NACIONAL DOS EDITORES DE LIVROS, RJ

Wilde, Oscar, 1854-1900
W662i O retrato de Dorian Gray / Oscar Wilde; tradução de
5ª ed. Lígia Junqueira. – 5ª ed. – Rio de Janeiro: BestBolso, 2018.

Tradução de: The Picture of Dorian Gray
ISBN 978-85-7799-233-1

1. Romance inglês I. Junqueira, Lígia. II. Título.

CDD: 823
10-3060 CDU: 821.111-3

O retrato de Dorian Gray, de autoria de Oscar Wilde.
Título número 222 das Edições BestBolso.
Quinta edição impressa em outubro de 2018.
Texto revisado conforme o Acordo Ortográfico da Língua Portuguesa.

Título original inglês:
THE PICTURE OF DORIAN GRAY

www.edicoesbestbolso.com.br

Design de capa: Carolina Vaz.

Impresso no Brasil

ISBN 978-85-7799-233-1

Prefácio

O artista é o criador das coisas belas.

Revelar a arte e ocultar o artista é o objetivo da arte.

O crítico é aquele que sabe traduzir em outra forma ou em novo material sua impressão das coisas belas.

A mais alta, assim como a mais baixa forma de crítica, é uma espécie de autobiografia.

Aqueles que descobrem feios significados em coisas belas são corruptos, sem serem encantadores. É um defeito.

Aqueles que descobrem belos significados em coisas belas são cultos. Para estes há esperança.

São os eleitos, para quem as coisas belas significam apenas Beleza.

Não há livros morais, nem imorais. Os livros são bem ou mal escritos. Apenas isto.

A aversão do século XIX pelo Realismo é a cólera de Caliban ao ver seu rosto num espelho.

A aversão do século XIX pelo Romantismo é a cólera de Caliban por não ver seu rosto num espelho.

A vida moral do homem forma parte do tema do artista, mas a moralidade da arte consiste no uso perfeito de um meio imperfeito. Nenhum artista deseja provar coisa alguma. Até as coisas verdadeiras podem ser provadas.

Nenhum artista tem simpatias éticas. A simpatia ética, no artista, é imperdoável maneirismo de estilo.

O artista nunca é mórbido. O artista pode exprimir tudo.

Pensamento e linguagem são, para o artista, instrumentos de uma arte.

Do ponto de vista da forma, o protótipo de todas as artes é a arte do músico. Do ponto de vista do sentimento, o protótipo é a profissão do ator.

Toda arte é, ao mesmo tempo, superfície e símbolo.

Aqueles que vão abaixo da superfície fazem-no por sua conta e risco.

Aqueles que leem o símbolo fazem-no por sua conta e risco. É o espectador, e não a vida, o que a arte reflete realmente. A diversidade de opiniões sobre uma obra de arte indica que é nova, complexa e vital.

Quando os críticos divergem, o artista está de acordo consigo mesmo.

Pode-se perdoar a um homem a realização de uma coisa útil, contanto que ele não a admire. A única desculpa para se fazer uma coisa inútil é admirá-la imensamente. Toda arte é absolutamente inútil.

Oscar Wilde

1

Sentia-se no ateliê um forte perfume de rosas e, quando a leve brisa de verão sussurrava por entre as árvores do jardim, vinha pela porta entreaberta a pesada fragrância do lilás, ou o aroma mais sutil do espinheiro de flores cor-de-rosa.

Do canto do divã cheio de almofadas persas, onde estava reclinado, fumando inúmeros cigarros, como de costume, lorde Henry Wotton podia apenas divisar o brilho dos botões cor de mel de um laburno, de galhos trêmulos que mal podiam suportar aquela beleza flamejante; de vez em quando, sombras fantásticas de pássaros em fuga perpassavam pelas longas cortinas de seda diante da ampla janela, produzindo um momentâneo efeito japonês e fazendo com que ele pensasse naqueles pálidos pintores de Tóquio que, por intermédio de uma arte necessariamente imóvel, procuram dar impressão de rapidez e movimento. O cansativo zumbido das abelhas que procuravam caminho por entre a grama não aparada, ou circundavam, com monótona insistência, as flores douradas da madressilva, parecia tornar o silêncio mais opressivo ainda. O abafado bulício de Londres era como o bordão de um órgão distante.

No centro do aposento, sobre um cavalete, via-se o retrato de corpo inteiro de um jovem de extraordinária beleza; diante dele, a pequena distância, estava sentado o artista, Basil Hallward, cujo desaparecimento, anos antes, havia causado grande alvoroço, dando motivo às mais estranhas conjecturas.

Ao olhar para o modelo belo e gracioso, por ele tão habilmente retratado, um sorriso de prazer iluminou seu rosto e ali pareceu deter-se. Mas, de repente, o pintor levantou-se e, fechando os olhos, colocou os dedos sobre as pálpebras, como se procurasse aprisionar na mente algum sonho estranho, do qual temesse despertar.

– É a sua melhor obra, Basil, a melhor coisa que você já fez – observou lorde Henry, suavemente. – Precisa mandar o quadro para Grovesnor, no ano que vem. A Academia é excessivamente grande e muito vulgar. Sempre que a visitei, havia tanta gente que eu não podia ver os quadros, o que era terrível, ou tantos quadros que eu não podia ver as pessoas, o que era pior. Grovesnor é, realmente, o único lugar.

– Creio que não vou mandá-lo a parte alguma – replicou o artista, atirando para trás a cabeça, com aquele jeito estranho que fazia com que, em Oxford, os amigos rissem dele. – Não; não o mandarei a lugar nenhum.

Lorde Henry ergueu as sobrancelhas e fitou-o, admirado, através das tênues espirais de fumaça, que se encrespavam de maneira tão caprichosa ao sair de seu cigarro repleto de ópio.

– Não pretende mandá-lo? Por que não, caro amigo? Tem algum motivo? Como vocês, pintores, são esquisitos! Fazem qualquer coisa no mundo para granjear fama e, assim que a conquistam, desejam jogá-la fora. É tolice de sua parte, porque só existe uma coisa no mundo pior do que falarem de nós, que é não falarem de nós. Um retrato como este aqui o colocaria muito acima de todos os jovens na Inglaterra, e causaria inveja aos velhos, se é que os velhos têm capacidade de sentir emoção.

– Sei que vai rir de mim – replicou o artista. – Mas eu não poderia, realmente, expô-lo. Pus nele muito de mim mesmo.

Lorde Henry espichou-se no divã e riu.

– Sim, sabia que você iria rir e, no entanto, é a pura verdade – continuou o pintor.

– Muito de você mesmo! Francamente, Basil, não pensei que fosse tão vaidoso; não posso realmente ver semelhança alguma entre você, com seu rosto forte e enrugado e seu cabelo negro como carvão, e esse jovem Adônis, que parece feito de marfim e pétalas de rosa. Ora, caro Basil, ele é um Narciso e você... Bom, claro que você tem um ar intelectual e esta história toda. A beleza, a verdadeira beleza, termina onde começa uma expressão intelectual. A inteligência é, em si, uma espécie de exagero e destrói a harmonia de qualquer rosto. No momento em que uma pessoa se senta para pensar, torna-se toda nariz, ou toda testa, ou qualquer coisa horrível. Veja os homens que obtiveram sucesso em profissões intelectuais! Como são hediondos! Exceto, naturalmente, os que pertencem à Igreja. Verdade que, na Igreja, não se pensa. Um bispo continua dizendo, aos 80 anos, o que lhe ensinaram aos 18 e, como consequência natural, sempre tem uma aparência absolutamente deliciosa. Este seu misterioso amigo, cujo nome você jamais me revelou, mas cujo retrato realmente me fascina, nunca pensa; disto tenho certeza. É uma criatura oca, bela, que sempre deveria estar aqui no inverno, quando não temos flores para admirar, e no verão, quando precisamos de algo que nos refresque a inteligência. Não seja vaidoso, Basil: você não se parece nada com ele.

– Você não me compreende, Harry – respondeu o artista. – Claro que não me pareço com Dorian Gray. Sei disto perfeitamente. Para ser exato, eu não gostaria que houvesse semelhança entre nós. Está encolhendo os ombros?... Pois estou dizendo a verdade. Há uma fatalidade em toda distinção física e intelectual, do tipo de fatalidade que parece acompanhar, através da história, os passos vacilantes dos reis. O melhor é não nos distinguirmos das outras criaturas. Os feios e os estúpidos têm o melhor quinhão no mundo. Podem sentar-se comodamente e assistir, embasbacados, ao espetáculo. Se não conhecem o triunfo, é-lhes, no entanto, poupado o amargor da derrota. Vivem como deveríamos viver todos, tranquilos, indiferentes, sem preocupações. Não causam a ruína de ninguém e nem tampouco a recebem de mãos estranhas. Sua posição e fortuna, Harry; minha inteligência, seja ela qual for; minha arte, valha ela o que valer; a beleza de Dorian Gray... todos nós sofreremos por aquilo com que os deuses nos aquinhoaram, sofreremos terrivelmente.

– Dorian Gray? É assim que se chama? – perguntou lorde Henry, atravessando o ateliê em direção a Basil Hallward.

– Sim, é este o seu nome. Não pretendia lhe dizer.

– Mas, por que não?

– Oh, não posso explicar. Quando gosto muito de alguém, não costumo revelar seu nome, seja a quem for. Seria como entregar uma parte dele. Habituei-me a amar o segredo. Parece-me a única coisa capaz de transformar a vida moderna em alguma coisa misteriosa ou encantadora. O acontecimento mais banal torna-se delicioso só pelo fato de o ocultarmos. Hoje em dia, quando me ausento da cidade, nunca digo às pessoas para onde vou. Se dissesse, perderia todo o prazer. É um hábito tolo, creio, mas, de certo modo, parece dar um colorido romântico à nossa vida. Com certeza você acha absurdo o que estou dizendo?

– Nada disso – replicou lorde Henry. – Nada disso, caro Basil. Você parece ter-se esquecido de que sou casado, e o único encanto do casamento é criar uma vida de engano absolutamente necessária a ambos os cônjuges. Nunca sei onde minha mulher está e ela nunca sabe o que estou fazendo. Quando nos encontramos, e isto às vezes acontece, quando jantamos fora, ou vamos à casa do duque, contamos um ao outro as histórias mais absurdas, com o ar mais sério deste mundo. Minha mulher faz isto com grande habilidade, muito melhor, confesso-o, do que eu. Nunca faz confusão com as datas, e o mesmo não acontece comigo. Mas, quando me pega numa mentira, não faz escarcéu. Bem que eu gostaria, às vezes, que se zangasse, mas apenas ri de mim.

– Detesto a maneira com que você se refere à sua vida conjugal, Harry – disse Basil, dirigindo-se para a porta que dava para o jardim. – Creio que é, realmente, um ótimo marido, mas que se envergonha de suas virtudes. Você é um sujeito extraordinário. Nunca faz juízo de valor e jamais comete uma má ação. Seu cinismo é simplesmente uma atitude.

– Ser natural é simplesmente uma atitude e a mais irritante que conheço – exclamou lorde Henry, rindo.

Os dois jovens foram juntos para o jardim, sentando-se num comprido banco de vime, à sombra de um amontoado de loureiros altos. O sol filtrava-se por entre as folhas brilhantes. Na grama, margaridas brancas estremeciam com a brisa.

Após uma pausa, lorde Henry puxou o relógio.

– Preciso ir embora, Basil – murmurou. – Mas, antes de partir, quero que responda à pergunta que lhe fiz há pouco.

– Qual é? – perguntou o pintor, mantendo o olhar fixo no chão.

– Você sabe muito bem.

– Não sei, Harry.

– Pois bem, vou lhe dizer. Quero que me explique por que não pretende expor o retrato de Dorian Gray. Desejo saber a verdadeira razão.

– Já lhe disse a verdadeira razão.

– Não, não disse. Alegou que era porque havia nele muito de você mesmo. Ora, isto é pueril.

Olhando com firmeza para o amigo, Basil Hallward declarou:

– Harry, todo retrato pintado com sentimento é o retrato do artista e não do modelo. O modelo é mero acidente, oportunidade. Não é ele que é revelado pelo pintor; antes, é o pintor que, na tela colorida, se revela a si próprio. A razão de eu não querer expor este retrato é o receio de ter nele desvendado o segredo de minha alma.

Lorde Henry riu.

– E que segredo é este? – perguntou.

– Vou lhe contar – disse Hallward, mas seu rosto adquiriu uma expressão de perplexidade.

– Sou todo ouvidos, Basil – continuou o outro, olhando para o amigo.

– Oh, há muito pouco para contar – replicou o pintor. – Creio que você mal chegará a compreender. Talvez sequer chegue a acreditar.

Lorde Henry sorriu e, inclinando-se, apanhou na grama uma margarida e pôs-se a examiná-la.

– Tenho certeza de que compreenderei – replicou, olhando atentamente para a florzinha de miolo dourado e pétalas brancas. – Quanto a acreditar, posso crer em qualquer coisa, contanto que seja absolutamente incrível.

O vento fez tombarem algumas flores das árvores; os pesados lilases balançaram na atmosfera lânguida. Um gafanhoto começou a estridular junto ao muro; igual a um fio azul, uma libélula longa e esguia passou, agitando as asas transparentes. Lorde Henry teve a impressão de que podia ouvir as batidas do coração de Basil e ficou imaginando o que iria acontecer.

– A história é simples – disse o pintor, um pouco depois. – Há dois meses, fui a uma recepção, na casa de lady Brandon. Você sabe que nós, pobres artistas, temos de aparecer na sociedade de vez em quando para lembrar ao público que não somos selvagens. De casaca e gravata branca, conforme você me disse certa vez, qualquer pessoa, até mesmo um cambista, pode adquirir reputação de civilizado. Pois bem, depois de ter estado na sala uns dez minutos, conversando com duquesas vestidas exageradamente e com enfadonhos acadêmicos, percebi, de repente, que alguém me fitava. Virei-me de lado e vi Dorian Gray pela primeira vez. Quando nossos olhares se encontraram, senti-me empalidecer. Uma estranha sensação de terror se apoderou de mim. Eu sabia que estava diante de alguém de personalidade tão fascinante que, se eu o permitisse, absorveria toda a minha natureza, toda a minha alma, até mesmo a minha arte. Não queria influência externa em minha vida. Você bem sabe, Harry, como sou independente por natureza. Sempre fui dono de mim mesmo; pelo menos, sempre o havia sido, até encontrar Dorian Gray. Depois... Mas não sei como explicar-lhe. Algo parecia dizer-me que eu estava na iminência de uma terrível crise em minha vida. Experimentava a sensação de que o Destino me reservava singulares alegrias e estranhos pesares. Fiquei com medo e virei-me para sair da sala. Não foi a consciência que me induziu a isto, e sim uma espécie de covardia. Não me vanglorio de tentar fugir.

– Consciência e covardia são, na realidade, a mesma coisa, Basil. Consciência é o nome comercial, mais nada.

– Não creio nisto, Harry, como também não creio que seja esta a sua opinião. Em todo o caso, fosse qual fosse o meu motivo, e pode ter sido o orgulho, pois eu era, então, muito orgulhoso, a verdade é que me dirigi para a porta. Ali, naturalmente, esbarrei em lady Brandon. "Não vai fugir tão cedo, Sr. Hallward?", gritou. Você conhece aquela voz estridente.

– Conheço; ela é um pavão em todos os sentidos, menos na beleza – respondeu lorde Henry, dilacerando a margarida com seus dedos longos e nervosos.

– Não pude livrar-me dela. Conduziu-me à presença de realezas e pessoas com Cruzes e Jarreteiras e senhoras idosas com enormes tiaras e nariz de papagaio. Apresentou-me como se eu fosse seu mais caro amigo. Tínhamos nos visto apenas uma vez até então, mas ela meteu na cabeça exibir-me como celebridade. Creio que um quadro meu havia feito grande sucesso na época, pelo menos havia sido muito comentado nos jornais baratos, e é este o padrão de imortalidade do século XIX. De repente, vi-me frente a frente com o jovem cuja personalidade tão estranhamente me perturbara. Estávamos muito próximos, quase nos tocando. De novo nossos olhos se encontraram. Irrefletidamente, pedi a lady Brandon que me apresentasse a ele. Talvez, afinal de contas, não tenha sido impensadamente. Foi apenas inevitável. Teríamos nos dirigido a palavra mesmo sem apresentação, disto tenho certeza. Dorian me confessou a mesma coisa depois. Também ele sentiu que estávamos destinados a nos conhecer.

– E como lady Brandon descreveu aquele maravilhoso rapaz? – perguntou lorde Henry. – Sei que ela gosta de dar um rápido *précis** de todos os seus convidados. Lembro-me de que, certa vez, apresentou-me a um velho truculento e rubicundo, todo cheio de condecorações, confiando-me ao ouvido, num trágico murmúrio que deve ter sido percebido por toda sala, os mais espantosos pormenores sobre ele. Cuidei logo de fugir. Gosto de ficar conhecendo as pessoas por mim mesmo. Mas lady Brandon trata-as exatamente como o leiloeiro cuida de seus artigos. Ou dá minuciosas explicações, ou nos conta tudo a respeito dessas pessoas, exceto o que realmente desejaríamos saber.

– Pobre lady Brandon! Você é duro com ela, Harry – observou Basil, com ar distraído.

– Caro amigo, ela tentou fundar um *salon* e apenas conseguiu abrir um restaurante. Como eu poderia admirá-la? Mas, vamos lá, que disse a respeito de Sr. Dorian Gray?

– Oh, qualquer coisa assim como "Rapaz encantador... sua pobre mãe e eu fomos absolutamente inseparáveis. Esqueci-me do que ele faz... creio que não faz nada... ah, sim, toca piano... ou será violino, caro Sr. Gray?" Nenhum de nós pôde deixar de rir e ficamos amigos imediatamente.

– O riso não é mau início para uma amizade e é indubitavelmente o melhor fim – observou o jovem lorde, apanhando outra margarida.

Hallward balançou a cabeça, murmurando:

– Você não sabe o que é amizade, Harry, e, para dizer a verdade, nem o que é inimizade. Gosta de todo mundo; isto quer dizer que todos lhe são indiferentes.

---

*"Um rápido resumo." Em francês, no original. (*N da T.*)

– Como você é injusto! – exclamou lorde Henry, empurrando o chapéu para trás e olhando as nuvens que, como novelos de seda branca, se desdobravam sobre a concha azul-turquesa do céu estival. – Sim, terrivelmente injusto. Faço grande distinção entre as pessoas. Escolho meus amigos pela boa aparência, as relações pelo bom caráter e os inimigos pela bela inteligência. Nunca é demasiado o cuidado que se ponha na escolha dos inimigos. Não tenho um único que seja tolo. São homens de bom nível intelectual e, por conseguinte, todos me apreciam. Será muita vaidade de minha parte? Sim, creio que é.

– Parece-me que sim, Harry. Mas, de acordo com sua classificação, não passo de um mero conhecido.

– Caro Basil, você é muito mais do que um conhecido.

– E muito menos do que um amigo. Uma espécie de irmão, talvez?

– Oh, irmão! Não dou valor a irmãos. Meu irmão mais velho não quer saber de morrer e os mais novos nunca parecem fazer qualquer outra coisa.

– Harry! – exclamou Hallward, com a testa franzida.

– Meu caro, não falo de todo a sério. Mas não posso deixar de detestar meus parentes. Creio que isto é devido ao fato de ninguém suportar ver nos outros seus próprios defeitos. Compreendo perfeitamente a raiva da democracia inglesa contra o que ela chama de vícios das classes superiores. As massas acham que a embriaguez, a estupidez e a imoralidade deveriam ser sua propriedade privada e que, se um de nós faz papel de tolo, invadiu seus domínios. Quando o pobre Southwark recorreu ao tribunal de divórcio, a indignação foi magnífica. E, no entanto, não creio que dez por cento do proletariado vivam corretamente.

– Não concordo com uma só palavra do que está dizendo, Harry, e, ainda mais, tenho certeza de que nem você concorda.

Lorde Henry acariciou a barba pontuda castanha, batendo com a bengala de ébano na biqueira da bota de couro fino.

– Como você é inglês, Basil! É a segunda vez que faz a mesma observação. Quando apresentamos uma ideia a um inglês autêntico, o que é sempre uma temeridade, ele nem sonha em procurar verificar se a ideia é certa ou errada. A única coisa que considera importante é saber se a pessoa que a expôs crê nela ou não. Agora, o valor de uma ideia nada tem a ver com a sinceridade do homem que a exprime. Na verdade as probabilidades são de que, quanto menos sincero for o homem, mais puramente intelectual será a ideia, pois, nesse caso, não será colorida por suas necessidades, nem por seus desejos, ou preconceitos. Não é minha intenção, no entanto, discutir política, sociologia ou metafísica com você. Gosto mais de pessoas do que de princípios, e gosto de pessoas sem princípios mais do que de qualquer outra coisa na vida. Conte-me mais a respeito do Sr. Dorian Gray. Você o vê com frequência?

– Todos os dias. Não poderia ser feliz se não o visse diariamente. Ele me é absolutamente necessário.

– Extraordinário! Sempre pensei que você jamais pudesse interessar-se por outra coisa, a não ser por sua arte.

– Ele é, agora, para mim, toda a minha arte – observou o pintor, gravemente. – Às vezes fico pensando, Harry, que há apenas duas épocas de alguma importância na história do mundo. A primeira é o aparecimento de um novo meio para a arte e a segunda é o aparecimento de uma nova personalidade para a arte, também. O que a invenção da pintura a óleo foi para os venezianos, o rosto de Antínoo foi para a escultura grega clássica, o rosto de Dorian será para mim, um dia. Não é somente pelo fato de servir de modelo para minhas pinturas, meus desenhos, meus esboços. Claro que tenho feito isso tudo. Mas ele significa para mim muito mais do que um modelo. Não vou dizer-lhe que estou descontente com o que fiz dele, nem tampouco que sua beleza é de tal ordem que a Arte não possa expressá-la. Nada existe que a Arte não possa expressar e sei que o trabalho que tenho feito, desde que conheci Dorian Gray, é bom, é o melhor de minha vida. Mas, de maneira curiosa, será que você vai me compreender?, sua personalidade sugeriu-me uma modalidade nova em arte, um estilo inteiramente novo. Vejo as coisas diferentemente, penso nelas diferentemente. Posso agora recriar a vida de um modo que antes me estava oculto. "Um sonho de forma em dias de pensamento"... Quem disse isto? Não me lembro; mas é o que Dorian Gray tem sido para mim. A simples presença deste menino, a mim me parece realmente pouco mais que um menino, embora tenha mais de 20 anos, sua simples presença... Ah, será que você pode compreender o que isto significa? Inconscientemente, ele define para mim as linhas de uma nova escola, uma escola que deverá encerrar toda a paixão do espírito, toda a perfeição do espírito grego. A harmonia da alma e do corpo, e isto é muito importante! Nós, em nossa loucura, separamos os dois e inventamos um realismo que é vulgar, um idealismo que é vazio. Harry, se você soubesse o que Dorian Gray significa para mim! Lembra-se daquela paisagem pela qual Agnew me ofereceu tão alto preço e da qual não quis desfazer-me? É um dos meus melhores trabalhos. E sabe por quê?... Porque, enquanto o pintava, Dorian Gray estava a meu lado. Alguma sutil influência emanava dele para mim e, pela primeira vez na vida, vi na paisagem simples a maravilha que eu sempre procurava, sem jamais conseguir encontrá-la.

– Basil, isto é extraordinário! Preciso conhecer Dorian Gray.

Hallward levantou-se e pôs-se a caminhar de um lado para o outro no jardim. Dali a pouco, voltou.

– Dorian Gray é para mim apenas um motivo na arte, Harry. Talvez você não veja nada nele. Eu vejo tudo. Nunca ele está mais presente em meu trabalho do que quando ali não há nenhuma imagem sua. Sugere-me, conforme já lhe disse, um novo estilo. Encontro-o nas curvas de certos traços, no encanto e na sutileza de determinadas cores. Apenas isto.

– Então, por que não expõe seu retrato? – perguntou lorde Henry.

– Porque, sem querer, pus nele alguma expressão de toda esta curiosa idolatria artística, da qual, naturalmente, nunca falei a Dorian Gray. Ele nada sabe a respeito. Nunca saberá. Mas o mundo poderia adivinhar; não quero desnudar minha alma a olhares curiosos e vazios. Jamais exporei meu coração a esse microscópio. Há demasiado de mim mesmo nesta obra, Harry, demasiado de mim mesmo!

– Os poetas não são assim tão escrupulosos. Sabem o quanto a paixão é útil em literatura. Hoje em dia, um coração partido garante muitas edições.

– Detesto-os por isto! – exclamou Hallward. – Compete ao artista criar belas coisas, mas ele não devia pôr aí nada de sua própria vida. Vivemos numa época em que os homens tratam a arte como se ela tivesse sido destinada a ser uma espécie de autobiografia. Perdemos o senso abstrato da beleza. Algum dia, hei de revelar ao mundo o que é; por este motivo, jamais o mundo verá o retrato que fiz de Dorian Gray.

– Acho que se engana, Basil, mas não vou discutir com você. São somente os intelectualmente perdidos que discutem. Diga-me, Dorian Gray gosta muito de você?

O pintor refletiu durante alguns minutos.

– Ele gosta de mim – respondeu, após hesitar. – Sei que gosta. É verdade que o lisonjeio imensamente. Sinto estranho prazer em dizer-lhe coisas que, bem sei, mais tarde me arrependerei de ter dito. Em geral, mostra-se encantador comigo e ficamos sentados no ateliê, conversando sobre mil e uma coisas. De vez em quando, no entanto, trata-me sem a menor consideração e parece sentir verdadeiro prazer em me magoar. Aí, então, Harry, sinto como se tivesse dado toda a minha alma a alguém que a tratasse como se fosse uma flor para colocar na lapela, uma condecoração para lisonjear a vaidade, um enfeite para um dia de verão.

– Os dias de verão, Basil, tendem a prolongar-se – murmurou lorde Henry. – Talvez você se canse mais depressa do que ele. É triste pensar nisso, mas, indubitavelmente, o Gênio dura mais do que a Beleza. Isto explica o motivo pelo qual nos damos tanto trabalho para adquirir cultura. Na luta feroz pela existência, desejamos ter algo que perdure e, assim, atravancamos nosso espírito de inutilidade e fatos, com a tola esperança de conservar nosso lugar. Um homem bem-formado em tudo; eis o ideal moderno. E a mente do homem bem-formado é uma coisa horrível, assemelha-se a uma loja de quinquilharias, cheia de monstruosidades e de pó, tendo todos os objetos preço superior ao verdadeiro. Acho que você se cansará primeiro, apesar de tudo. Um dia olhará para o seu amigo e ele lhe parecerá um pouco fora de foco, ou você não apreciará seu colorido, ou seja lá o que for. Vai censurá-lo amargamente, no íntimo do coração, achando deveras que ele se portou muito mal para com você. Quando ele voltar a visitá-lo, você o receberá com frieza e indiferença. Será uma pena, pois isto modificará sua pessoa, caro Basil. O que me contou é um verdadeiro romance, um romance de arte, pode-se dizer, e o maior defeito de um romance é deixar-nos tão pouco românticos!

– Não fale mais assim, Harry. Enquanto eu viver, a personalidade de Dorian Gray me dominará. Você não pode sentir o que sinto; você muda com demasiada frequência.

– Ah, caro Basil, é exatamente por isto que posso sentir. Aqueles que se mantêm fiéis conhecem apenas o lado trivial do amor; só os infiéis é que conhecem suas tragédias.

Ao dizer isto, lorde Henry apanhou um elegante estojo de prata, acendeu um cigarro e começou a fumar com ar convencido e satisfeito, como se tivesse resumido o mundo numa só frase. Ouvia-se o chilrear dos pardais na laca verde das folhas de hera; as sombras azuis das nuvens perseguiam-se na grama, como andorinhas. Estava tão agradável no jardim! E como eram deliciosas as emoções de outras pessoas!... Muito mais do que suas ideias, ao que parecia a lorde Henry. Nossa própria alma e as paixões de nossos amigos – eram estas as coisas fascinantes na vida. Divertindo-se intimamente, ele pensou no almoço enfadonho a que não comparecera por ter-se demorado tanto ao lado de Basil Hallward. Se tivesse ido à casa da tia, certamente ali teria encontrado lorde Goodbody e a conversa teria girado exclusivamente em torno da alimentação dos pobres e da necessidade de habitações-modelo. Cada classe teria pregado a importância daquelas virtudes, para cujo exercício não havia nenhuma necessidade em suas próprias vidas. Os ricos falariam sobre o valor da poupança, os ociosos se mostrariam eloquentes ao discutir a dignidade do trabalho. Que bom ter escapado de tudo isto! Ao pensar na tia, subitamente lhe ocorreu uma ideia. Virou-se para Hallward e disse:

– Caro amigo, acabo de lembrar-me.

– De quê, Harry?

– De onde ouvi o nome de Dorian Gray.

– Onde foi? – perguntou Hallward, franzindo de leve as sobrancelhas.

– Não fique tão aborrecido, Basil. Foi na casa de minha tia, lady Agatha. Ela contou-me que conhecera um rapaz maravilhoso, que ia ajudá-la em East End, e que seu nome era Dorian Gray. Confesso que nunca me disse que o rapaz era bonito. As mulheres não têm critério de beleza, pelo menos em se tratando de mulheres boas. Disse-me que ele era muito sincero e que tinha ótima índole. Imediatamente imaginei um sujeito de óculos e cabelo liso, cheio de sardas e com pés enormes. Gostaria de ter sabido que era seu amigo.

– Fico feliz que não tenha sabido.

– Por quê?

– Não quero que você o conheça.

– Não quer que eu o conheça?

– Não.

– O Sr. Dorian Gray está no ateliê – avisou o mordomo, entrando no jardim.

– Agora você tem de me apresentar a ele – exclamou lorde Henry, rindo.

O pintor virou-se para o criado, que piscava à luz do sol, e disse:

– Peça ao Sr. Gray que espere, Parker; irei dentro de alguns minutos. – O criado inclinou-se e dirigiu-se para dentro de casa. Basil olhou para lorde Henry e continuou: – Dorian Gray é o meu mais querido amigo. Tem uma natureza simples e bela. Sua tia disse a verdade a respeito dele. Não o estrague. Não procure influenciá-lo. Sua influência seria má. O mundo é muito vasto e nele vivem muitas criaturas maravilhosas. Não me roube a única pessoa que dá à minha arte o encanto, seja qual for, que ela possui; minha vida como artista depende dele. Ouça-me bem, Harry; confio em você.

Falara muito lentamente e as palavras pareciam ter-lhe sido arrancadas contra a vontade.

– Que tolices você diz! – exclamou lorde Henry, sorrindo. Tomou Hallward pelo braço e quase o arrastou para dentro de casa.

2

Quando entraram, viram Dorian Gray. O rapaz estava sentado ao piano, de costas para eles, folheando um álbum de *Cenas da floresta,* de Schumann.

– Precisa emprestar-me isto aqui, Basil – exclamou. – Quero aprendê-las. São encantadoras.

– Isto depende inteiramente de sua maneira de posar hoje, Dorian.

– Oh, estou cansado de posar e não quero um retrato em tamanho natural – disse o rapaz, virando-se no banco do piano, com jeito voluntarioso e petulante. Ao ver lorde Henry, corou ligeiramente e levantou-se de chofre. – Desculpe-me, Basil, não sabia que tinha visitas.

– É lorde Henry, Dorian, um velho companheiro meu, de Oxford. Acabei de dizer-lhe que você é um ótimo modelo e agora você estragou tudo.

– Não estragou o meu prazer em conhecê-lo, Sr. Gray – disse lorde Henry, adiantando-se de mão estendida. – Minha tia me falou muito sobre o senhor. É um dos seus prediletos e creio que também uma de suas vítimas.

– Atualmente estou na lista negra de lady Agatha – respondeu Dorian, com um cômico ar de penitência. – Prometi que iria com ela a um clube de Whitechapel, na terça-feira passada, e, para dizer a verdade, esqueci-me por completo. Devíamos tocar um dueto, três duetos, creio eu. Não sei o que ela irá dizer-me. Estou com medo de aparecer por lá.

– Oh, tratarei da sua reconciliação com minha tia. Ela lhe é muito dedicada. E não creio que o seu não comparecimento tenha tido importância. O público com certeza julgou que era um dueto. Quando se põe ao piano, lady Agatha faz barulho suficiente para duas pessoas.

– Isto é horrível para ela e não muito amável para comigo – replicou Dorian, rindo.

Lorde Henry fitou-o. Sim, ele era de fato maravilhosamente belo, com lábios rubros encantadoramente modelados, olhos azuis onde se espelhava a franqueza, cabelos dourados e ondulados. Havia em seu rosto algo que inspirava confiança imediatamente. Toda a candura, toda a apaixonada pureza da mocidade ali estavam. Sentia-se que o mundo não o contaminara. Não era de admirar que Basil o idolatrasse.

– O senhor é demasiado encantador para dedicar-se à filantropia, Sr. Gray; demasiado encantador – declarou lorde Henry, atirando-se no divã e abrindo a cigarreira.

O pintor estivera atento ao preparo de tintas e pincéis. Parecia preocupado; ao ouvir a última observação de lorde Henry, relanceou o olhar para ele, hesitou por um momento, e disse:

– Harry, quero terminar hoje este retrato. Você acharia muita indelicadeza da minha parte se eu lhe pedisse para se retirar?

Lorde Henry sorriu e olhou para Dorian Gray.

Acha que devo partir, Sr. Gray?

– Oh, por favor, não vá, lorde Henry. Vejo que Basil hoje está de mau humor; não consigo suportá-lo quando está assim. Além do mais, quero que o senhor me diga por que julga que não devo dedicar-me à filantropia.

– Não sei se vou dizer-lhe, Sr. Gray. É assunto tão enfadonho que seria necessário tratá-lo a sério. Mas certamente não partirei, já que me pediu para ficar. Você não se importa realmente, não é, Basil? Muitas vezes me declarou que gosta que seus modelos tenham alguém com quem conversar.

Hallward mordeu os lábios.

– Se é esta a vontade de Dorian, claro que deve ficar. Os caprichos de Dorian são leis para todos, menos para ele próprio.

Lorde Henry apanhou o chapéu e as luvas.

– Apesar de sua insistência, Basil, preciso ir embora. Prometi encontrar um sujeito no Orleans, Sr. Gray. Venha visitar-me uma tarde, na Curzon Street. Às cinco horas, estou quase sempre em casa. Escreva-me, avisando-me, quando pretender aparecer. Eu ficaria penalizado se soubesse que foi e não me encontrou.

– Basil, se lorde Henry for embora, eu também irei – exclamou Dorian Gray. – Você nunca abre a boca quando pinta e acho muito enfadonho ficar de pé, num estrado, procurando fazer cara alegre. Peça-lhe que fique. Insisto.

– Fique, Harry, para agradar a Dorian e a mim – disse Hallward, olhando atentamente para o quadro. – É verdade, nunca falo enquanto trabalho, e também nunca ouço, e isto deve ser bem maçante para meus infelizes modelos.

– E o indivíduo que me espera no Orleans?

O pintor riu.

– Não creio que isto tenha importância. Sente-se de novo, Harry. E agora, Dorian, suba para o estrado e não se mexa muito e nem preste atenção ao que lorde Henry disser. Ele exerce má influência sobre seus amigos; eu sou a única exceção.

Dorian Gray subiu para a plataforma, com ar de mártir grego, fazendo uma careta de descontentamento para lorde Henry, com quem muito simpatizara. Ele era tão diferente de Basil! Faziam um contraste encantador. E tinha também uma bela voz. Dali a momentos, perguntou:

– Sua influência é realmente nociva, lorde Henry? Tanto quanto Basil diz?

– Não existe influência boa, Sr. Gray. Toda influência é imoral... imoral do ponto de vista científico.

– Por quê?

– Porque influenciar uma pessoa é dar-lhe nossa própria alma. Ela não pensa com seus próprios pensamentos, nem vibra com suas próprias paixões. Suas virtudes não são reais, para ela. Seus pecados, se é que pecado existe, são emprestados. Tornam-se o eco da música de outrem, ator a representar um papel que não foi escrito para ele. O objetivo da vida é o desenvolvimento da própria personalidade. Realizar perfeitamente nossa natureza – é para isto que estamos neste mundo. Hoje em dia, as pessoas têm medo de si próprias. Esqueceram-se do mais elevado de todos os deveres, o dever que tem cada um de nós para consigo mesmo. Claro que são caridosos. Dão de comer a quem tem fome e vestem os mendigos. Mas suas próprias almas andam famintas e nuas. A coragem desapareceu de nossa raça. Talvez nunca a tenhamos realmente possuído. O terror da sociedade, que é a base da moral, e o terror de Deus, que é o segredo da religião – são essas duas coisas que nos governam. E, no entanto...

– Seja bonzinho, Dorian, e vire a cabeça um pouco mais para a direita – pediu o pintor, entretido com o seu trabalho e tendo apenas percebido que no rosto do rapaz surgira uma expressão que até então ele nunca vira.

– E, no entanto... – continuou lorde Henry, com sua voz baixa, musical, fazendo com a mão um gesto gracioso, muito característico e que ele tivera mesmo em seus tempos de Eton – ...creio que, se o homem pudesse viver sua vida em toda a plenitude, dar forma a cada sentimento, expressão a cada pensamento, realidade a cada sonho... o mundo ganharia tal impulso de alegria que esqueceríamos os males do medievalismo e voltaríamos ao ideal helênico, talvez mesmo a algo mais requintado, mais rico, do que o ideal helênico. Mas, mesmo o mais corajoso dos homens tem medo de si próprio. A mutilação do selvagem tem sua trágica sobrevivência na renúncia que nos estraga a vida. Somos punidos por nossas recusas. Cada impulso que procuramos abafar fermenta em nosso espírito e nos envenena. O corpo peca uma vez e acaba com o seu pecado, pois a ação é um meio de purificação. Nada resta, então, a não ser a lembrança do prazer, ou o luxo de um arrependimento. A única maneira de uma pessoa livrar-se da tentação é ceder a ela. Se resistir, a alma adoecerá por ansiar pelas coisas que proibiu a si própria, por desejar aquilo que suas leis monstruosas tornaram monstruoso e ilícito. Alguém disse que os grandes acontecimentos do mundo têm lugar no cérebro. É também no cérebro, e apenas no cérebro, que têm lugar os grandes pecados do mundo. O senhor, Sr. Gray, o senhor mesmo, com sua rósea mocidade e sua nívea infância, teve paixões que o amedrontaram, pensamentos que o encheram de terror, sonhos diurnos e noturnos cuja simples lembrança talvez bastasse para fazê-lo corar de vergonha...

– Cale-se! – murmurou Dorian Gray. – Cale-se! O senhor me deixa aturdido; não sei o que dizer. Deve haver alguma resposta para isto, mas não consigo encontrá-la. Não fale, deixe-me pensar. Ou, melhor ainda, deixe-me tentar não pensar.

Durante dez minutos ficou ali, imóvel, de lábios entreabertos, tendo nos olhos um brilho singular. Tinha vaga consciência de que, dentro dele, agiam influências totalmente novas. As poucas palavras que o amigo de Basil lhe dissera – palavras proferidas ao acaso, sem dúvida, mas intencionalmente paradoxais, tinham ferido alguma corda secreta, que jamais havia sido tocada, mas que ele agora sentia vibrar estranhamente.

A música o comovera assim. A música perturbara-o muitas vezes. Mas a música não era articulada. Não era um novo mundo, e sim um outro caos, que ela criava em nós. Palavras! Meras palavras! Como eram terríveis! Nítidas, vívidas e cruéis. Inútil querer fugir delas. E, no entanto, que sutil magia encerravam! Pareciam ter capacidade de dar forma plástica a coisas informes, possuir música própria, tão doce quanto a da viola ou a do alaúde. Meras palavras! Haveria algo tão real quanto as palavras?

Sim; houvera em sua juventude coisas que ele não compreendera. Compreendia-as agora. De repente, a vida se lhe tornou cor de fogo. Pareceu-lhe que estivera caminhando em chamas. Como não o percebera?

Lorde Henry observava-o com um sorriso sutil. Sabia qual o momento psicológico de guardar silêncio. Estava profundamente interessado. Surpreendia-se grandemente com a súbita impressão produzida por suas palavras e, lembrando-se de um livro que lera aos 16 anos, livro que lhe revelara muita coisa que desconhecia, ficou a conjecturar se Dorian Gray estaria passando pela mesma experiência. Ele apenas atirara uma flecha no ar. Teria atingido o alvo? Que rapaz interessante!

Hallward continuava pintando – pinceladas de maravilhosa ousadia, que tinham o requinte verdadeiro e a delicadeza perfeita que, em arte, pelo menos, só provêm da força. Não notou o silêncio.

– Basil, estou cansado de ficar de pé – exclamou de repente Dorian Gray. – Preciso sair e ir sentar-me no jardim. Aqui está abafadíssimo.

– Perdoe-me, caro amigo. Quando estou pintando, não penso em mais nada. Mas você nunca posou tão bem. Ficou absolutamente imóvel. E consegui apanhar o efeito que desejava: lábios entreabertos, olhar brilhante. Não sei o que Harry esteve lhe dizendo, mas certamente trouxe a seu rosto uma expressão maravilhosa. Provavelmente esteve fazendo-lhe elogios. Não acredite numa única palavra do que ele disser.

– Não; não me fez elogios. Talvez seja esta a razão de eu não acreditar em nada do que me disse.

– Sabe muito bem que acredita em tudo – replicou lorde Henry, fitando-o com olhos lânguidos e sonhadores... – Vou acompanhá-lo ao jardim. Aqui faz um calor terrível. Basil, peça uma bebida gelada para nós, algo que tenha morangos.

– Pois não, Harry. É só tocar a campainha e, quando Parker aparecer, direi a ele o que você deseja. Tenho de acabar este fundo, depois irei encontrar-me com vocês. Não retenha Dorian por muito tempo. Nunca me senti em melhor disposição para trabalhar do que hoje. Esta vai ser minha obra-prima. Já é minha obra-prima, assim como está.

Lorde Henry saiu para o jardim e encontrou Dorian Gray com o rosto mergulhado nos lilases grandes e frescos, sorvendo avidamente seu perfume, como se fosse vinho. Aproximou-se e pôs a mão no ombro do rapaz.

– Tem razão em fazer isto – murmurou. – Só os sentidos podem curar a alma, assim como só a alma pode curar os sentidos.

Dorian estremeceu e recuou. Estava de cabeça descoberta e as folhas haviam despenteado seus cachos rebeldes, emaranhando-lhes os fios dourados. Os olhos tinham a expressão amedrontada das pessoas que despertam subitamente. As narinas delicadamente cinzeladas estremeceram e algum nervo oculto agitava os lábios rubros, tornando-os frementes.

– Sim, é este um dos grandes segredos da vida – continuou lorde Henry. – Curar a alma por meio dos sentidos e os sentidos por meio da alma. O senhor é um ser privilegiado. Sabe mais do que julga saber e, também, sabe menos do que desejaria saber.

Dorian Gray franziu as sobrancelhas e virou a cabeça para o outro lado. Não podia deixar de simpatizar com o rapaz alto, gracioso, que estava a seu lado. O romântico rosto cor de oliva, de expressão cansada, interessava-o. Havia na voz grave e lânguida um quê de absoluto fascínio. Até mesmo as mãos frias, brancas, que pareciam flores, tinham singular encanto. Moviam-se, quando ele falava, como música, parecendo ter linguagem própria. Mas Dorian Gray tinha medo dele e sentia vergonha de ter medo. Por que fora reservado a um estranho revelá-lo a ele mesmo? Havia meses que conhecia Basil Hallward, mas a amizade entre ambos não o modificara. De repente, surgia em seu caminho alguém que parecia ter-lhe desvendado o mistério da vida. E, no entanto, que motivo de receio havia? Ele não era um colegial e nem tampouco uma menina. Absurdo ter medo.

– Vamos nos sentar à sombra – disse lorde Henry. – Parker já trouxe as bebidas e, se o senhor ficar por mais tempo nesta luminosidade, sua pele se estragará e Basil nunca mais quererá pintá-lo. Jamais se deixe queimar pelo sol. Não lhe cairia bem.

– Que importância tem isto? – exclamou Dorian Gray, rindo, ao sentar-se no banco da extremidade do jardim.

– Deveria importar-se muito, Sr. Gray.

– Por quê?

– Porque o senhor tem a mais maravilhosa juventude... e a juventude é a única coisa que vale a pena ter.

– Não sinto isto, lorde Henry.

– Não sente agora. Mas um dia, quando for velho, e enrugado, e feio, quando o pensamento tiver marcado de sulcos sua testa e a paixão estigmatizado seus lábios com seu fogo horrendo, há de sentir isto, há de senti-lo terrivelmente. Agora, aonde quer que vá, o senhor encanta todo mundo. Será sempre assim?... O senhor tem um rosto maravilhosamente belo, Sr. Gray. Não franza a testa. Tem, sim. E a Beleza é uma forma de Gênio, pois não requer explicações. É uma das grandes realidades do mundo, como a luz do sol, a primavera, ou o reflexo, em águas sombrias, daquela concha prateada que se chama lua. Não pode ser contestada. Tem seu direito divino de soberania. Torna príncipes os que a possuem. Sorri? Ah, quando a tiver perdido, não sorrirá... Há quem diga que a Beleza é apenas superficial. Talvez o seja. Mas, pelo menos, não é tão superficial quanto o pensamento. Para mim, a Beleza é a maravilha das maravilhas. Só as pessoas superficiais é que não julgam pelas aparências. O verdadeiro mistério do mundo é o visível, não o invisível... Sim, Sr. Gray, os deuses lhe foram propícios. Mas o que os deuses dão logo tiram. O senhor tem apenas alguns anos para viver realmente, perfeitamente, plenamente. Quando sua mocidade desaparecer, com ela irá a beleza e, então, subitamente o senhor perceberá que não lhe resta triunfo algum, ou terá de se contentar com os míseros triunfos que a lembrança do passado tornará mais amargos do que as derrotas. Cada mês que passa faz com que o senhor se aproxime de algo terrível. O tempo lhe tem inveja e luta contra seus lírios e suas rosas. Suas faces se tornarão pálidas e encovadas, os olhos perderão o brilho. Grande sofrimento será o seu!... Ah, compreenda o valor da mocidade, enquanto a tem. Não esbanje o ouro de seus dias escutando pessoas enfadonhas, procurando ajudar os irremediavelmente fracassados, ou desperdiçando a vida com os ignorantes, os medíocres, os vulgares. São estes os objetivos doentios, os falsos ideais de nossa época. Procure viver! Viva a vida magnífica que palpita no íntimo de seu ser! Não permita que se perca coisa alguma. Esteja sempre à cata de novas sensações. Nada tema... Um novo hedonismo... É isto o que nosso século deseja. O senhor poderia ser seu símbolo visível. Com sua personalidade, nada há que não possa fazer. O mundo lhe pertence por uma estação... No momento em que o conheci, vi que o senhor não tinha absolutamente noção do que realmente é, do que realmente pode vir a ser. Havia em sua pessoa tanta coisa que me encantava que achei que devia falar-lhe sobre isto. Seria trágico vê-lo desperdiçar-se. Sim, pois a mocidade dura tão pouco... tão pouco... As modestas flores dos montes murcham, mas tornam a vicejar. O laburno estará, no próximo ano, tão amarelo quanto agora. Dentro de um mês haverá flores purpúreas na clematite e, ano após ano, a noite verde de suas folhas exibirá essas estrelas purpúreas. Mas nunca recuperamos a mocidade. A pulsação de alegria que nos anima aos 20 anos se torna morosa. Os membros se enfraquecem, os sentidos se embotam. Degeneramos em hediondos bonecos, atormentados pela lembrança de paixões que nos causaram medo e de deliciosas tentações às quais não tivemos coragem de ceder. Mocidade! Mocidade! Nada mais há no mundo, além da mocidade!

Dorian Gray ouvia, de olhos bem abertos, conjecturando. O ramo de lilases caiu-lhe da mão sobre o pedregulho. Uma abelha veio zumbir à sua volta. Depois começou a subir pelos globos ovais e estrelados das flores miúdas. O rapaz observava-a com aquele estranho interesse por coisas banais que procuramos desenvolver, quando outras, de maior importância, nos amedrontam, ou quando nos sentimos tomados por alguma nova emoção que não sabemos exprimir, ou, ainda, quando algum pensamento aterrador de repente se apodera de nossa mente e nos incita a ceder. Depois, a abelha fugiu. Dorian viu-a insinuar-se na cavidade manchada de um convólvulo tírio. A flor estremeceu e pôs-se a balançar de um lado a outro.

De repente, o pintor surgiu à porta do ateliê e fez-lhes sinal para que entrassem. Os dois voltaram-se um para o outro e sorriram.

– Estou esperando – disse Basil. – Entrem, por favor. A luz está ótima e vocês podem trazer as bebidas.

Os dois se ergueram, seguindo pela alameda, lado a lado. Duas borboletas verdes e brancas passaram por eles; na pedreira, a um canto do jardim, um tordo se pôs a cantar.

– Está contente por ter-me conhecido, Sr. Gray? – perguntou lorde Henry, fitando-o.

– Sim, estou, agora. Mas será que vou ficar sempre contente?

– Sempre! Que palavra horrível! Estremeço só de ouvi-la. As mulheres gostam muito de empregá-la. Estragam todo e qualquer romance tentando fazer com que dure para sempre. É, também, uma palavra sem sentido. A única diferença entre um capricho e uma paixão eterna é que o capricho dura um pouco mais.

Quando entraram no ateliê, Dorian Gray pôs a mão no braço de lorde Henry.

– Neste caso, que nossa amizade seja um capricho – murmurou, corando ante a própria ousadia. Depois, galgou o estrado, para posar de novo.

Lorde Henry atirou-se numa grande poltrona de vime e ficou a observá-lo. O leve roçar dos pincéis na tela era o único ruído que perturbava o silêncio, a não ser quando, às vezes, Hallward recuava para examinar de longe o seu trabalho. Nos enviesados raios de sol que penetravam pela porta aberta, dançava uma poeira dourada. A acentuada fragrância das rosas parecia pesar sobre o ambiente.

Dali a um quarto de hora, Hallward parou de pintar, fitou longamente Dorian Gray e depois examinou com cuidado o quadro, mordendo a ponta de um dos seus vastos pincéis e franzindo a testa.

– Está completamente terminado – exclamou, afinal, inclinando-se e assinando seu nome em vermelho no canto esquerdo da tela.

Lorde Henry aproximou-se e examinou-a. Não havia dúvida de que era uma maravilhosa obra de arte, sendo também admirável a semelhança com o original.

– Caro amigo, felicito-o vivamente – disse ele. – É o mais belo retrato dos tempos modernos. Sr. Gray, venha ver-se.

O rapaz teve um sobressalto, como se acordasse de um sonho.

– Está, de fato, terminado? – murmurou, descendo do estrado.

– Completamente – declarou o pintor. – E você hoje posou à perfeição. Sou-lhe muito grato.

– Deve isto a mim – interrompeu lorde Henry. – Não é verdade, Sr. Gray?

Dorian não respondeu. Passou lentamente diante do quadro e se voltou para ele. Ao vê-lo, recuou, e suas faces se coloriram de prazer. Uma expressão de alegria iluminou-lhe o olhar, como se pela primeira vez se reconhecesse. Ficou ali imóvel e maravilhado, tendo vaga consciência de que Hallward lhe falava, mas não apanhando o significado das palavras. A realidade de sua própria beleza surgiu-lhe, como uma revelação. Nunca sentira isto, até o presente. Os elogios de Basil Hallward tinham-lhe parecido apenas encantadores exageros de amizade. Ouvira-os, rira deles e esquecera-os. Não tinham influído em sua natureza. Surgira então lorde Henry, com o estranho panegírico sobre a juventude, o terrível aviso sobre sua brevidade. Isto o impressionara no momento, e agora, ao contemplar a imagem de sua beleza, relembrou a plena realidade da descrição. Sim, chegaria o dia em que seu rosto se tornaria enrugado e murcho, os olhos fracos e desbotados, o corpo alquebrado e deformado. Dos lábios desapareceria o tom carmesim; adeus ao ouro dos cabelos! A vida que deveria animar-lhe a alma lhe estragaria o corpo. Tornar-se-ia hediondo, repulsivo, grotesco.

Ao pensar nisto, uma dor aguda transpassou-o como um punhal, fazendo estremecer cada fibra delicada de seu ser. Os olhos adquiriram um profundo tom de ametista, anuviando-se de lágrimas. Sentiu que uma mão gélida parecia comprimir-lhe o coração.

– Não gosta? – exclamou finalmente Hallward, um tanto irritado pelo silêncio do rapaz, não compreendendo o que poderia significar.

– Claro que gosta – declarou lorde Henry. – Quem não gostaria? É uma das maiores obras de arte modernas. Dou pelo quadro o que você pedir. Tem de ser meu.

– Não me pertence, Harry.

– A quem, então?

– A Dorian, naturalmente – respondeu o pintor. – É um sujeito de sorte.

– Que tristeza! – murmurou Dorian Gray, de olhos fixos na própria imagem. – Que tristeza! Ficarei velho, horrível, medonho. Mas este retrato continuará sempre jovem. Nunca será mais velho do que neste determinado dia de junho... Ah, se pudesse dar-se o contrário! Se eu permanecesse moço e o retrato envelhecesse! Para isto... para isto... eu daria tudo. É verdade; não há no mundo o que eu não desse. Daria minha própria alma!

– Você não gostaria deste arranjo, Basil! – exclamou lorde Henry, rindo. – Seria duro para a sua obra...

– Eu me oporia tenazmente, Harry – declarou Hallward. Dorian Gray voltou-se e fitou-o.

– Creio que se oporia mesmo, Basil. Você gosta mais de sua arte do que de seus amigos. Nada mais sou para você do que uma figura de bronze. Talvez nem mesmo isso.

O pintor encarou-o, atônito. Dorian Gray não costumava falar assim. Que acontecera? Parecia muito zangado. Estava corado, de faces afogueadas.

– É verdade; valho menos para você do que seu Hermes de marfim ou seu fauno de prata – continuou o rapaz. – Sempre gostará deles. Por quanto tempo gostará de mim?... Até que apareça minha primeira ruga, provavelmente. Sei agora que, quando uma pessoa perde a beleza, seja ela qual for, perde tudo. O retrato me fez compreender essa verdade. Lorde Henry Wotton tem toda a razão. A mocidade é o único bem que realmente vale a pena a gente possuir. Quando perceber que estou envelhecendo, me matarei.

Hallward empalideceu e segurou-lhe a mão.

– Dorian! – exclamou. – Dorian! Não diga isto! Nunca tive e nunca terei um amigo como você. Não sente inveja das coisas materiais, sente?... Você, que é mais belo do que todas elas!

– Tenho inveja de todas as coisas cuja beleza não pereça. Tenho inveja deste meu retrato que você pintou. Por que lhe é dado conservar o que hei de perder? Cada momento que passa tira-me alguma coisa e dá alguma coisa a ele. Oh, se fosse o contrário! Se o retrato pudesse mudar e eu ficar sempre tal qual sou agora! Por que o pintou? Ele zombará de mim um dia, zombará cruelmente.

Lágrimas amargas surgiram-lhe nos olhos; puxou a mão e, atirando-se no divã, ocultou o rosto nas almofadas, como se estivesse rezando.

– Veja o que você fez, Harry – disse o pintor, com amargura. Lorde Henry encolheu os ombros.

– É este o verdadeiro Dorian Gray. Nada mais.

– Não é.

– Se não é, que tenho eu com isto?

– Você deveria ter partido quando lhe pedi – resmungou Basil.

– Fiquei quando me pediu – replicou lorde Henry.

– Harry, não posso brigar com os meus dois melhores amigos ao mesmo tempo, mas vocês fizeram-me odiar a mais bela obra que jamais realizei. Vou destruí-la. Não passa, afinal de contas, de tela e tintas. Não permitirei que se interponha entre nossas três vidas, arruinando-as.

Dorian Gray ergueu a cabeça dourada; pálido, com olhos marejados de lágrimas, viu Basil dirigir-se para a sua mesa de pintor, que estava sob a janela encortinada. O que ele iria fazer? Os dedos remexiam tubos de tinta e pincéis secos, à procura de alguma coisa. Sim, a espátula longa, com sua fina lâmina de aço flexível... Encontrara-a afinal, e iria usá-la para destruir a tela.

Com um contido soluço, O rapaz saltou do divã e, correndo para o lado de Hallward, arrancou-lhe a faca da mão, atirando-a a um canto da sala.

– Não faça isto, Basil! – exclamou. – Seria um crime!

– Ainda bem que finalmente aprecia minha obra, Dorian – disse o pintor, friamente, ao voltar a si de sua surpresa. – Pensei que isto nunca fosse acontecer.

– Apreciá-la? Estou apaixonado por ela, Basil. Faz parte de mim; é isto que sinto.

– Bem, logo que você estiver seco, será envernizado, emoldurado e mandado para sua casa. Depois, pode fazer de você mesmo o que quiser. – O pintor atravessou a sala e tocou a campainha, para pedir chá. – Vai tomar chá, com certeza, Dorian? E você também, Harry? Ou faz objeção a estes prazeres simples?

– Adoro os prazeres simples – disse lorde Henry. – São o último refúgio dos complexos. Mas não gosto de cenas, a não ser no palco. Que criaturas absurdas são vocês dois! Não sei quem foi que definiu o homem como animal racional. Considero-a a definição mais precipitada que jamais houve. O homem é muita coisa, mas não é racional. Verdade que isto me agrada; mas eu gostaria que vocês não discutissem por causa do retrato. É melhor dá-lo a mim, Basil. Este menino tolo não o quer realmente e eu o quero.

– Se você o der a qualquer pessoa, e não a mim, Basil, nunca o perdoarei! – exclamou Dorian. – E não admito que me chamem de menino tolo.

– Você sabe que o quadro lhe pertence, Dorian. Dei-o a você antes mesmo que existisse.

– E sabe também que foi um pouco tolo, Sr. Gray, e que não se importa realmente que lhe recordem sua grande mocidade.

– Eu teria me importado muito, hoje de manhã, lorde Henry.

– Ah, hoje de manhã! Viveu, desde então?

Bateram à porta e o mordomo entrou com uma bandeja cheia e colocou-a numa mesinha japonesa. Ouviu-se o tilintar de xícaras e pires e o silvo de uma chaleira georgiana. Dois pratos de porcelana em formato de globo foram trazidos por um criado. Dorian Gray aproximou-se e serviu o chá. Os dois homens dirigiram-se lentamente para a mesa e examinaram o que havia sob as tampas.

– Vamos ao teatro hoje à noite? – sugeriu lorde Henry. – Deve haver alguma coisa por aí. Prometi jantar no White, mas trata-se de um velho amigo e posso mandar-lhe um telegrama, dizendo-lhe que estou indisposto, ou que não posso ir devido a um compromisso que surgiu depois. Acho esta última desculpa interessante: surpreenderia pela franqueza.

– É tão maçante ter de vestir trajes de cerimônia – murmurou Hallward. – E depois que os envergamos são horríveis.

– Tem razão – murmurou lorde Henry, com ar sonhador. – O traje do século XIX é detestável. Sombrio, deprimente. O pecado é realmente o único elemento que dá colorido à vida moderna.

– Não deve dizer estas coisas na frente de Dorian, Harry.

– Na frente de qual Dorian? Do que está servindo o chá, ou do que está no quadro?

– De nenhum dos dois.

– Gostaria de ir ao teatro com o senhor, lorde Henry – declarou o rapaz.

– Então irá. E você também, não é, Basil?

– Não posso ir. Prefiro não aceitar. Tenho muito o que fazer.

– Pois bem, então iremos só os dois, Sr. Gray.

– Teria imenso prazer.

O pintor mordeu os lábios e dirigiu-se, de xícara na mão, para onde estava o quadro.

– Ficarei com o verdadeiro Dorian – disse, tristemente.

– Será este o verdadeiro Dorian? – exclamou o original do retrato, aproximando-se. – Sou mesmo assim?

– Sim, é exatamente assim.

– Que maravilha, Basil!

– Pelo menos, é assim em aparência. E ele nunca se alterará – suspirou Basil. – Já é alguma coisa.

– Quanto alvoroço fazem as pessoas a propósito de fidelidade! – exclamou lorde Henry. – Ora, mesmo em amor, é exclusivamente uma questão de fisiologia. Nada tem a ver com a vontade. Os jovens desejam ser fiéis, e não o são; os velhos desejam ser infiéis, e não podem sê-lo: é só o que se pode dizer.

– Não vá ao teatro hoje à noite, Dorian – pediu Hallward. – Fique aqui e jante comigo.

– Não posso, Basil.

– Por que não?

– Porque prometi a lorde Henry que o acompanharia.

– Ele não o apreciará mais pelo fato de você cumprir suas promessas. Sempre falta às dele. Peço-lhe que não vá.

Dorian Gray riu e balançou a cabeça.

– Suplico-lhe.

O rapaz hesitou, olhando em seguida para lorde Henry que, ao lado da mesinha de chá, os observava com um sorriso divertido.

– Preciso ir, Basil.

– Muito bem – disse o pintor, indo depositar a xícara na bandeja. – Já é tarde e, como vocês precisam vestir-se, é melhor não perderem tempo. Adeus, Harry. Adeus, Dorian. Venha ver-me logo. Venha amanhã.

– Sem dúvida.

– Não se esquecerá?

– Não, claro que não – exclamou Dorian.

– E... Harry!

– Sim, Basil?

– Lembre-se do que lhe pedi, quando estávamos no jardim, hoje de manhã.

– Esqueci-me.

– Confio em você.

– Gostaria de poder confiar em mim mesmo – disse lorde Henry, rindo. – Venha, Sr. Gray, meu carro está na porta e posso deixá-lo em sua casa. Adeus, Basil. Foi uma tarde muito interessante.

Assim que a porta se fechou atrás deles, o pintor atirou-se no sofá e uma expressão de dor crispou-lhe o rosto.

3

No dia seguinte, ao meio dia e meia, lorde Henry dirigiu-se da Curzon Street para o Albany, a fim de visitar seu tio, lorde Fermor, velho celibatário, alegre, mas de maneiras um tanto rudes, a quem os estranhos chamavam de egoísta, por não obterem dele vantagem alguma, mas que era considerado generoso pela sociedade, pois dava de comer aos que o divertiam. Seu pai fora embaixador da Inglaterra em Madri, quando Isabel era jovem e não se pensava em Prim, mas deixara o serviço diplomático por capricho, aborrecido por não lhe terem oferecido a embaixada em Paris, à qual julgava ter direito por causa de seu nome, sua indolência, a boa redação inglesa de seus despachos e sua desordenada paixão pelo prazer. O filho, que fora secretário do pai, demitira-se ao mesmo tempo, um tanto levianamente, conforme foi considerado na ocasião; ao suceder ao título, dali a alguns meses, dedicara-se ao sério estudo da grande arte aristocrática de não fazer absolutamente nada. Possuía duas grandes casas na cidade, mas preferia morar em quartos alugados, por ser mais cômodo, e fazia a maioria das refeições no clube. Ocupava-se um pouco da direção de suas minas de carvão, alegando, para desculpar-se desta mácula industrial, que a única vantagem de se possuir carvão era que isto permitia a um cavalheiro o luxo de queimar lenha na lareira de sua própria casa. Em matéria de política, era *tory** exceto quando os *tories* estavam no poder; neste período criticava-os ferrenhamente, chamando-os de um bando de radicais. Era um herói para seu criado particular, que o tiranizava, e o terror de quase todos os seus parentes, a quem, por sua vez, ele tiranizava. Somente a Inglaterra poderia tê-lo produzido e ele sempre dizia que o país caminhava para a ruína. Seus princípios eram antiquados, mas havia muito que dizer a favor de seus preconceitos.

Quando lorde Henry entrou na sala, encontrou o tio metido num grosso casaco de caça, sentado, fumando um charuto e resmungando sobre o que lia em *The Times*.

– Muito bem, Henry – exclamou o velho. – O que o traz aqui tão cedo? Pensei que vocês, dândis, não se levantassem antes das duas horas da tarde e não fossem visíveis antes das cinco.

– Garanto-lhe que é puramente por amor de família, tio George. Preciso de um favor seu.

– Dinheiro, com certeza – disse lorde Fermor, com uma careta. – Pois bem, sente-se e diga-me do que se trata. Os moços, hoje em dia, imaginam que dinheiro é tudo.

– Isto mesmo – concordou lorde Henry, ajeitando a flor da lapela. – E, quando envelhecem, sabem que é. Mas não venho pedir dinheiro. Só as pessoas que pagam suas contas é que querem dinheiro, tio George, e nunca pago as minhas. O crédito é o capital de um filho mais moço, e pode-se viver dele bem agradavelmente. Além do mais, sempre lido com os comerciantes de Dartmoor e, por conseguinte, nunca sou incomodado. O que desejo é informação, não informação útil, naturalmente; informação inútil.

– Pois bem, posso lhe dizer tudo o que há no Livro Azul inglês, Harry, embora hoje em dia esses sujeitos escrevam um monte de tolices. Quando eu estava na Diplomacia, as coisas

*Antigo partido conservador do Reino Unido. (*N. do E.*)

eram muito melhores. Mas ouvi dizer que agora são admitidos ali por concurso. Que se pode esperar? Os concursos, meu amigo, são uma verdadeira impostura, do princípio ao fim. Quando um homem é um cavalheiro, sabe bastante, e quando não o é, tudo o que souber lhe será prejudicial.

– O Sr. Dorian Gray não pertence a Livros Azuis, tio George – disse lorde Henry, calmamente.

– Dorian Gray? Quem é? – perguntou lorde Fermor, franzindo as sobrancelhas brancas e espessas.

– É o que vim aqui saber, tio George. Ou, antes, sei quem é. É o neto mais moço de lorde Kelso. Sua mãe era uma Devereux, lady Margaret Devereux. Quero que me fale de sua mãe. Como era ela? Com quem se casou? O senhor conhece quase todo mundo de seu tempo, e talvez a tenha conhecido também. Atualmente, interesso-me muito pelo Sr. Gray. Acabo de ser apresentado a ele.

– Neto de Kelso! – exclamou o velho. – Neto de Kelso... É claro... Conheci sua mãe intimamente. Creio que assisti a seu batizado. Era uma moça lindíssima, Margaret Devereux. Deixou todos os homens desesperados quando fugiu com um rapaz paupérrimo, um joão-ninguém, subalterno num regimento de infantaria, ou coisa que o valha. Claro. Lembro-me de tudo como se fosse ontem. O pobre rapaz foi morto num duelo em Spa, alguns meses após o casamento. Correu um boato feio a respeito. Disseram que Kelso contratou um aventureiro sem escrúpulos, um brutamontes belga, para insultar o genro em público; pagou-o para isto, sim, pagou-o e o sujeito espetou o rapaz, como se ele fosse um pombo. O caso foi abafado, mas, com os diabos! A verdade é que durante algum tempo Kelso comeu sozinho, no clube, a sua costeleta. Contaram-me que levara a filha para casa, mas que ela nunca mais lhe dirigira a palavra. Oh, sim, foi um negócio feio. A moça também morreu. Morreu um ano depois. Deixou um filho, então? Tinha-me esquecido disto. Que tal é ele? Se for parecido com a mãe, deve ser um belo rapaz.

– É muito bonito – concordou lorde Henry.

– Espero que caia em boas mãos – continuou o velho. – Deve ter recebido muito dinheiro se Kelso lhe houver feito justiça. A mãe também tinha dinheiro. Toda a propriedade Selby lhe veio por herança do avô. Este detestava Kelso, achava-o um tipo mesquinho. E realmente o era. Foi uma vez a Madri, quando eu lá estava. Palavra que me envergonhei dele. A rainha costumava perguntar-me pelo aristocrata inglês que estava sempre discutindo com os cocheiros por causa de dinheiro. O caso era muito comentado. Não tive coragem de aparecer na corte durante um mês. Espero que tenha tratado o neto melhor do que tratou os cocheiros.

– Nada posso dizer – respondeu lorde Henry. – Creio que o Sr. Gray vai ficar bem de fortuna. Ainda não atingiu a maioridade. Sei que herdou Selby. Ele mesmo me contou. E... sua mãe era muito bonita?

– Margaret Devereux foi uma das mais lindas criaturas que conheci, Henry. Jamais pude compreender o motivo que a levou a agir como agiu. Poderia ter-se casado com quem quisesse. Carlington estava louco por ela. Mas era uma moça romântica; todas as mulheres daquela família eram românticas. Os homens eram uns coitados, mas, por Deus!, as mulheres eram extraordinárias. Carlington chegou a ajoelhar-se aos pés de Margaret. Ele mesmo me contou. Ela riu-se, embora não houvesse naquele tempo em Londres moça que não andasse atrás dele. Por falar nisto, Harry, a propósito de casamento tolo, que absurdo é este que me contou seu pai, sobre Dartmoor estar querendo casar-se com uma americana? Será que as inglesas não são dignas dele?

– Hoje em dia é moda casar com americanas, tio George.

– Aposto nas mulheres inglesas contra o mundo inteiro – declarou lorde Fermor, dando um murro na mesa.

– Estão apostando nas americanas.

– Ouvi dizer que não duram – resmungou o tio.

– Uma corrida longa esgota-as, mas são ótimas nas corridas de cavalo com obstáculos. Apanham as coisas no ar. Não creio que Dartmoor escape.

– De que família é? – resmungou o velho. – Tem família?

Lorde Henry balançou a cabeça.

– As moças americanas são tão hábeis em ocultar seus pais quanto as inglesas em ocultar seu passado – declarou, levantando-se para sair.

– Com certeza são fabricantes de conservas de carne de porco?

– Espero que sim, tio George, por amor a Dartmoor. Ouvi dizer que, depois da política, é esta a profissão mais rentável da América.

– É bonita?

– Age como se fosse muito bela. A maioria das americanas faz o mesmo. É o segredo de seu encanto.

– Por que essas americanas não ficam em sua terra? Estão sempre apregoando que é o paraíso das mulheres.

– E dizem a verdade. É por essa razão que, como Eva, se mostram tão desejosas de sair de lá – declarou lorde Henry. – Adeus, tio George. Chegarei atrasado ao almoço se me demorar mais aqui. Obrigado pelas informações. Gosto de saber tudo a respeito de meus novos amigos e nada sobre os velhos.

– Aonde vai almoçar, Harry?

– Na casa de tia Agatha. Convidei-me e ao Sr. Gray. Ele é seu último *protegé*.

– Humm!... Diga à sua tia Agatha, Harry, que não me aborreça mais com pedidos de caridade. Estou farto deles. Ora, vejam só, a boa mulher acha que nada mais tenho a fazer a não ser assinar cheques para custear suas tolas manias.

– Está certo, tio George, darei o recado, mas de nada adiantará. Os filantropos perdem toda noção de humanidade. É sua principal característica.

O velho concordou com um resmungo e tocou a campainha para chamar o criado. Lorde Henry passou pela arcada baixa que dava para a Burlington Street e tomou a direção da Berkeley Square.

Então, era aquela a história da família de Dorian Gray. Por mais cruamente que lhe tivesse sido revelada, perturbara-o como um romance estranho, quase moderno. Uma bela mulher arriscando tudo por uma grande paixão. Algumas loucas semanas de felicidade truncada por um crime repulsivo, traiçoeiro. Meses de mudo desespero, e depois uma criança nascida na dor. A mãe arrebatada pela morte, o filho entregue à solidão e à tirania de um homem velho e sem coração. Sim, era um fundo interessante, fazia o rapaz sobressair, tornava-o ainda mais perfeito. Atrás de tudo que era belo no mundo sempre existia alguma coisa trágica. Mundos tinham que sofrer, para que a mais insignificante flor pudesse desabrochar... E como ele se mostrara encantador ao jantar, na véspera! Com olhar assustado e lábios entreabertos, em expressão de prazer e temor, sentara-se à sua frente no clube, o tom rubro dos candelabros tingindo de um rosa mais intenso o rosto onde ia crescendo a surpresa. Falar com Dorian Gray era como tocar um violino maravilhoso. Ele correspondia a cada toque e vibração do arco... Havia algo de terrivelmente fascinante no exercício da influência. Nenhuma outra atividade podia ser comparada a ela. Projetar a própria alma numa forma graciosa e aí deixá-la demorar-se, por um momento; ouvir nossas próprias opiniões a nós devolvidas e acrescidas da música da paixão e da mocidade; transmitir a outra pessoa nosso temperamento, como se fosse um fluido sutil ou um estranho perfume; havia nisto uma verdadeira alegria – talvez a mais completa alegria possível numa época limitada e vulgar como a nossa, uma era grosseiramente carnal em seus prazeres e grosseiramente banal em seus objetivos... Era um tipo maravilhoso aquele rapaz que, por curioso acaso, ele encontrara no ateliê de Basil; ou pelo menos, poderia ser amoldado num tipo maravilhoso. Possuía graça e a branca pureza da infância, assim como a beleza que as estátuas gregas conservaram para nosso encanto. Não havia o que não se pudesse fazer com ele. Poderia ser transformado em titã ou em joguete. Que lástima, tal beleza estar destinada a fenecer!... E Basil? Do ponto de vista psicológico, era também muito interessante. O novo estilo, em arte, a maneira diferente de encarar a vida, sugeridos tão estranhamente pela simples presença visível de alguém que disto não se apercebia; o espírito silencioso que residia na floresta sombria e caminhava, invisível, pela campina aberta, mostrando-se de repente, como uma dríade, sem medo, porque na alma daquele que a buscava despertara a maravilhosa visão, única a quem se revelam maravilhas; os meros contornos e desenhos de coisas tornando-se, assim, requintados e adquirindo uma espécie de valor simbólico, como se eles próprios fossem desenhos de outra forma ainda mais perfeita, cuja sombra eles tornavam real; como tudo isto era estranho! Lorde Henry lembrava-se de algo semelhante na história. Não fora Platão, o artista do pensamento, quem primeiro o analisara? Não fora Buonarroti quem o imortalizara no mosaico colorido de uma série de sonetos? Mas, em nosso século, era estranho... Sim, ele procuraria ser, para Dorian Gray, aquilo que, sem o saber, o rapaz era para o artista que pintara o magnífico retrato. Procuraria dominá-lo – na verdade já quase o conseguira. Tornaria seu aquele maravilhoso espírito. Havia algo de fascinante neste filho do Amor e da Morte.

Estacou de repente e olhou para as casas. Percebeu que deixara para trás a da tia e, sorrindo para si mesmo, retrocedeu. Quando entrou no sombrio saguão, o mordomo disse-lhe que já tinham ido almoçar. Entregou a um dos criados o chapéu e a bengala e entrou na sala de jantar.

– Atrasado, como sempre, Henry – exclamou a tia, balançando a cabeça.

Ele inventou uma desculpa qualquer e, sentando-se na cadeira vazia ao lado dela, olhou à volta para ver quem ali estava.

Dorian cumprimentou-o com a cabeça, encabulado, do outro lado da mesa, corando de prazer. Em frente, estava a duquesa de Harley, senhora de ótima índole e muito bom gênio, bastante estimada por todos que a conheciam e que exibia aquelas proporções arquitetônicas que os escritores contemporâneos, ao descreverem mulheres que não são duquesas, classificam de "pesadas". À sua direita estava Sir Thomas Burdon, membro radical do Parlamento que, na vida pública, acompanhava seu chefe e, na vida privada, seguia as melhores cozinheiras, jantando com os tories e pensando como os liberais, de acordo com uma regra sábia e bem conhecida. A cadeira à sua esquerda estava ocupada pelo Sr. Erskine, de Treadley, cavalheiro idoso de grande encanto e cultura, que adquirira, no entanto, o mau hábito de ficar em silêncio, tendo dito, antes dos 30 anos, como certa vez explicara a lady Agatha, tudo o que tivera a dizer. Do outro lado de lorde Henry, estava a Sra. Vandeleur, uma das mais antigas amigas de sua tia, uma verdadeira santa, mas tão desleixada que lembrava um mal-encadernado livro de hinos. Felizmente para lorde Henry, esta senhora tinha como vizinho do outro lado lorde Faudel, tão calvo quanto uma declaração ministerial da Câmara dos Comuns, com quem ela conversava com aquele jeito sincero e animado que é o erro imperdoável – conforme ele certa vez dissera a si próprio – que cometem as pessoas realmente boas, e do qual raramente conseguem escapar de todo.

– Estamos falando do pobre Dartmoor, lorde Henry – disse a duquesa, inclinando amavelmente a cabeça, do outro lado da mesa. – Acha que ele se casará com aquela encantadora jovem?

– Creio que ela tem o firme propósito de pedi-lo em casamento, duquesa.

– Que horror! – exclamou lady Agatha. – Alguém deveria interferir.

– Sei, de fonte limpa, que o pai dela tem, na América, uma loja de tecidos – disse Sir Thomas Burdon, com ar superior.

– Meu tio já sugeriu uma fábrica de conservas de carne de porco, Sir Thomas.

– Tecidos! Que são tecidos americanos? – perguntou a duquesa, admirada, erguendo as mãos grandes e dando ênfase ao verbo.

– Novelas americanas – respondeu lorde Henry, servindo-se de codorna.

A duquesa parecia perplexa.

– Não faça caso dele, minha cara – murmurou lady Agatha. – Nunca pensa no que diz.

– Quando a América foi descoberta... – começou o membro radical, pondo-se a contar fatos maçantes. Como todos os que procuram esgotar um assunto, ele esgotava os ouvintes. A duquesa suspirou e prevaleceu-se de seu direito de interromper.

– Antes não tivesse sido!... – exclamou. – Realmente, nossas moças não têm muitas oportunidades hoje em dia. É uma injustiça.

– Talvez, afinal de contas, a América jamais tenha sido descoberta – observou o Sr. Erskine. – Quanto a mim, diria que ela foi apenas encontrada.

– Oh, mas vi alguns espécimes de seus habitantes – disse a duquesa, em tom vago. – Confesso que algumas das mulheres são muito bonitas. Além do mais, vestem-se muito bem. Compram todas as suas roupas em Paris. Eu gostaria de poder fazer o mesmo.

– Dizem que, quando os americanos bons morrem, vão para Paris – contou rindo Sir Thomas, que tinha um vasto armário de roupas velhas desprezadas pelo Humor.

– Não diga! E para onde vão os americanos maus quando morrem? – perguntou a duquesa.

– Vão para a América – murmurou lorde Henry.

Sir Thomas franziu a testa e dirigiu-se a lady Agatha:

– Creio que seu sobrinho tem prevenção contra aquele grande país. Viajei por ele todo, em carros fornecidos pelos diretores que, neste ponto, são extremamente delicados. Garanto-lhe que é muito educativo viajar por lá.

– Mas será que, para nos educarmos, precisamos mesmo ir a Chicago? – perguntou o Sr. Erskine, em voz lamurienta. – Não estou disposto a fazer a viagem.

Sir Thomas fez um gesto com a mão.

– O Sr. Erskine de Treadley tem o mundo em suas estantes. Nós, homens práticos, gostamos de ver as coisas, não de ler a seu respeito. Considero os americanos um povo bastante interessante. São muito razoáveis. Creio ser este seu traço característico. Sim, Sr. Erskine, um povo extremamente razoável. Garanto-lhe que eles não perdem tempo com tolices.

– Que horror! – exclamou lorde Henry. – Posso conceber a força bruta, mas a razão bruta é intolerável. Há algo de injusto em seu uso. É um feio golpe abaixo do intelecto.

– Não o compreendo – replicou Sir Thomas, enrubescendo.

– Eu compreendo, lorde Henry – murmurou o Sr. Erskine, sorrindo.

– Os paradoxos são interessantes até certo ponto... – disse Sir Thomas.

– Isto foi paradoxo? – perguntou a Sra. Erskine. – Não me pareceu. Talvez tenha sido. Pois bem, o caminho dos paradoxos é o caminho da verdade. Para se experimentar a Realidade, é preciso vê-la na corda bamba. Enquanto as Verdades não se tornarem acrobatas, não poderemos julgá-las.

– Deus do céu! – exclamou lady Agatha. – Como vocês, homens, discutem! Garanto-lhes que nunca entendo o que dizem. Oh, Harry, estou muito zangada com você. Por que está procurando convencer nosso caro Sr. Dorian Gray a desistir de ir ao East End? Posso assegurar-lhe que seu auxílio seria valiosíssimo! Gostam de sua maneira de tocar.

– Quero que ele toque para mim – exclamou lorde Henry, com um sorriso; olhando para o outro lado da mesa, teve sua resposta no brilho de um olhar.

– Mas são tão infelizes lá em Whitechapel – continuou lady Agatha.

– Posso simpatizar com tudo, menos com o sofrimento – declarou lorde Henry, encolhendo os ombros. – Com isto não é possível simpatizar. É excessivamente feio, horrível, deprimente. Há algo de intensamente mórbido na maneira moderna de simpatizar com a dor. Deveríamos simpatizar com a cor, a beleza, a alegria de viver. Quanto menos se falar dos males do mundo, melhor.

– Em todo o caso, o East End é um problema bastante sério – observou Sir Thomas, balançando gravemente a cabeça.

– De fato – respondeu o jovem lorde. – É o problema da escravidão e tentamos resolvê-lo divertindo os escravos.

O político fitou-o com expressão penetrante e perguntou:

– Que mudança propõe, então?

Lorde Henry riu.

– Não quero mudar coisa alguma na Inglaterra, a não ser o clima – disse ele. – Satisfaço-me plenamente com a contemplação filosófica. Mas, como o século XIX foi à bancarrota por causa de um gasto excessivo de simpatia, proponho que se recorra à ciência para endireitar tudo. A vantagem das emoções é que nos desencaminham e a vantagem da ciência é não ser emotiva.

– Mas temos graves responsabilidades – aventurou-se a dizer a Sra. Vandeleur, timidamente.

– Muito graves – concordou lady Agatha.

Lorde Henry fitou o Sr. Erskine.

– A humanidade se leva muito a sério. É o pecado original do mundo. Se o homem da caverna tivesse sabido rir, a História teria sido outra.

– É muito consolador o que diz – chilreou a duquesa. – Sempre me sentia um bocadinho culpada, quando vinha visitar sua querida tia, pois não me interesso, em absoluto, pelo que se passa no East End. Daqui por diante, poderei encará-lo sem enrubescer.

– O rubor às vezes enfeita – observou lorde Henry.

– Somente quando se é jovem – respondeu ela. – Quando uma velha como eu cora, é mau sinal. Ah, lorde Henry, gostaria que me dissesse como ficar moça outra vez.

Ele refletiu por um momento.

– Lembra-se de algum erro grande que tenha cometido na mocidade, duquesa?

– Cometi muitos, creio.

– Então, cometa-os de novo – aconselhou ele, gravemente. – Para se recuperar a mocidade, basta repetir as loucuras feitas.

– Teoria encantadora! – exclamou a duquesa. – Preciso pô-la em prática.

– Teoria perigosa! – interveio Sir Thomas, de lábios comprimidos.

Lady Agatha meneou a cabeça, mas não podia deixar de achar aquilo divertido. O Sr. Erskine ouvia.

– Sim, é este um dos grandes segredos da vida. Hoje em dia muita gente morre por causa de um rasteiro senso comum e descobre, tardiamente, que as únicas coisas de que uma pessoa não se arrepende é dos próprios erros.

Uma risada percorreu a mesa.

Lorde Henry brincava com a ideia e mostrava-se caprichoso; atirava-a ao ar e transformava-a; deixava-a escapar e recapturava-a; tornava-a iridescente pela fantasia e alada pelo paradoxo. À medida que ele continuava, o elogio da loucura foi crescendo e tornou-se uma filosofia; a própria Filosofia rejuvenesceu e, apanhando a doida música do Prazer e usando, como se poderia imaginar, sua túnica manchada de vinho e sua coroa de heras, dançou como bacante nos morros da vida, zombando do moroso Sileno por conservar-se sóbrio. Os fatos fugiam diante dela, como assustados seres da floresta. Os pés grandes e brancos pisavam o enorme lagar, onde se sentava o sábio Ornar, até o suco da uva subir à volta de seus membros nus, em borbulhantes ondas purpúreas, ou arrastar-se como espuma rubra sobre os lados negros e gotejantes do barril. Era uma extraordinária improvisação. Lorde

Henry percebia que os olhos de Dorian Gray estavam fixos nele; a consciência de que entre os ouvintes havia um que ele queria fascinar pareceu aguçar-lhe o espírito e emprestar colorido à sua imaginação. Mostrou-se brilhante, fantástico, irresponsável. Encantou a plateia que, rindo, acompanhava seus voos. Dorian Gray jamais desviou o olhar dele, como que enfeitiçado, os sorrisos sucedendo-se em seus lábios, a admiração tornando graves seus olhos azul-escuros.

Finalmente, envergando o traje da época, a Realidade entrou na sala sob a forma de um criado que veio avisar a duquesa de que sua carruagem a esperava. A velha senhora apertou as mãos em gesto de fingido desespero.

– Que maçada! – exclamou. – Tenho de ir. Preciso apanhar meu marido no clube, para levá-lo a alguma absurda reunião que ele vai presidir em Willi's Rooms. Se me atrasar, ficará furioso, e não posso permitir-me uma cena, com este chapéu. É demasiado frágil. Uma palavra áspera o arruinaria. Não; preciso mesmo ir, cara Agatha. Adeus, lorde Henry, o senhor é encantador e terrivelmente desmoralizador. Asseguro-lhe que não sei o que pensar de suas teorias. Precisa vir jantar conosco um destes dias. Terça-feira? Está livre na terça-feira?

– Pela senhora, eu abandonaria qualquer compromisso, duquesa – disse lorde Henry, com uma curvatura.

– Ah, é muito amável de sua parte, e também muito errado – declarou ela. – Por isto, não deixe de ir. – Saiu, acompanhada por lady Agatha e pelas outras senhoras.

Depois que lorde Henry se sentou de novo, o Sr. Erskine aproximou-se e, ocupando uma cadeira do lado dele, pôs a mão em seu ombro.

– Está sempre falando em livros – disse. – Por que não escreve um?

– Gosto demais de ler para ter vontade de escrever, Sr. Erskine. Claro que gostaria de escrever um romance; um que fosse tão belo quanto um tapete persa e igualmente irreal. Mas não há na Inglaterra público literário para nada além de jornais, cartilhas e enciclopédias. De todos os povos do mundo, o inglês é o que tem menos noção da beleza da literatura.

– Parece-me que tem razão – respondeu o Sr. Erskine. – Eu mesmo tinha ambições literárias, mas há muito desisti. Agora, caro e jovem amigo, se é que me permite assim chamá-lo, pode dizer-me se acredita realmente no que nos disse ao almoço?

– Esqueci-me completamente do que disse – replicou lorde Henry, sorrindo. – Foi muito mau?

– Sim, foi. Para dizer a verdade, considero-o extremamente perigoso e, se alguma coisa acontecer à nossa duquesa, todos nós o consideraremos o principal responsável. Mas eu gostaria de conversar com o senhor a respeito da vida. A geração a que pertenço é enfadonha. Algum dia, quando se cansar de Londres, venha a Treadley e exponha-me a sua filosofia do prazer, tomando um admirável Borgonha que tenho a ventura de possuir.

– Eu ficaria encantado. Visitar Treadley seria uma honra para mim. O anfitrião é perfeito, assim como a biblioteca.

– O senhor completará o conjunto – disse o velho, inclinando-se cortesmente. – Agora, preciso ir despedir-me de sua excelente tia. Esperam-me no Ateneu. É a hora em que dormimos, lá.

– Todos, Sr. Erskine?

– Quarenta, em quarenta poltronas. Estamos ensaiando para uma Academia Inglesa de Letras.

Lorde Henry riu e levantou-se.

– Vou ao parque – disse.

Quando passava pela porta, Dorian Gray tocou-lhe o braço.

– Deixe-me acompanhá-lo.

– Mas pensei que tivesse prometido a Basil Hallward que iria visitá-lo – disse lorde Henry.

– Prefiro ir com o senhor; sim, sinto que tenho de acompanhá-lo. Deixe-me ir. Promete falar o tempo todo? Ninguém fala tão admiravelmente quanto o senhor.

– Ah, por hoje já falei bastante – disse lorde Henry sorrindo. – Só o que desejo agora é contemplar a vida. Pode vir contemplá-la comigo, se quiser.

4

Certa tarde, dali a um mês, Dorian Gray estava reclinado numa poltrona luxuosa da pequena biblioteca de lorde Henry, em Mayfair. Era, no gênero, um aposento encantador, com altos lambris de carvalho cor de azeitona, moldura creme, forro de estuque com relevos, soalho todo coberto por um tapete cor de tijolo, onde se espalhavam sedosos e franjados tapetinhos persas. Numa mesinha de pau-cetim estava uma estatueta de Clodion e, ao lado, via-se um número de *Les Cent Nouvelles*, encadernado por Clovis Eve, para Margarida de Valois, e salpicado de margaridas de ouro, que aquela rainha escolhera para seu emblema. Sobre a lareira viam-se jarrões de porcelana azul e vistosas tulipas; através das pequenas vidraças da janela entrava a luz alaranjada de um dia de verão londrino.

Lorde Henry ainda não chegara. Estava sempre atrasado, por princípio, sendo de opinião que a pontualidade é o ladrão do tempo. Por esse motivo, o rapaz estava um tanto irritado, virando distraidamente as páginas de uma edição de *Manon Lescaut*, caprichosamente ilustrada, que encontrara numa das estantes. O monótono tique-taque do relógio Luís XIV aborrecia-o. Uma ou duas vezes pensou em retirar-se.

Finalmente ouviu passos lá fora e abriu-se a porta.

– Como você está atrasado, Harry! – exclamou.

– Não sou Harry, Sr. Gray – anunciou uma vozinha estridente.

Dorian olhou e pôs-se imediatamente de pé.

– Perdão. Pensei que...

– Pensou que fosse meu marido. Sou a esposa dele, apenas. Permita-me que me apresente. Conheço-o muito bem, por suas fotografias. Creio que meu marido tem 17.

– Dezessete, lady Henry?

– Pois bem, 18, então. E vi-o com ele, na Ópera, uma noite destas.

Ela ria nervosamente, enquanto falava, observando o rapaz com os olhos de um azul miosótis. Era uma criatura curiosa, cujas roupas davam impressão de terem sido desenhadas num momento de raiva e vestidas numa tempestade. Estava sempre apaixonada por alguém e, como seus arroubos não eram correspondidos, conservara todas as ilusões. Procurava parecer pitoresca, mas só conseguia ser desalinhada. Seu nome era Victoria e tinha a verdadeira mania de frequentar a igreja.

– Em *Lohengrin*, talvez, lady Henry?

– Sim, foi no querido *Lohengrin*. Aprecio a música de Wagner mais do que qualquer outra. É tão alta que se pode falar o tempo todo, sem que a outra pessoa escute o que se diz. É uma grande vantagem, não acha, Sr. Gray?

O mesmo riso nervoso rompeu de seus lábios finos e ela pôs-se a brincar com um longo cortador de papel, de tartaruga.

Dorian sorriu e balançou a cabeça.

– Sinto dizer que não concordo, lady Henry. Nunca falo, enquanto ouço música, pelo menos quando a música é boa. Quando é má, temos obrigação de abafá-la com a conversa.

– Ah, é uma das ideias de Harry, não é, Sr. Gray? Sempre fico sabendo das opiniões de Harry por intermédio de seus amigos. É a única maneira de conhecê-las. Mas não pense que não aprecio a boa música. Adoro-a, mas temo-a. Torna-me romântica demais. Tenho adorado alguns pianistas, às vezes dois ao mesmo tempo, pelo que me diz Harry. Não sei o que eles têm. Talvez pelo fato de serem estrangeiros?... Todos são, não são? Mesmo os que nasceram na Inglaterra se tornam estrangeiros, depois de algum tempo, não é verdade? É tão inteligente da parte deles! É uma homenagem à arte. Torna-a cosmopolita, não é? O senhor nunca veio a uma das minhas festas, veio, Sr. Gray? Precisa vir. Não posso dar-me o luxo de ter orquídeas, mas não faço economia, em se tratando de estrangeiros. Eles tornam nossas casas tão pitorescas! Mas aqui está Harry... Harry, vim procurá-lo, para pedir-lhe uma coisa, não sei mais o quê, e encontrei Sr. Gray. Tivemos uma prosa interessante sobre música. Nossas ideias quase coincidem! Não; creio que nossos pontos de vista divergem totalmente. Mas ele foi muito agradável. Tive grande prazer em conhecê-lo.

– Encantado, meu amor, encantado – disse lorde Henry, erguendo as sobrancelhas escuras, em formato de arco, e olhando para ambos com um sorriso divertido. – Desculpe-me o atraso, Dorian. Fui à procura de um brocado antigo, na Wardour Street, e tive de ficar horas regateando. Hoje em dia, as pessoas conhecem o preço de tudo e o valor de nada.

– Creio que preciso ir-me embora – exclamou lady Henry, interrompendo um silêncio constrangedor com seu riso tolo e repentino. – Prometi sair com a duquesa. Adeus, Sr. Gray. Adeus, Harry. Vai jantar fora, com certeza? Eu também. Talvez nos encontremos em casa de lady Thornbury.

– Provavelmente, minha querida – disse lorde Henry, fechando a porta atrás da esposa, que, parecendo uma ave-do-paraíso que tivesse ficado a noite toda na chuva, saíra do aposento deixando ali um leve perfume de jasmim. Depois ele acendeu um cigarro e atirou-se no sofá.

– Nunca se case com uma mulher de cabelo cor de palha, Dorian – disse, após algumas baforadas.

– Por que não, Harry?

– Porque são excessivamente sentimentais.

– Mas gosto de pessoas sentimentais.

– Não se case nunca, Dorian. Os homens casam-se por cansaço; as mulheres por curiosidade. Ambos se decepcionam.

– Não creio que me case. Estou por demais apaixonado. É este um dos seus aforismos, Harry. Estou praticando-os, aliás como faço com tudo o que você diz.

– Quem é o alvo de sua paixão? – perguntou lorde Henry, dali a pouco.

– Uma atriz – respondeu Dorian Gray, corando.

Lorde Henry encolheu os ombros.

– É um *début* muito corriqueiro.

– Não diria isto, Harry, se a conhecesse.

– Quem é?

– Chama-se Sibyl Vane.

– Nunca ouvi falar nela.

– Ninguém falou. Mas falarão um dia. É um gênio.

– Meu caro menino, mulher alguma é gênio. As mulheres pertencem a um sexo decorativo. Nunca têm o que dizer, mas dizem-no de maneira encantadora. As mulheres representam o triunfo da matéria sobre o espírito, assim como os homens representam o triunfo do espírito sobre a moral.

– Harry, como pode dizer isto?

– Caro Dorian, é a pura verdade. Atualmente, ando analisando as mulheres, portanto devo saber. O assunto não é tão obscuro como eu julgava. Descobri, ultimamente, que há apenas dois tipos de mulheres, as feias e as pintadas. As feias são muito úteis. Se você quiser adquirir fama de respeitabilidade, basta que as leve a cear. As outras são encantadoras. Cometem, no entanto, um erro. Pintam-se, para tentar dar impressão de mocidade. Nossas avós pintavam-se para conversar brilhantemente. *Rouge* e *esprit* andavam de mãos dadas. Isto agora acabou. Enquanto uma mulher puder parecer dez anos mais nova do que sua filha, ficará plenamente satisfeita. Quanto a saber conversar, há apenas cinco mulheres, em Londres, com quem realmente vale a pena conversar, e duas delas não podem ser recebidas numa sociedade respeitável. Mas fale-me de seu gênio. Há quanto tempo a conhece?

– Ah, Harry, suas ideias apavoram-me.

– Não pense nisto. Há quanto tempo?

– Há mais ou menos três semanas.

– E onde a conheceu?

– Vou contar-lhe, Harry, mas tenha um pouco de boa vontade. Para dizer-lhe a verdade, isto nunca teria acontecido se eu não o tivesse conhecido. Você despertou em mim o desejo louco de saber tudo a respeito da vida. Durante dias, depois que o conheci, qualquer coisa parecia vibrar em meu ser. Quando descansava no parque, ou caminhava por Piccadilly, olhava para todas as pessoas que passavam por mim e ficava conjecturando, com louca curiosidade, sobre o tipo de vida que levariam. Algumas fascinavam-me, outras aterrorizavam-me. Havia um estranho veneno no ar. Eu tinha uma ânsia de sensações... Pois bem, certa noite, às sete horas, resolvi ir à cata de aventura. Sentia que esta nossa Londres cinzenta, monstruosa, como seus milhares de habitantes, seus sórdidos pecadores e seus esplêndidos pecados, como você certa vez se exprimiu, deveria ter algo à minha espera. Imaginei mil coisas. O mero perigo dava-me uma sensação deliciosa. Lembrei-me do que você me dissera, naquela maravilhosa noite em que jantamos juntos pela primeira vez, que a busca da beleza era o verdadeiro segredo da vida. Não sei o que eu esperava, mas sei que vaguei pelo lado leste, logo me perdendo num labirinto de ruas sujas e praças escuras e sem grama. Mais ou menos às oito e meia, passei por um obscuro teatrinho, com grandes e flamejantes bicos de gás e vistosos cartazes. Um judeu horroroso, usando o mais surpreendente colete que jamais vi, estava à entrada, fumando um charuto ordinário. Tinha cabelos crespos e gordurosos; um enorme brilhante cintilava no meio de sua camisa suja. "Quer uma frisa, *my lord*?" perguntou, ao ver-me, tirando o chapéu num espetacular gesto de servilismo. Havia nele algo que me divertiu, Harry. Era um monstro. Sei que vai rir de mim, mas entrei e paguei todo um guinéu pelo camarote de proscênio. Até hoje não sei por que o fiz; e, no entanto, se eu não tivesse entrado... caro Harry, se não tivesse feito isto, iria perder o maior romance de minha vida. Vejo que se ri. É o cúmulo!

– Não estou rindo, Dorian; pelo menos, não estou rindo de você. Mas não deveria dizer que é o maior romance de sua vida, e sim o primeiro romance de sua vida. Você sempre será amado e sempre estará apaixonado pelo amor. Uma grande *passion* é o privilégio das pessoas que não têm o que fazer. É esta a única utilidade das classes ociosas. Não tenha medo. Muitas coisas agradáveis o esperam. Isto é apenas o começo.

– Acha minha natureza assim tão superficial? – perguntou Dorian Gray, encolerizado.

– Não; acho sua natureza muito profunda.

– Que quer dizer?

– Caro menino, as pessoas que só amam uma vez na vida é que são superficiais. Aquilo que elas chamam lealdade, fidelidade, eu chamo letargia de costume, ou falta de imaginação. A fidelidade é, para a vida emocional, o que a coerência é para a vida do intelecto: simplesmente uma confissão de fracassos. Fidelidade! Preciso analisá-la um dia. Nela se acha a paixão pela propriedade. Há muitas coisas que gostaríamos de jogar fora, não fosse o receio de que outras pessoas as apanhassem. Mas não quero interrompê-lo. Continue com sua história.

– Pois bem, vi-me sentado num horrível camarotezinho particular, com uma vulgar cortina a encarar-me. Examinei a sala. Era muito espalhafatosa, com cupidos e cornucópias, tal bolo de casamento de terceira classe. A galeria e a plateia estavam repletas, mas as duas primeiras filas de poltronas sujas achavam-se completamente vazias e havia pouquíssima gente no lugar a que eles chamam, suponho, balcão. Passavam mulheres vendendo laranjas e cerveja de gengibre, e havia grande consumo de nozes.

– Devia ser como nos florescentes dias do drama inglês.

– Talvez; e era muito deprimente. Fiquei imaginando o que deveria fazer, quando dei com os olhos no programa. Que peça julga você que iam levar?

– Com certeza era *O menino idiota* ou *Tolo mas inocente*. Nossos pais gostavam muito desse gênero de peças, creio. Quanto mais vivo, Dorian, mais me convenço de que o que era bom para nossos pais não é suficientemente bom para nós. Em arte, assim como em política, *les grands-pères ont toujours tort*.

– A peça era suficientemente boa para nós, Harry. Tratava-se de *Romeu e Julieta*. Confesso que me sentia aborrecido com a ideia de ver Shakespeare representado naquela maldita espelunca. Mas, de certo modo, estava interessado. Em todo o caso, resolvi esperar pelo primeiro ato. A orquestra era péssima, dirigida por um jovem hebreu sentado a um piano desafinado. Isto quase me convenceu a ir embora, mas ergueu-se o pano e, finalmente, começou o espetáculo. Romeu era um homem gordo e idoso, com sobrancelhas pintadas com rolha queimada, voz rouca e trágica e um corpo que parecia um barril de chope. Mercúcio era quase tão ruim quanto ele. Representava-o um comediante de terceira classe, que introduzira na peça piadas de sua autoria e parecia em muito bons termos com a plateia. Eram ambos tão grotescos quanto o cenário, e este parecia ter saído de uma barraca de feira do interior. Mas Julieta! Imagine, Harry, uma pequena com menos de 17 anos, rosto que parecia uma flor, cabecinha grega com tranças de um castanho-escuro, olhos que eram abismos de paixão cor de violeta, lábios semelhantes a pétalas de rosa. Era a coisinha mais linda que eu jamais vira na vida. Você me disse, certa vez, que a tristeza não o comovia, mas que a beleza, a simples beleza, podia provocar-lhe lágrimas. Asseguro-lhe, Harry, eu mal podia ver aquela pequena, tal a nuvem de lágrimas que me velava os olhos. E sua voz... Nunca ouvi voz igual. Baixa, a princípio, com tons profundos e aveludados que pareciam chegar, um a um, aos meus ouvidos. Depois, tornava-se um pouco mais alta, parecendo uma flauta ou um distante oboé. Na cena do jardim, tinha o trêmulo êxtase que ouvimos pouco antes do amanhecer, quando cantam os rouxinóis. Houve momentos, mais tarde, em que encerrava a selvagem paixão de violinos. Você sabe como uma voz pode emocionar. Sua voz, Harry, e a de Sibyl Vane são duas coisas de que jamais me esquecerei. Quando fecho os olhos, ouço-as e cada uma diz algo diferente. Não sei qual delas seguir. Por que não hei de amá-la? Harry, eu a amo, realmente. É tudo para mim na vida. Noite após noite vou lá para vê-la representar. Num espetáculo ela é Rosalinda e, no seguinte, é Imogênia. Via-a morrer à sombra de um túmulo italiano, sugando veneno dos lábios de seu amado. Vi-a vaguear pelas florestas de Arden, disfarçada num belo rapazinho de calção, gibão e um lindo gorro. Estava louca e fora à presença do rei culpado dando-lhe arruda e ervas amargas. Vi-a inocente, as negras mãos do ciúme apertando-lhe o pescoço frágil como junco. Vi-a em todas as épocas e em todos os trajes. Mulheres comuns nunca despertam nossa imaginação. Estão limitadas a seu século. Nenhum encanto as transfigura. Conhecemos-lhes a alma tão facilmente quanto seus chapéus. Sempre podemos encontrá-las. Não há nelas mistério algum. Andam a cavalo pelo parque de manhã, tagarelam em chás à tarde. Têm um sorriso estereotipado e os gestos da moda. São transparentes. Mas uma atriz!... Quão diferente é a atriz!... Harry, por que não me disse que a única criatura digna de amor é a atriz?

– Porque amei muitas delas, Dorian.

– Sim, criaturas horríveis, de cabelos tingidos e rostos pintados.

– Não deprecie cabelos tingidos e rostos pintados. Às vezes há neles um encanto extraordinário – disse lorde Henry.

– Neste momento, acho que teria sido preferível não ter lhe falado em Sibyl Vane.

– Não poderia ter deixado de falar, Dorian. Durante toda a sua vida, você me contará tudo o que fizer.

– Sim, Harry, creio que é verdade. Não posso deixar de contar-lhe o que se passa comigo. Você exerce uma curiosa influência sobre minha pessoa. Se algum dia eu cometesse um crime, viria confessar-me a você. Sei que me compreenderia.

– Pessoas como você, raios de sol da vida, não cometem crimes, Dorian. Mas agradeço-lhe o cumprimento, mesmo assim. Diga-me agora... seja bonzinho e dê-me os fósforos... obrigado. Quais são suas verdadeiras relações com Sibyl Vane?

Dorian levantou-se de um salto, de rosto corado e olhos reluzentes.

– Harry! Sibyl Vane é sagrada!

– Somente as coisas sagradas merecem ser tocadas, Dorian – replicou lorde Henry, com estranha nota de tristeza na voz. – Mas, por que se aborrecer? Suponho que um dia ela será sua. Quando uma pessoa está apaixonada, começa por enganar a si própria e acaba enganando os outros. É a isto que o mundo dá o nome de romance. Em todo o caso, será que a conhece?

– Claro que a conheço. Na primeira noite em que fui ao teatro, o horrível judeu veio ao meu camarote, terminado o espetáculo, e ofereceu-se para levar-me aos bastidores e apresentar-me a ela. Fiquei furioso com o sujeito e disse-lhe que fazia séculos que Julieta morrera e que seu corpo jazia num túmulo de mármore, em Verona. Por seu olhar atônito, percebi que julgava que eu bebera champanhe demais, ou coisa semelhante.

– Não é de admirar.

– Depois, perguntou-me se eu escrevia para os jornais. Respondi que nem mesmo os lia. Pareceu muito decepcionado com isto, confiando-me que todos os críticos dramáticos conspiravam contra ele e que, sem exceção, eram passíveis de suborno.

– Não duvido que estivesse dizendo a verdade. Mas, por outro lado, a julgar pelas aparências, a maioria não deve ser nada cara.

– Pois bem, ele parecia achar que não estavam a seu alcance – retrucou Dorian, rindo. – A esta altura, naturalmente, as luzes do teatro já se apagavam e tive de sair. Ele queria que eu experimentasse uns charutos, que muito me recomendava. Recusei. Na noite seguinte, voltei lá, é claro. Quando o homem me viu, inclinou-se profundamente, assegurando-me que me considerava um grande protetor da arte. Era um sujeito repulsivo embora manifestasse extraordinária paixão por Shakespeare. Disse-me certa vez, com orgulho, que suas cinco falências podiam ser atribuídas ao Bardo, como insistia em chamá-lo. Parecia considerar isto uma homenagem.

– Era uma homenagem, caro Dorian, uma grande homenagem. Muita gente vai à falência por ter aplicado dinheiro na prosa da vida. Arruinar-se uma pessoa por causa de poesia é uma honra. Mas, quando foi que falou com a Srta. Sibyl Vane pela primeira vez?

– Na terceira noite. Ela estivera representando Rosalinda. Não resisti à tentação de ir procurá-la. Atirara-lhe algumas flores e ela me olhara, pelo menos assim o julguei. O velho judeu era persistente. Parecia decidido a levar-me aos bastidores, de modo que concordei. Curioso eu não querer conhecê-la, não acha?

– Não, não acho.

– Caro Harry, por que não?

– Digo-lhe qualquer outro dia. Agora quero que me fale dessa moça.

– Sibyl?... Oh, pareceu-me muito tímida, muito suave. Há nela algo de infantil. Seus olhos se abriram, em deliciosa expressão de espanto, quando lhe falei de sua maneira de representar; parecia não ter consciência do próprio valor. Creio que estávamos ambos um pouco nervosos. O velho judeu postara-se, todo sorridente, à porta do empoeirado camarim, fazendo complicados discursos sobre nós dois, enquanto ela e eu nos olhávamos como duas crianças. Insistia em chamar-me *my lord*, de modo que fui obrigado a dizer a Sibyl que não era nada disso. Ela replicou, com muita simplicidade: "O senhor mais parece um príncipe. Devo chamá-lo Príncipe Encantado."

– Palavra de honra, Dorian, a Srta. Sibyl sabe fazer elogios.

– Você não a compreende, Harry. Ela me olhava apenas como personagem de uma peça. Não conhece nada da vida.

Mora com a mãe, mulher apagada, gasta, que representara lady Capuleto, na primeira noite, enrolada numa espécie de capa vermelha, e que tem uma expressão de quem já conheceu dias melhores na vida.

– Conheço essa expressão. Deixa-me deprimido – murmurou lorde Henry, examinando seus anéis.

– O judeu queria contar-me a história de Sibyl, mas eu disse que não estava interessado.

– E fez muito bem. Há sempre algo de infinitamente mesquinho nas tragédias alheias.

– É apenas Sibyl que me interessa. Que me importa o lugar de onde veio? Desde a cabecinha até a ponta dos pezinhos, ela é absolutamente divina. Tenho ido lá todas as noites e cada vez a acho mais maravilhosa.

– Com certeza é por esse motivo que você não janta mais comigo. Achei que devia estar envolvido em algum curioso romance. E está. Mas não é bem o que eu esperava.

– Caro Harry, temos almoçado ou ceado juntos todos os dias, e fomos à Ópera várias vezes – replicou Dorian, com expressão admirada nos olhos azuis.

– Sempre chega muito atrasado.

– Bem, não posso deixar de ir ver Sibyl representar, nem que seja por um ato apenas – disse Dorian. – Tenho fome de sua presença e, quando penso na alma maravilhosa que se esconde no corpinho de marfim, fico deveras impressionado.

– Hoje pode jantar comigo, não pode, Dorian?

O rapaz balançou a cabeça.

– Hoje ela é Imogênia – respondeu. – E amanhã será Julieta.

– E quando será Sibyl Vane?

– Nunca.

– Felicito-o.

– Como você é mau! Ela encarna todas as heroínas do mundo. É mais do que um indivíduo. Você ri, mas garanto-lhe que é um gênio. Eu a amo e hei de fazer com que me ame.

Você, que conhece todos os segredos da vida, diga-me como poderei enfeitiçar Sibyl Vane, para que me ame! Quero fazer com que Romeu tenha ciúmes. Quero que todos os amantes mortos do mundo ouçam nossos risos e se entristeçam. Quero que um sopro de nossa paixão faça estremecer o pó em que eles se transformaram e desperte suas cinzas para nova dor. Meu Deus, Harry, como a idolatro! – Dorian caminhava de um lado a outro da sala enquanto falava. Manchas vermelhas tingiam-lhe as faces. Estava numa excitação febril.

Lorde Henry observava-o com sutil sensação de prazer. Como era diferente do rapazinho tímido, amedrontado, que ele encontrara no ateliê de Basil Hallward! Sua natureza desenvolvera-se como uma planta onde houvessem desabrochado flores flamejantes. De seu secreto esconderijo surgira a Alma – e o Desejo fora a seu encontro.

– E que pretende fazer? – perguntou finalmente lorde Henry.

– Quero que você e Basil venham comigo uma noite vê-la representar. Não tenho o mínimo receio do resultado. Você certamente reconhecerá seu talento. Depois, temos de libertá-la das mãos do judeu. Ela está presa a ele ainda por três anos, pelo menos por dois anos e oito meses, a contar de agora. Claro que terei de compensá-lo. Depois que tudo estiver decidido, alugarei um teatro em West End, para lançá-la condignamente. Ela fará o mundo ficar tão louco quanto eu.

– Isto seria impossível, meu rapaz.

– Sim, fará. Sibyl não somente tem arte, arte consumada, como também personalidade; e você muitas vezes me disse que são as personalidades, não os princípios, que movem o mundo.

– Pois bem, quando iremos?

– Deixe-me ver. Hoje é terça-feira. Vamos marcar para amanhã. Amanhã, ela será Julieta.

– Está certo, nos encontramos, então, no Bristol, às oito. Falarei com Basil.

– Às oito, não, Harry. Às seis e meia. Temos de chegar antes que suba o pano. Precisa vê-la no primeiro ato, quando ela encontra Romeu.

– Seis e meia! Que hora! Será o mesmo que tomar chá completo ou ler um romance inglês. Tem de ser às sete. Nenhuma pessoa que se preze janta antes das sete. Você vai ver Basil até lá? Ou é melhor eu escrever-lhe?

– Caro Basil! Não o vejo há uma semana. É o cúmulo de minha parte, ainda mais tendo ele mandado pôr uma belíssima moldura no quadro desenhado especialmente para mim. Embora eu tenha um pouco de ciúme do retrato, por ser um mês mais moço do que eu, reconheço que me encanta. Talvez seja melhor você escrever-lhe. Não desejo vê-lo a sós. Ele diz coisas que me aborrecem. Dá-me bons conselhos.

Lorde Henry sorriu.

– As pessoas gostam de dar aquilo de que elas próprias mais necessitam. É a isto que chamo "o máximo da generosidade".

– Oh, Basil é um ótimo sujeito, mas parece-me um tanto filisteu. Depois que o conheci, Harry, foi que descobri isto.

– Caro rapaz, Basil põe em sua obra tudo o que nele há de encantador. O resultado é que nada lhe resta para a vida, a não ser os preconceitos, seus princípios e seu senso comum. Os únicos artistas meus conhecidos que considero encantadores são maus artistas. Os bons artistas existem apenas naquilo que fazem e, por conseguinte, são completamente desinteressantes em si mesmos. Um grande poeta, um poeta verdadeiramente grande, é o menos poético dos homens. Mas os poetas inferiores são realmente fascinantes. Quanto piores forem suas rimas, mais pitorescos eles parecerão. O simples fato de ter publicado um livro de sonetos de segunda classe torna o homem irresistível. Ele vive a poesia que não pode escrever. Os outros escrevem a poesia que não ousam realizar.

– Será mesmo verdade, Harry? – perguntou Dorian Gray, pondo no lenço um pouco do perfume de um grande vidro de tampa dourada, que estava na mesa. – Deve ser, se você o diz. E, agora, tenho de ir-me embora. Imogênia espera-me. Não se esqueça de amanhã. Adeus.

Depois que ele saiu, lorde Henry cerrou as pálpebras e pôs-se a refletir. Não havia dúvida de que bem poucas pessoas o tinham interessado tanto quanto Dorian Gray; e, no entanto, a adoração do rapaz por outra pessoa causara-lhe um leve aborrecimento, ou ciúme. Ficou satisfeito com isto. Tornava Dorian um objeto de estudo mais interessante. Lorde Henry sempre se sentira atraído pelos métodos de ciência natural, mas o tema comum dessa ciência parecera-lhe banal e sem importância. Assim sendo, começara por praticar a vivissecção em si próprio e acabara praticando-a nos outros. Só a vida humana lhe parecia digna de ser investigada. Comparada a ela, coisa alguma tinha valor. Verdade que, quando uma pessoa observava a vida em seu curioso cadinho de dor e prazer, não podia usar no rosto máscara de vidro, nem impedir que vapores sulfurosos perturbassem a mente e confundissem a imaginação com monstruosas fantasias e sonhos disformes. Havia venenos tão sutis que, para conhecer-lhes as propriedades, era preciso prová-los. Havia doenças tão estranhas que, se alguém desejasse conhecer-lhes a natureza, teria de contraí-las. E, no entanto, que grande recompensa se recebia! Como o mundo se tornava maravilhoso! Notar a curiosa e dura lógica da paixão e a vida emocional e colorida da inteligência – observar onde se encontravam e onde se separavam, em que ponto estavam em uníssono, em que ponto discordavam –, que coisa deliciosa! Que importava o preço? Nunca se poderia pagar demasiado caro por uma sensação.

Lorde Henry teve consciência – e este pensamento deu um brilho de prazer a seus olhos de um castanho de ágata –, sim, teve consciência de que fora devido a algumas palavras suas, palavras musicais ditas com musicalidade, que a alma de Dorian Gray se voltara para aquela moça inocente, inclinando-se diante dela, em adoração. Até certo ponto, o rapaz era criação sua. Ele tornara-o prematuro. Isto era alguma coisa. As pessoas comuns esperavam até que a vida lhes desvendasse seus segredos, mas para alguns, para os eleitos, os mistérios da vida eram revelados antes que o véu fosse retirado. Às vezes isto era o efeito da arte, principalmente da arte da literatura, que lidava diretamente com as paixões e a inteligência. Mas, de vez em quando, uma personalidade complexa tomava o lugar e assumia o papel da arte; tornava-se realmente uma verdadeira obra de arte, pois a Vida tem suas caprichosas obras-primas, tanto quanto a poesia, a escultura ou a pintura.

Sim, o rapaz era precoce. Armazenava, enquanto ainda era primavera. A pulsação e a paixão da mocidade vibravam em seu ser, mas ele estava adquirindo consciência de si próprio. Era delicioso observá-lo. Com seu belo rosto, sua bela alma, era algo que merecia admiração. Não importava de que maneira tudo pudesse terminar ou estivesse fadado a terminar. Ele era como uma daquelas graciosas figuras numa peça histórica, ou outra qualquer; suas alegrias nos parecem remotas, mas as tristezas nos despertam sensação de beleza e as feridas são como rosas rubras.

Alma e corpo, corpo e alma – como eram misteriosos! Havia animalismo na alma e o corpo tinha seus momentos de espiritualidade. Os sentidos podiam elevar e o intelecto podia desagradar. Quem iria dizer onde cessava o impulso carnal ou quando começava o impulso psíquico? Como eram superficiais as arbitrárias definições dos psicólogos comuns! E, no entanto, como era difícil decidir entre as solicitações das várias escolas! Seria a alma uma sombra instalada na casa do pecado? Ou estaria o corpo realmente na alma, conforme pensara Giordano Bruno? A separação do espírito e da matéria era um mistério, e a união do espírito e da matéria era outro mistério.

Ele ficou a imaginar se seria possível tornar a psicologia uma ciência tão absoluta que as mínimas molas da vida nos seriam reveladas. Tal como era, nunca nos compreendíamos a nós mesmos e raramente compreendíamos os outros. A experiência não tinha valor ético. Era apenas o nome que os homens davam a seus erros. Os moralistas, em geral, haviam-na considerado uma espécie de advertência, tinham-lhe atribuído certa eficiência ética na formação do caráter, louvando-a como algo que nos houvesse ensinado o que deveríamos seguir e o que convinha evitar. Mas não havia força motriz na experiência. Como causa ativa era tão fraca quanto a própria consciência. Só o que ela realmente demonstrava era que nosso futuro seria igual ao passado e que o pecado que uma vez cometêramos, com horror, cometeríamos muitas outras vezes, com alegria.

Para lorde Henry, não havia dúvida de que o método experimental era o único pelo qual se podia chegar a uma análise científica das paixões; certamente Dorian Gray era um material como que feito especialmente para ele e parecia prometer ricos resultados. Sua repentina e louca paixão por Sibyl Vane era um fenômeno psicológico de grande interesse. Forçoso reconhecer que a curiosidade tinha muito a ver com isto, curiosidade e desejo de novas experiências; não era, todavia, uma paixão simples; ao contrário, era bastante complexa. O que havia nela de instinto puramente sensual da adolescência modificara-se por obra da imaginação, tornando-se, para o próprio Dorian, algo que parecia alheio aos sentidos e, por este motivo, ainda mais perigoso. As paixões sobre cuja origem nos iludimos são as que mais nos tiranizam. Nossos mais fracos motivos são aqueles cuja natureza percebemos. Acontece muitas vezes que, quando pensamos que estamos fazendo experiências com os outros, na realidade as fazemos conosco.

Lorde Henry sonhava com essas coisas quando ouviu uma batida à porta; o criado entrou, avisando-o de que era hora de vestir-se para o jantar. Ele levantou-se e olhou a rua. O pôr do sol tingira de ouro rubro as janelas superiores das casas fronteiras. As vidraças brilhavam como chapas de metal aquecido. O céu, acima, parecia uma rosa desbotada. Ele pensou na vida violentamente colorida de seu jovem amigo e ficou conjecturando como ela iria terminar.

Quando voltou para casa, mais ou menos à meia-noite e meia, notou um telegrama na mesa do vestíbulo. Abriu-o e viu que era de Dorian Gray, participando-lhe que ficara noivo de Sibyl Vane.

5

— Mamãe, mamãe, sinto-me tão feliz! – murmurou a moça, escondendo o rosto no colo da mulher cansada e gasta que, de costas para a luz forte e incômoda, estava sentada na única poltrona que havia na sala pobre. – Sinto-me tão feliz! – repetiu. – E a senhora também deve sentir-se assim.

A Sra. Vane contraiu-se e pousou a mão branca e magra na cabeça da filha.

– Feliz! – exclamou. – Só me sinto feliz quando a vejo representar, Sibyl. Você não deve pensar em mais nada, a não ser em sua arte. O Sr. Isaacs tem sido muito bom para nós e lhe devemos dinheiro.

A moça ergueu a cabeça, fazendo beicinho.

– Dinheiro, mamãe? Que importa o dinheiro? O amor vale mais que o dinheiro.

– O Sr. Isaacs emprestou-nos cinquenta libras, para que pagássemos nossas dívidas e comprássemos um enxoval decente para James. Não deve esquecer-se disto, Sibyl. Cinquenta libras! É uma quantia apreciável. O Sr. Isaacs tem sido muito atencioso.

– Ele não é um cavalheiro, mamãe, e detesto sua maneira de falar comigo – replicou a moça, erguendo-se e aproximando-se da janela.

– Não vejo como poderemos nos arranjar sem ele – respondeu a mãe.

Sibyl atirou a cabeça para trás e riu.

– Não precisamos mais dele, mamãe. O Príncipe Encantado é agora quem dirige nossa vida.

Fez uma pausa. Seu sangue correu mais rápido nas veias e tingiu-lhe as faces. A respiração ofegante entreabriu as pétalas de seus lábios, que palpitaram. Um vento de paixão agitou-a, fazendo com que estremecessem as graciosas pregas de suas vestes.

– Amo-o – disse ela, com simplicidade.

– Criança louca! Criança louca! – dizia a mãe, como um papagaio. O gesto que faziam as mãos de dedos curvados e cheios de anéis falsos tornava ainda mais grotescas as palavras.

A moça riu de novo. Havia em sua voz a alegria de um pássaro. Os olhos captaram alguma melodia e tornaram-se radiantes; ela cerrou-os por um momento, como que para ocultar seus segredos. Quando novamente os abriu, via-se que sobre eles passara o véu do sonho.

A sabedoria de lábios finos falava-lhe, lá da cadeira gasta, recomendando prudência, conselhos extraídos do livro da covardia, mascarada pelo autor com o nome de senso comum. Sibyl não ouvia. Sentia-se livre em sua prisão de amor. Seu príncipe, o Príncipe Encantado, estava ali, ao lado. Ela recorrera à Memória para refazê-lo. Mandara a alma à sua procura e esta voltara com ele. Seu beijo ainda lhe queimava os lábios. Seu hálito lhe aquecia as pálpebras.

Nisto, a Sabedoria alterou seus métodos e falou de espionagem e de investigações. Talvez o rapaz fosse rico. Neste caso, convinha pensar em casamento. Aos ouvidos de Sibyl chegavam as ondas da astúcia humana. As setas da manha passavam a seu lado. Viu os lábios finos moverem-se e sorriu.

De repente, teve necessidade de falar. O silêncio que parecia cheio de palavras perturbava-a.

– Mamãe, mamãe, por que ele me ama tanto? Sei por que o amo. Amo-o porque ele é a própria encarnação do amor. Mas, o que vê ele em mim? Não o mereço. Apesar disto, por quê, não sei, embora me considere muito inferior a ele, não me sinto humilde. Sinto-me orgulhosa, imensamente orgulhosa. Mamãe, a senhora amava meu pai como amo o Príncipe Encantado?

A velha empalideceu sob a camada de pó de arroz ordinário que lhe cobria o rosto e seus lábios tiveram uma contração de dor. Sibyl correu para ela, pôs os braços à volta de seu pescoço e beijou-a.

– Perdoe-me, mamãe. Sei que sofre ao falar em papai. Mas isto é porque o amou muito. Não fique triste assim. Sinto-me tão feliz quanto a senhora se sentiu há vinte anos. Ah, deixe-me ser feliz para sempre!

– Minha filha, você é muito moça para pensar em amar. Além do mais, que sabe a respeito desse rapaz? Nem mesmo sabe o seu nome. O caso todo é muito inconveniente e, francamente, agora que James vai para a Austrália e tenho tanto em que pensar, acho que você poderia ter tido um pouco mais de consideração. Mas, como já disse, se ele for rico...

– Ah, mamãe, deixe-me ser feliz!

A Sra. Vane olhou-a e, com um daqueles gestos falsos e teatrais que frequentemente se tornam uma segunda natureza no artista, apertou-a nos braços. Nesse momento a porta abriu-se e um jovem de ásperos cabelos castanhos entrou na sala. Era troncudo, com pés e mãos grandes, e parecia um tanto desajeitado de movimentos. Não era tão fino de maneiras quanto a irmã. Ninguém suporia que tivessem parentesco tão próximo. O sorriso da Sra. Vane alargou-se ao vê-lo. Mentalmente, elevou-o à dignidade de auditório. Tinha certeza de que o *tableau* era interessante.

– Você bem podia guardar alguns de seus beijos para mim, Sibyl – disse o rapaz, com um resmungo bem-humorado.

– Ah, mas você não gosta de beijos, Jim – replicou a moça. – É um verdadeiro urso. – Ao dizer isto, correu para ele e abraçou-o.

James olhou a irmã, carinhosamente.

– Quero que venha dar um passeio a pé comigo, Sibyl. Creio que nunca mais verei esta horrorosa Londres. Garanto que não tenho o mínimo desejo.

– Meu filho, não diga essas coisas horríveis – murmurou a Sra. Vane, apanhando um vistoso traje de teatro e pondo-se a remendá-lo. Estava decepcionada por ver que o filho não viera para ficar com elas. Isto teria aumentado a pitoresca teatralidade da situação.

– Por que não, mamãe? Disse o que penso.

– Você me desgosta, meu filho. Espero que volte da Austrália em boa situação financeira. Creio que não há sociedade nas Colônias, nada que se possa chamar sociedade, de modo que, quando você tiver feito fortuna, deverá voltar para Londres e instalar-se aqui.

– Sociedade! – exclamou o rapaz. – Não quero saber disso. Gostaria de ganhar dinheiro para poder afastar a senhora e Sibyl do teatro. Detesto-o.

– Oh, Jim! – exclamou Sibyl, rindo. – Que coisa para dizer! Mas vai mesmo dar um passeio a pé comigo? Que bom! Estava com medo de que me avisasse que ia despedir-se de alguns de seus amigos. De Tom Hardy, que lhe deu aquele horrível cachimbo, ou de Ned Langton, que caçoa de você, por fumá-lo. É muita gentileza sua dedicar-me sua última tarde. Aonde iremos? Vamos ao parque?

– Estou muito malvestido – respondeu ele, contraindo as sobrancelhas. – Somente as pessoas elegantes é que vão ao parque.

– Não diga tolices, Jim – murmurou Sibyl, alisando a manga do seu paletó.

Ele hesitou por um momento.

– Muito bem – disse, afinal. – Mas não leve muito tempo para vestir-se.

A moça dirigiu-se, dançando, para a porta. Podia-se ouvir seu cantarolar, quando subiu correndo as escadas. Seus passinhos ressoavam lá em cima. O rapaz andou de um lado a outro do quarto durante alguns minutos. Depois, virou-se para o vulto imóvel na cadeira.

– Mamãe, minhas coisas estão prontas? – perguntou.

– Sim, James, está tudo pronto – respondeu a velha, sem tirar os olhos do trabalho.

Nos últimos meses, sentira-se pouco à vontade todas as vezes que se via a sós com aquele filho rude, sério. Quando seus olhos se encontravam com os dele, tinha a consciência da própria frivolidade. Ficava a imaginar se Jim suspeitaria de alguma coisa. Ele não fez nenhuma outra observação e ela achou o silêncio intolerável. As mulheres defendem-se atacando, assim como atacam com súbitas e estranhas capitulações.

– Espero que goste de sua vida no mar, James – disse ela. – Lembre-se de que foi você mesmo que a escolheu. Poderia ter entrado para o escritório de um advogado. Os advogados pertencem a uma classe muito respeitável e, quando moram no campo, muitas vezes jantam com as melhores famílias.

– Detesto escritórios e detesto empregados de escritórios – replicou o rapaz. – Mas a senhora tem razão. Escolhi minha carreira. Só o que lhe digo é: vele por Sibyl. Não deixe que lhe aconteça mal algum. Mamãe, a senhora precisa cuidar dela.

– James, você fala de maneira muito estranha. Claro que velarei por Sibyl.

– Ouvi dizer que certo cavalheiro vai todas as noites ao teatro e depois se dirige para os bastidores, à procura de Sibyl. Acha isto direito? Que me diz?

– Fala de coisas de que não entende, James. Em nossa profissão, estamos habituadas a ser alvo de gentilezas. Eu mesma costumava receber muitos ramos de flores, antigamente. Isto no tempo em que se compreendia realmente a arte de representar. Quanto a Sibyl, não sei se sente uma atração séria ou não. Mas não há dúvida de que o rapaz é um perfeito cavalheiro. Trata-me com muita delicadeza. Além do mais, parece rico e as flores que manda são lindas.

– Mas a senhora não sabe seu nome – replicou o rapaz, asperamente.

– Não – respondeu a mãe, com expressão plácida na fisionomia. – Ele ainda não revelou seu verdadeiro nome. Acho isto muito romântico. Com certeza pertence à aristocracia.

James Vane mordeu os lábios.

– Tome conta dela, mamãe – exclamou. – Tome conta dela!

– Meu filho, você me aflige. Sibyl está sempre sob meus cuidados. Claro que se esse cavalheiro for rico não há motivo para que não se casem. Espero que pertença à aristocracia. Tem toda a aparência disto, não há dúvida. Poderia ser um casamento brilhante para Sibyl. Formariam um belo casal. Ele chama a atenção pela beleza; todos notam isto.

O rapaz resmungou em voz baixa e começou a tamborilar na janela, com seus dedos grosseiros. Voltara-se para dizer qualquer coisa, quando a porta se abriu e Sibyl entrou, correndo.

– Como vocês estão sérios! – exclamou. – Que aconteceu?

– Nada – respondeu o rapaz. – Às vezes temos que ficar sérios. Até logo, mamãe. Preciso jantar às cinco horas. Está tudo na mala, menos as camisas, de modo que a senhora não precisa incomodar-se.

– Até logo, meu filho – respondeu ela, inclinando-se com afetada formalidade.

Estava muito aborrecida com o tom que o rapaz adotara para com ela e notara em sua expressão algo que a atemorizava.

– Beije-me, mamãe – disse a moça. Seus lábios macios tocaram a face murcha, aquecendo-lhe a frialdade.

– Minha filha! Minha filha! – exclamou a Sra. Vane, olhando para o teto, em busca de uma plateia numa galeria imaginária.

– Venha, Sibyl – chamou o irmão, impaciente. Detestava a afetação da mãe.

Saíram para a tarde ensolarada e cheia de vento e desceram pela feia Euston Road. Os transeuntes olhavam com espanto para o rapaz troncudo e taciturno, que, metido em traje grosseiro, acompanhava aquela moça graciosa, de aparência tão fina. Parecia um jardineiro vulgar caminhando com uma rosa.

Jim franzia de vez em quando a testa, quando percebia o olhar indagador de algum estranho. Não gostava que o encarassem, aversão esta que sentem os gênios bem tarde na vida, mas que jamais abandona as pessoas vulgares. Sibyl, no entanto, não notava o efeito que causava. O amor sorria em seus lábios. Pensava no Príncipe Encantado e, para melhor poder pensar nele, não tocava em seu nome, tagarelando sobre o navio no qual Jim embarcaria, sobre o ouro que certamente encontraria, sobre a maravilhosa herdeira que salvaria das mãos de malvados bandidos de camisa vermelha. Sim, pois não deveria continuar sempre como marinheiro, ou comissário de bordo, ou fosse o que fosse. Oh, não! A vida de marinheiro seria horrível. Ficar fechado num navio horroroso, enquanto as ondas altas e fortes procurassem entrar ali, um vento áspero derrubando mastros e rasgando velas! Ele deveria abandonar o navio em Melbourne, despedir-se cortesmente do capitão e dirigir-se imediatamente para a região do ouro. Antes que passasse uma semana, descobriria uma enorme pepita de ouro, a maior jamais encontrada, e a traria para a costa numa carroça guardada por seis policiais a cavalo. Os bandidos os atacariam por três vezes e seriam derrotados com grande morticínio. Ou, talvez não. Ele não deveria ir em busca de ouro. Eram lugares péssimos, onde os homens se embriagavam, matavam-se uns aos outros e usavam linguagem obscena. Teria uma fazenda de carneiros e, certa tarde, ao voltar a cavalo para casa, veria que a linda herdeira fora raptada e estava sendo levada por um bandido, num cavalo negro. Iria no seu encalço e a libertaria. Claro que a moça se apaixonaria por ele e ele por ela, e se casariam, e viriam morar numa casa imensa, em Londres. Sim, coisas deliciosas o esperavam. Mas tinha que ser muito ajuizado e não perder a calma e não gastar seu dinheiro à toa. Ela era apenas um ano mais velha, mas conhecia bem mais a vida do que o irmão. E que Jim não se esquecesse de mandar-lhe uma carta de todos os navios e de fazer as orações todas as noites, antes de deitar-se! Deus era muito bom e velaria por ele. Sibyl rezaria, também, e dentro de poucos anos Jim voltaria rico e feliz.

O rapaz ouvia taciturno e não respondia. Estava profundamente pesaroso por deixar o lar.

Mas não era somente isso que o tornava sombrio e desanimado. Apesar de inexperiente, sentia intensamente o perigo da situação de Sibyl. Aquele janota que lhe fazia a corte não podia ter boas intenções. Era um cavalheiro e Jim o detestava por isto, detestava-o devido a algum curioso instinto racial, que não sabia explicar e que, por este motivo, ainda se tornava mais forte. Tinha também consciência da natureza superficial e vaidosa da mãe e via nisto imenso perigo para Sibyl e sua felicidade. As crianças começam por amar os pais; à medida que crescem, passam a julgá-los; algumas vezes os perdoam.

Sua mãe! Tinha alguma coisa a perguntar-lhe, algo que durante meses remoera em silêncio. Uma frase ouvida ao acaso, no teatro, um murmúrio sarcástico que lhe chegara aos ouvidos, certa noite, quando esperava à entrada do palco, tinham determinado uma cadeia de horríveis pensamentos. Lembrava-se disso como se tivesse levado uma chicotada no rosto. Franziu as sobrancelhas e, com estremecimento de dor, mordeu o lábio inferior.

– Você não ouve uma palavra do que digo, Jim – exclamou Sibyl. – Estou fazendo os mais belos planos para seu futuro. Diga alguma coisa.

– Que quer que eu diga?

– Que terá juízo e não se esquecerá de nós – respondeu Sibyl, sorrindo para o irmão.

Ele encolheu os ombros.

Ela corou.

– É mais provável você se esquecer de mim do que eu de você, Sibyl.

– Que quer dizer com isso, Jim?

– Ouvi dizer que tem um novo amigo. Quem é? Por que não me falou sobre isso? Ele não tem boas intenções?

– Cale-se, Jim! – exclamou Sibyl. – Não deve falar mal dele. Amo-o.

– Mas você nem sabe o nome dele – redarguiu o rapaz. – Quem é? Tenho o direito de saber.

– Chama-se Príncipe Encantado. Não gosta do nome? Oh, menino tolo! Nunca devia esquecê-lo. Se conhecesse o meu amado, diria que é a mais maravilhosa criatura deste mundo. Um dia o conhecerá; quando voltar da Austrália. Irá gostar muito dele. Todos gostam... e eu o amo. Seria bom se você pudesse ir ao teatro hoje à noite. Ele estará lá e vou fazer o papel de Julieta. Oh, como hei de interpretá-la! Imagine, sim, estar apaixonada e encarnar Julieta. Vê-lo ali sentado! Representar para deliciá-lo. Receio assustar o público, assustá-lo ou empolgá-lo. Uma pessoa estar enamorada e sobrepujar-se a si mesma! O pobre Sr. Isaacs gritará "Gênio" aos seus ociosos companheiros no bar. Ele me apresentou como um dogma, hoje me anunciará como uma revelação. Sinto isso. E é tudo dele, somente, do meu Príncipe Encantado, de meu maravilhoso bem-amado, de meu deus de bondade. Mas sou pobre, a seu lado. Pobre? Que importância tem isso? Quando a miséria rasteja à porta, o amor entra voando pela janela. Nossos provérbios precisam ser modificados. Foram feitos no inverno e agora é verão: a primavera é, para mim, uma dança de flores no céu azul.

– Ele é um cavalheiro – disse o rapaz, emburrado.

– Um príncipe! – exclamou a moça, com voz musical. – Que mais quer você?

– Deseja escravizá-la.

– Estremeço à ideia de ser livre.

– Quero que tenha cuidado com ele.

– Vê-lo é adorá-lo, conhecê-lo é confiar nele.

– Sibyl, você está louca de paixão.

Ela riu e tomou-lhe o braço.

– Meu caro Jim, fala como se tivesse 100 anos de idade. Chegará o dia em que também se apaixonará. Saberá, então, o que é. Não fique assim emburrado. Devia estar contente por saber que, embora tenha que partir, me deixa mais feliz do que nunca. A vida tem sido dura para nós dois, dura e difícil. Mas agora vai ser diferente. Você vai para um mundo novo, e eu encontrei um. Aqui estão duas cadeiras; vamos nos sentar e ver passar o mundo elegante.

Instalaram-se no meio de um grupo de curiosos. Os canteiros de tulipas, do outro lado, chamejavam como círculos de fogo. Uma poeira branca, qual trêmula nuvem de íris, pairava na atmosfera opressiva. Sombrinhas de cores vivas dançavam e movimentavam-se como monstruosas borboletas.

Ela fez o irmão falar de si próprio, de suas esperanças, de seus planos. Jim exprimia-se lentamente e com esforço. Os dois irmãos passavam as palavras um ao outro, como os jogadores passam fichas. Sibyl estava deprimida. Não conseguia comunicar sua alegria. Um leve sorriso nos lábios taciturnos do irmão era só o que ela despertava. Dali a pouco, calou-se. De repente, viu de relance uns cabelos louros e uns lábios sorridentes. Dorian Gray passou numa carruagem, com duas senhoras.

Sibyl pôs-se de pé.

– Lá está ele! – exclamou.

– Quem? – perguntou Jim Vane.

– O Príncipe Encantado! – respondeu a moça, acompanhando a carruagem com o olhar.

Jim ergueu-se de um salto e agarrou-a bruscamente pelo braço.

– Mostre-me. Qual é ele? Aponte-o. Preciso vê-lo.

Neste momento, no entanto, outra carruagem, do duque de Berwick, se interpôs e, quando deixou espaço livre, a carruagem de Dorian já desaparecera.

– Foi-se embora – disse Sibyl, tristemente. – Queria que você o tivesse visto.

– Eu gostaria de tê-lo visto, pois, tão certo quanto no céu está Deus, se algum dia ele lhe fizer algum mal, eu o matarei.

A irmã fitou-o, horrorizada. Repetiu suas palavras e elas cortaram a atmosfera como um punhal. As pessoas à volta começaram a encará-los. Uma senhora, ao lado de Sibyl, riu.

– Vamos embora, Jim, vamos embora – murmurou a moça. O irmão acompanhou-a, com ar obstinado, por entre a multidão. Estava satisfeito por ter dito aquilo.

Quando chegaram à estátua de Aquiles, ela virou-se. Havia, em seus olhos, uma expressão de piedade que nos lábios se transformava em riso. Balançou a cabeça e disse:

– Você é louco, Jim, completamente louco; um menino genioso, isto sim. Como pode dizer coisas tão horríveis? Não sabe o que está dizendo. É simplesmente ciúme e maldade. Ah, eu gostaria que se apaixonasse. O amor torna as pessoas boas e o que você disse foi muito mau.

– Tenho 16 anos – replicou ele. – Sei o que faço. Mamãe de nada lhe serve. Não sabe cuidar de você. Gostaria, agora, de não ter de ir para a Austrália. Dá-me vontade de mandar tudo às favas. É o que faria, se não tivesse assinado um contrato.

– Oh, não seja tão sério, Jim. Você é como aqueles heróis de uns tolos melodramas, os quais mamãe tanto gostava de representar. Não vou brigar com você. Vi-o e, oh, vê-lo é uma verdadeira felicidade. Não vamos brigar. Sei que você nunca faria mal a quem eu amasse, não é verdade?

– Não enquanto você o amasse, creio – respondeu o rapaz, sombriamente.

– Hei de amá-lo para sempre!

– E ele?

– Para sempre, também!

– Tanto melhor!

Ela recuou com uma contração. Depois riu e pôs a mão no braço de Jim. Ele não passava de uma criança.

Em Marble Arch, tomaram um ônibus que os deixou perto de sua pobre morada na Euston Road. Já passava das cinco horas e Sibyl tinha que ficar deitada durante umas duas horas, antes do espetáculo. Jim insistiu para que o fizesse. Disse que preferia despedir-se dela quando a mãe não estivesse presente. Certamente a velha faria uma cena e ele detestava qualquer tipo de cena.

Despediram-se no quarto de Sibyl. Havia ciúme no coração do rapaz, e um ódio feroz, violento, pelo estranho que, assim lhe parecia, se interpusera entre ele e a irmã. Mas, quando Sibyl passou os braços à volta de seu pescoço, acariciando-lhe em seguida os cabelos, ele amoleceu e beijou-a com sincero afeto. Ao descer a escada, havia lágrimas em seus olhos.

A mãe esperava-o embaixo. Recriminou-lhe a falta de pontualidade quando o viu entrar. Ele não respondeu, mas sentou-se diante da magra refeição à sua frente. Moscas zumbiam à volta da mesa, arrastando-se pela toalha suja. Através do ronco dos ônibus e do tilintar dos carros na rua, ele ouvia a voz monótona que devorava cada minuto que lhe restava.

Depois de algum tempo, Jim afastou o prato e pôs a cabeça nas mãos. Sentia que tinha o direito de saber. Já lhe deveriam ter contado, se fosse verdadeiro o que suspeitava. A mãe observava-o, aterrada. De seus lábios saíram maquinalmente algumas palavras. Um roto lenço de renda estremeceu em seus dedos. Quando o relógio bateu seis horas, o rapaz levantou-se e dirigiu-se para a porta. Voltou-se e fitou-a. Os olhos de ambos se encontraram. Ele viu nos dela um louco apelo de piedade. Isto o encolerizou.

– Mamãe, tenho uma coisa para lhe perguntar – disse. Seus olhos vaguearam pela sala. Ela não respondeu. – Conte-me a verdade. Tenho o direito de saber. A senhora era casada com meu pai?

Ela soltou um profundo suspiro. Suspiro de alívio. O momento terrível, o momento que ela temera noite e dia, durante semanas e meses, chegara finalmente, e ela não sentia medo algum. Para dizer a verdade, de certo modo era uma decepção. A vulgar franqueza da pergunta exigia resposta franca. A situação não fora atingida gradualmente. Era crua. Lembrava-lhe um mau ensaio.

– Não – respondeu, admirada ante a brutal simplicidade da vida.

– Então, meu pai era um canalha? – perguntou o rapaz, de punhos fechados.

Ela balançou a cabeça e respondeu:

– Eu sabia que ele não era livre. Nós nos amávamos muito. Se ele não tivesse morrido, teria tomado providências para nos garantir. Não fale mal dele, meu filho. Era seu pai, e um cavalheiro. Era, realmente, muito bem-relacionado.

O rapaz praguejou.

– Não me importo por mim – exclamou. – Mas não deixe que Sibyl... É um cavalheiro, não é, o homem que está agora apaixonado por ela, ou diz estar? Muito bem-relacionado também, com certeza!

Por um momento, uma pavorosa sensação de humilhação apoderou-se da mulher. A cabeça tombou-lhe sobre o peito. Ela enxugou os olhos com mãos trêmulas.

– Sibyl tem mãe – murmurou. – Eu não tive.

O rapaz comoveu-se. Aproximou-se e, inclinando-se, beijou-a.

– Desculpe-me se a magoei por perguntar sobre meu pai – disse. – Mas não pude evitá-lo. Agora preciso ir. Adeus. Não se esqueça de que agora tem apenas uma filha por quem velar e creia-me que, se esse homem fizer mal à minha irmã, descobrirei quem é, saberei encontrá-lo e o matarei como a um cão. Juro-o.

A exagerada violência da ameaça, o gesto apaixonado que a acompanhou, o tom melodramático das palavras fizeram com que a vida parecesse mais vibrante à Sra. Vane. Ela conhecia esta atmosfera. Respirou mais livremente e, pela primeira vez em muitos meses, realmente admirou o filho. Gostaria de continuar a cena no mesmo diapasão emocional, mas ele não lhe deu oportunidade. Era hora de descer as malhas, de procurar os agasalhos. A criada da casa de cômodos entrava e saía a toda hora. Foi preciso regatear com o motorista do táxi. O momento perdeu-se em pormenores vulgares. Foi com renovada sensação de desapontamento que, da janela, com o roto lenço de renda, ela acenou para o filho que partia. Tinha consciência de que uma grande oportunidade se perdera. Consolou-se dizendo a Sibyl o quão desoladora seria sua vida dali por diante, agora que tinha somente uma filha por quem velar. Lembrou-se da frase. Agradara-lhe. Nada disse sobre a ameaça; fora expressa de maneira vívida e dramática. Sentia que, um dia, iriam todos rir dela.

6

— Com certeza você sabe das novidades, Basil? – perguntou lorde Henry àquela noite, quando Hallward foi introduzido numa saleta reservada, do Bristol, onde a mesa fora preparada para três.

– Não, Harry – respondeu o artista, entregando o chapéu e o sobretudo ao garçom. – De que se trata? Nada de política, espero? É coisa que não me interessa. Não há na Câmara dos Comuns uma só pessoa que mereça ser pintada, embora muitas delas ganhassem em aparência, se recebessem uma caiação.

– Dorian Gray está noivo – contou lorde Henry, observando o amigo, enquanto falava.

Hallward teve um sobressalto; depois franziu a testa.

– Dorian, noivo! – exclamou. – Impossível!

– É a pura verdade.

– Noivo de quem?

– De uma atrizinha qualquer.

– Não acredito. Dorian é sensato demais para fazer isso.

– Dorian é demasiado sábio para não fazer tolices de vez em quando, caro Basil.

– O casamento não é exatamente uma coisa que se possa fazer de vez em quando, Harry.

– Exceto na América – redarguiu lorde Henry, languidamente. – Mas eu não disse que se casou: disse que está noivo. Há uma grande diferença. Sei perfeitamente que sou casado, mas não tenho a mínima recordação de ter sido noivo. Inclino-me mesmo a pensar que jamais o fui.

– Mas pense na origem, posição e fortuna de Dorian. Seria absurdo fazer um casamento tão desigual.

– Se quiser que ele se case com a tal pequena, diga-lhe isto, Basil. Ele se casará, na certa. Quando um homem comete um ato completamente estúpido, sempre o faz inspirado pelos mais nobres motivos.

– Espero que a moça seja boa, Harry. Não desejaria ver Dorian preso a uma criatura vil, que viesse a degradar seu caráter e a arruinar-lhe a inteligência.

– Oh, é mais do que boa... é bela – murmurou lorde Henry, sorvendo seu vermute com amargo de laranja. – Dorian diz que é bela e ele raramente se engana a respeito dessas coisas. O retrato que você fez dele apurou seu gosto em relação à aparência das pessoas. Teve, entre outros, esse ótimo efeito. Vamos vê-la hoje à noite, se o rapaz não se esquecer desse nosso encontro.

– Está falando sério?

– Muito sério, Basil. Eu me sentiria infeliz, se pensasse que algum dia poderia mostrar-me mais sério do que no presente momento.

– Mas você aprova, Harry? – perguntou o pintor, andando de um lado a outro da sala, mordendo o lábio. – Não é possível que aprove uma coisa dessas. É um capricho tolo.

– Não aprovo nem desaprovo coisa alguma atualmente. É uma atitude absurda para se assumir perante a vida. Não viemos ao mundo para alardear nossos preconceitos morais. Nunca ligo ao que dizem as pessoas vulgares e jamais interfiro nos atos das pessoas simpáticas. Se uma personalidade me fascina, acho deliciosa sua maneira de expressar-se, seja ela qual for. Dorian Gray apaixona-se por uma bela menina que faz o papel de Julieta e pede-a em casamento. Por que não? Se se casasse com Messalina, não seria menos interessante. Você sabe que não sou nenhum partidário do casamento. A maior desvantagem do casamento é fazer com que uma pessoa não seja egoísta. E as pessoas que não são egoístas são incolores. Falta-lhes individualidade. Apesar disto, há certos temperamentos que se tornam mais complexos com o casamento. Conservam seu egoísmo e a ele acrescentam muitos egos. São forçados a ter mais de uma vida. Tornam-se altamente organizados e, na minha opinião, ser altamente organizado é o objetivo da existência humana. Além do mais, toda experiência tem valor e, diga-se o que se disser contra o casamento, é, sem dúvida, uma experiência. Espero que Dorian Gray faça dessa moça sua esposa, que a ame apaixonadamente durante seis meses e depois, de repente, se encante por outra. Seria um excelente objeto de estudo.

– Você não acredita numa só palavra do que disse, Harry; bem sabe que não. Se Dorian Gray estragasse sua vida, ninguém o lamentaria mais do que você. Você é muito melhor do que quer parecer.

Lorde Henry riu.

– A razão que nos leva a desejar pensar bem dos outros é termos medo por nós mesmos. A base do otimismo é simplesmente o terror. Julgamos que somos generosos, porque atribuímos ao nosso vizinho a posse de virtudes que oferecem probabilidades de redundar em nosso benefício. Elogiamos o banqueiro para poder sacar a descoberto, encontramos qualidades no salteador de estrada na esperança de que poupe nossa bolsa. Falo tudo isto com sinceridade. Tenho grande desprezo pelo otimismo. Quanto a estragar-se uma vida, só se pode considerar estragada aquela cujo crescimento é detido.

Se você quiser estragar um caráter, basta reformá-lo. Sobre o casamento, claro que seria tolice, mas há outros e mais interessantes laços entre homem e mulher. Certamente os encorajarei. Possuem o encanto de estar na moda. Mas aqui chega Dorian. Ele lhe dirá mais do que eu.

– Caro Harry, caro Basil, felicitem-me! – exclamou o rapaz atirando na cadeira a capa com lapelas de cetim e apertando a mão dos amigos. – Nunca me senti tão feliz. Não há dúvida de que foi repentino; assim o são todas as coisas deliciosas. E, no entanto, parece-me que estive esperando por isto a vida inteira. – Dorian estava corado de excitação e prazer, e tinha uma aparência extraordinariamente bela.

– Espero que seja sempre feliz, Dorian – disse Hallward. – Mas não o perdoo por não me ter participado seu noivado. Você contou a Harry...

– E eu não o perdoo por ter chegado atrasado ao jantar – interrompeu lorde Henry, pondo a mão no ombro do rapaz e sorrindo. – Pois bem, sentemo-nos e vamos ver que tal é o novo *chef* e depois você nos dirá como tudo aconteceu.

– Não há muito o que contar – disse Dorian, enquanto se sentavam à mesinha redonda. – Foi simplesmente isto: depois que o deixei ontem, Harry, vesti-me, jantei qualquer coisa naquele restaurantezinho italiano da Rupert Street que você me fez conhecer e às oito horas fui para o teatro. Sibyl representava Rosalinda. Claro que a cena era péssima e Orlando absurdo. Mas Sibyl!... Vocês precisavam tê-la visto. Quando apareceu, em trajes de rapazinho, estava maravilhosa. Usava um gibão de veludo cor de musgo com mangas cor de canela, estreitas calças de um castanho-claro, bonito gorro verde com uma pena de falcão presa por uma joia e uma capa com capuz, forrada de veludo escuro. Nunca me parecera tão encantadora. Tinha a graça delicada da figurinha de Tanagra que você tem em seu ateliê, Basil. Os cabelos emolduravam-lhe o rosto, como folhas escuras cercando pálida rosa. Quanto a seu modo de representar... pois bem, vocês a verão hoje à noite. É, indubitavelmente, uma artista nata. Fiquei sentado naquele feio camarote, completamente enlevado. Esqueci-me de que estava em Londres, e no século XIX. Senti-me longe, com minha amada, numa floresta que homem algum jamais conhecera. Terminado o espetáculo, fui falar-lhe, nos bastidores. Estávamos sentados, conversando, quando vi de repente surgir em seus olhos uma expressão que jamais vira até então. Meus lábios procuraram os seus. Beijamo-nos. Não posso descrever-lhes o que senti naquele momento. Parecia-me que toda a minha vida se concentrara num ponto perfeito de rósea alegria. Ela estava trêmula, vibrando como um narciso branco. Em seguida, pôs-se de joelhos e beijou-me as mãos. Sinto que não devia contar-lhes isto. Claro que nosso noivado é um segredo absoluto. Ela não contou nem mesmo à mãe. Não sei o que dirão meus tutores; lorde Radley certamente ficará furioso. Não me importo. Atingirei a maioridade em menos de um ano e poderei então fazer o que me aprouver. Fiz bem, não fiz, Basil, em buscar meu amor na poesia e em ir procurar minha esposa nas peças de Shakespeare? Lábios que Shakespeare ensinou a falar murmuraram seu segredo em meu ouvido. Tive a enlaçar-me os braços de Rosalinda e beijei Julieta na boca.

– Sim, Dorian, creio que tem razão – disse Hallward, lentamente.

– Viu-a, hoje? – perguntou lorde Henry.

Dorian Gray balançou a cabeça.

– Deixei-a na floresta de Arden. Vou encontrá-la num pomar de Verona.

Lorde Henry sorveu o champanhe com ar pensativo.

– E em que determinado momento você mencionou a palavra casamento, Dorian? E o que disse ela em resposta? Talvez você tenha se esquecido disso.

– Caro Henry, não cuidei do caso como se fosse uma transação comercial e não fiz pedido formal. Disse-lhe que a amava e ela respondeu que não é digna de ser minha esposa. Não é digna! Ora, o mundo inteiro nada vale para mim comparado a ela.

– As mulheres são muito práticas – murmurou lorde Henry. – Muito mais práticas do que nós. Em situações desse gênero, frequentemente nos esquecemos de falar em casamento e elas fazem com que nos lembremos.

Hallward pôs a mão no braço do amigo:

– Não fale assim, Harry. Você aborrece Dorian. Ele não é como os outros homens. Nunca faria uma pessoa sofrer. É bom demais para isso.

Lorde Henry olhou para o outro lado da mesa.

– Dorian nunca se aborrece comigo – disse. – Fiz a pergunta com a melhor das intenções, a única, realmente, que desculpa qualquer pergunta: a simples curiosidade. Tenho uma teoria de que são sempre as mulheres que nos pedem em casamento; não somos nós que as pedimos. Exceto, naturalmente, na classe média. Mas, pensando bem, a classe média não é moderna.

Dorian Gray riu, jogando a cabeça para trás.

– Você é incorrigível, Harry, mas não me importo. É impossível ficar zangado com você. Quando conhecer Sibyl Vane, verá que o homem que pudesse fazer-lhe mal seria uma fera, uma fera sem coração. Não compreendo como alguém possa querer desonrar o objeto de seu amor. Amo Sibyl Vane. Quero colocá-la num pedestal de ouro e ver o mundo adorar a mulher que é minha. Que é o casamento? Um voto irrevogável. Você zomba dele por isto. Ah, não zombe. É justamente um voto irrevogável o que quero fazer. A confiança que ela tem em mim me torna fiel, sua crença me torna bom. Quando estou ao lado de Sibyl, lamento tudo o que você me ensinou. Torno-me diferente daquele que você conhece. Estou mudado, e um simples toque de mão de minha amada faz com que eu o esqueça, Harry, você e suas teorias errôneas, fascinantes, venenosas e deliciosas.

– E elas são...? – perguntou lorde Henry, servindo-se de salada.

– Oh, suas teorias sobre a vida, sobre o amor, sobre o prazer. Em suma, todas as suas teorias, Harry.

– O prazer é a única coisa sobre a qual vale a pena ter-se teorias – respondeu o outro com sua voz lenta, melodiosa. – Mas creio que não posso reivindicar tal teoria como sendo minha. Pertence à Natureza, não a mim. O prazer é o teste da Natureza, seu sinal de aprovação. Quando nos sentimos felizes sempre somos bons, mas quando somos bons nem sempre somos felizes.

– Ah, mas o que você quer dizer com "ser bom"? – exclamou Basil.

– Sim, o que você quer dizer com isso, Harry? – perguntou Dorian, reclinando-se na cadeira e olhando para lorde Henry por sobre o amontoado de íris de bordas purpúreas que estavam num vaso no centro da mesa.

– Ser bom é estar em harmonia consigo mesmo – replicou lorde Henry, tocando a fina haste do copo com seus dedos pálidos e esguios. – A discordância é ser uma pessoa obrigada a estar em harmonia com os outros. Nossa própria vida... eis o que importa. Quanto à vida dos vizinhos, se quisermos ser pedantes ou puritanos, podemos alardear nossos pontos de vista sobre eles, mas sua vida não nos diz respeito. Além do mais, o individualismo tem realmente o objetivo mais alto. A moralidade moderna consiste em aceitar o padrão de nossa época. Acho que, para um homem culto, adotar o padrão da época é uma forma da mais grosseira imoralidade.

– Mas não é verdade que, quando uma pessoa vive exclusivamente para si próprio, Harry, paga um preço terrível por isto? – perguntou o pintor.

– Sim, hoje em dia nos cobram tudo com exagero. Acho que a verdadeira tragédia dos pobres é não poderem permitir-se nada além de privações. Os belos pecados, assim como as coisas belas, são privilégios dos ricos.

– Temos de pagar de outro modo, não com dinheiro...

– De que modo, Basil?

– Oh, eu diria com remorso, sofrimento; pois bem, com a consciência da própria degradação.

Lorde Henry encolheu os ombros.

– Caro amigo, a arte medieval é encantadora, mas as emoções medievais estão fora de moda. Podem, é claro, ser usadas em ficção. Mas a verdade é que as coisas que podem ser usadas em literatura são as que deixamos de usar na vida real. Creia-me, nenhum homem civilizado lamenta um prazer e nenhum selvagem jamais chega a saber o que é um prazer.

– Sei o que é prazer – exclamou Dorian Gray. – É adorar alguém.

– É de fato melhor do que ser adorado – respondeu lorde Henry, brincando com algumas frutas. – Ser adorado é uma maçada. As mulheres nos tratam exatamente como a humanidade trata seus deuses. Adoram-nos e sempre nos importunam para que façamos alguma coisa por elas.

– Eu diria que, seja o que for que nos peçam, elas primeiro nos deram – murmurou o rapaz, gravemente. – Criam em nós o amor. Têm o direito de pedi-lo de volta.

– Isto é absolutamente verdade, Dorian – exclamou Hallward.

– Não existe nada que seja absolutamente verdade – replicou lorde Henry.

– Isto é – declarou Dorian. – Você tem de concordar, Harry, que as mulheres dão aos homens o próprio ouro de suas vidas.

– É possível – suspirou o outro. – Mas, invariavelmente, elas o querem de volta em trocados bem miúdos. E é aborrecido. As mulheres, como bem disse um francês espirituoso, inspiram-nos o desejo de realizar obras-primas e sempre nos impedem de executá-las.

– Harry, você é terrível! Não sei por que gosto tanto de você.

– Sempre gostará de mim, Dorian – replicou lorde Henry. – Aceitam café, meus amigos?... Garçom, traga café, *fine champagne* e cigarros. Não, não se incomode com os cigarros; tenho alguns. Basil, não permito que fume charutos. O cigarro é o tipo perfeito de um prazer perfeito. É delicioso e deixa a pessoa insatisfeita. Que mais se pode desejar? Sim, Dorian, você sempre gostará de mim. Significo para você todos os pecados que jamais teve coragem de cometer.

– Quanta tolice você diz, Harry! – exclamou o rapaz, acendendo o cigarro na chama que saía da boca de um dragão de prata que o garçom colocara na mesa. – Vamos para o teatro. Quando Sibyl entrar no palco você terá um novo ideal de vida. Ela representará algo que você jamais conheceu.

– Conheci tudo – disse lorde Henry, com expressão cansada no olhar. – Mas estou sempre pronto para uma nova emoção. Receio, no entanto, que, pelo menos para mim, tal coisa não exista. Em todo o caso, pode ser que sua maravilhosa pequena me faça vibrar. Gosto de teatro. É muito mais real do que a vida. Vamos. Dorian, venha comigo. Sinto muito, Basil, mas só há dois lugares no meu carro. Você nos seguirá em outro.

Levantaram-se e vestiram os sobretudos, sorvendo o café em pé. O pintor estava silencioso e preocupado. Pairava sobre ele uma nuvem de tristeza. Não suportava a ideia daquele casamento e, no entanto, parecia-lhe preferível a muitas outras coisas que poderiam ter acontecido. Dali a alguns minutos, desceram os três. Basil seguiu sozinho, conforme o combinado, observando as lanternas do carro à sua frente. Sentia que Dorian nunca mais seria para ele o que fora no passado. A vida se interpusera entre ambos... Seus olhos se obscureceram; as ruas brilhantes e movimentadas tornaram-se nubladas. Quando o carro estacou à porta do teatro, Basil tinha a impressão de que envelhecera vários anos.

7

Por um motivo qualquer, o teatro estava cheio aquela noite e o obeso empresário judeu que os recebeu à porta exibia um sorriso oleoso, trêmulo, que ia de uma orelha a outra. Acompanhou-os até o camarote, com uma espécie de pomposa humildade, acenando com as mãos gordas e cheias de anéis e falando muito alto. Dorian Gray odiou-o mais do que nunca. Tinha impressão de que viera procurar Miranda e encontrara Caliban. Lorde Henry, por outro lado, simpatizou com ele. Pelo menos foi o que disse, insistindo em apertar-lhe a mão, afirmando que se sentia orgulhoso por conhecer um homem que descobrira um verdadeiro gênio e fora à falência por causa de um poeta. Hallward, por sua vez, divertia-se olhando os rostos na plateia. O calor era opressivo e o imenso lustre brilhava, tal monstruosa dália, com amarelas pétalas de fogo. Os rapazes nas galerias haviam despido os paletós e os coletes, dependurando-os a seu lado. Conversavam uns com os outros, através da sala, e dividiam laranjas com as moças de trajes vistosos sentadas perto deles. Algumas mulheres riam na plateia. Suas vozes eram estridentes e dissonantes. Do bar, vinha o ruído de rolhas que saltavam.

– Que lugar para uma pessoa encontrar sua deusa! – exclamou lorde Henry.

– Sim, encontrei-a aqui – respondeu Dorian Gray. – Ela é realmente divina. Quando representa, faz-nos esquecer de tudo. Estes espectadores rudes, vulgares, com suas fisionomias grosseiras e gestos brutos, ficam diferentes quando ela está no palco. Ficam em silêncio e a contemplam. Ela consegue fazê-los chorar e rir, à sua vontade. Faz com que vibrem como violinos. Espiritualiza-os, a ponto de sentirem que são de carne e osso como nós.

– De carne e osso como nós! Espero que não! – exclamou lorde Henry, que examinava, com seus binóculos, as galerias.

– Não ligue para o que ele fala – interveio o pintor. – Compreendo o que você quer dizer e tenho fé nesta jovem. Uma criatura amada por você deve ser maravilhosa e qualquer moça que produza o efeito que descreve há de ser boa e nobre. Espiritualizar nossa era... está aí uma coisa que vale a pena. Se esta menina consegue dar uma alma àqueles que até agora viveram sem nenhuma, se sabe despertar o sentido da beleza em seres cuja vida tem sido sórdida e feia, se pode despojá-los de seu egoísmo e emprestar-lhes lágrimas para tristezas alheias, então é digna de sua admiração e da admiração do mundo. Este casamento é acertado. Não pensei assim, a princípio, mas reconheço-o agora. Os deuses fizeram Sibyl Vane para você. Sem ela, teria ficado incompleto.

– Obrigado, Basil – respondeu Dorian Gray, apertando-lhe a mão. – Sabia que me compreenderia. Harry é tão cínico que me apavora... Eis a orquestra. É horrível, mas dura apenas cinco minutos. Depois sobe o pano e vocês verão a moça a quem vou dedicar minha vida, a quem dei tudo o que há de bom em mim.

Dali a um quarto de hora, entre entusiásticos aplausos, Sibyl Vane surgiu no palco. Sim, era de fato muito bela, uma das mais belas criaturas, pensou lorde Henry, que ele jamais vira. Havia um quê de corça em sua graça tímida e nos olhos assustados. Um leve rubor, tal sombra de uma rosa em espelho de prata, tingiu-lhe as faces, quando ela olhou para a sala repleta e vibrante. Recuou alguns passos e seus lábios estremeceram. Basil pôs-se de pé e começou a aplaudir. Imóvel, como que em sonhos, Dorian Gray continuou sentado, a contemplá-la. Lorde Henry examinava-a com seu binóculo, murmurando:

– Encantadora! Encantadora!

A cena era a do saguão da casa de Capuleto. Vestido de peregrino, Romeu entrou com Mercúcio e seus outros amigos. A orquestra tocou os primeiros acordes e a dança começou. No meio dos artistas canhestros e pobremente vestidos, Sibyl Vane movia-se como criatura de um mundo superior. Seu corpo balançava-se como planta em água. As curvas do pescoço lembravam um lírio-branco. As mãos pareciam feitas de frio marfim. Estava, contudo, estranhamente dispersiva. Não deu mostras de alegria, quando seus olhos pousaram em Romeu. Teve de proferir poucas palavras:

Meu bom romeiro,

Sois severo demais com a vossa mão,
Que só mostrou com isso a sua devoção.
As santas também têm mãos, que os romeiros
Podem tocar, quando eles bem desejam.
E unindo as palmas é que as mãos se beijam.*

Assim como o breve diálogo que se seguiu, tais palavras foram ditas de maneira muito artificial. A voz era bela, mas, do ponto de vista de entonação, totalmente falsa. O colorido estava errado, tirava aos versos toda a vida, tornava irreal a paixão.

Dorian Gray empalideceu ao observá-la. Estava perplexo e ansioso. Nenhum de seus amigos ousava falar-lhe. Sibyl lhes parecia de todo incompetente. Estavam terrivelmente desapontados.

Apesar de tudo, sentiam que a verdadeira prova, para qualquer Julieta, era a cena do balcão, no segundo ato. Esperaram por ela. Se a atriz aí fracassasse, é porque não tinha o mínimo valor.

Estava encantadora, quando surgiu, ao luar. Isto não se poderia negar. Mas a afetação do modo de representar era insuportável e foi ficando cada vez pior. Os gestos tornaram-se absurdamente artificiais. Ela dava excessiva ênfase a tudo o que dizia. A bela passagem:

Tu bem sabes que a máscara da noite
Vela o meu rosto, senão tu verias
O pudor que se pinta em minha face,
Só de pensar nas cousas que te disse
Esta noite!

---

*As citações de *Romeu e Julieta* contidas nesta página e na seguinte são da tradução de Onestaldo de Pennafort, na edição publicada por esta mesma editora. (*N. da T.*)

foi declamada com a penosa precisão de uma colegial que tivesse aprendido a recitar com algum professor de declamação de segunda classe. Quando se debruçou ao balcão e disse estes maravilhosos versos:

> Pois apesar de a tua só presença
> Ser por si mesma já uma alegria imensa,
> Eu não posso gozar de uma vez, esta noite,
> Tanta alegria junta assim, numa entrevista
> Que foi tão brusca, súbita, imprevista,
> Qual relâmpago que, mal luz na escuridão,
> Se apaga, antes que a gente exclame: - Que clarão!
> Querido, boa noite! Este botão de amor,
> Prestes a abrir, ao sopro do verão,
> Na próxima entrevista que tivermos
> Já será com certeza uma esplêndida flor!

pronunciou as palavras como se para ela nada significassem. Não era nervosismo. Pelo contrário, longe de estar nervosa, mostrava-se absolutamente senhora de si. Era simplesmente má arte. Completo fracasso.

Até mesmo os espectadores vulgares, incultos, da plateia e das galerias, perderam o interesse pela peça. Ficaram inquietos, começaram a falar alto e a assobiar. O empresário judeu, que estava de pé, ao fundo do balcão, pateava e praguejava, encolerizado. A única pessoa que se mostrava impassível era a moça.

Quando terminou o segundo ato, houve uma tempestade de assobios. Lorde Henry levantou-se e vestiu o sobretudo.

- Ela é muito bonita, Dorian, mas não sabe representar. Vamos embora.

- Vou ver a peça até o fim - disse o rapaz, em voz dura, amarga. - Sinto muito tê-lo feito perder uma noite, Harry. Peço desculpas a ambos.

- Caro Dorian, talvez a Srta. Vane esteja doente - interrompeu Hallward. - Viremos qualquer outra noite.

– Gostaria que assim fosse – replicou o rapaz. – Mas parece-me que ela é apenas insensível e fria. Mudou completamente. Ontem à noite era uma grande artista. Hoje é uma atriz vulgar, medíocre.

– Não fale assim sobre a criatura amada, Dorian. O amor é algo mais maravilhoso do que a Arte.

– Ambos são simplesmente formas de imitação – observou lorde Henry. – Mas vamos embora, Dorian; você não deve continuar aqui. Não faz bem à moral assistir a um mau espetáculo. Além do mais, não creio que você queira que sua esposa continue no teatro. Assim sendo, que importa que ela represente como um pedaço de pau? É linda e, se conhecer da vida tão pouco quanto da arte de representar, será uma deliciosa experiência. Há apenas dois tipos de pessoas realmente fascinantes – os que sabem absolutamente tudo e os que não sabem absolutamente nada. Deus do céu, meu rapaz, não fique aí com esse ar trágico! O segredo de conservar para sempre a mocidade é nunca sentir emoção que não assente bem. Venha ao clube com Basil e comigo. Fumaremos cigarros e beberemos à beleza de Sibyl Vane. Ela é linda. Que mais você deseja?

– Vá-se embora, Harry – exclamou o rapaz. – Quero ficar só. Basil, vá também. Ah, não percebem que tenho o coração partido?

Lágrimas ardentes queimavam-lhe os olhos. Seus lábios tremiam; correndo para o fundo do camarote, apoiou-se na parede e escondeu o rosto nas mãos.

– Vamos, Basil – disse lorde Henry, com estranha ternura na voz. Os dois saíram.

Dali a momentos, acenderam-se as luzes da ribalta e o pano subiu para o terceiro ato. Dorian Gray voltou para seu lugar. Pálido, altivo e indiferente. A peça arrastava-se, parecendo interminável. A metade do público saíra, fazendo ruído com as botas pesadas e rindo. O espetáculo todo era um fiasco. O último ato quase foi representado para cadeiras vazias. O pano desceu ao som de risadas e resmungos.

Dorian Gray correu para a saleta nos bastidores. A moça ali estava, sozinha, tendo no rosto expressão de triunfo. Havia em seus olhos um estranho fulgor. Estava resplandecente. Os lábios entreabertos sorriam a algum segredo só deles conhecido. Olhou para Dorian quando ele entrou e pareceu tomada de intensa alegria.

– Como representei mal hoje à noite, Dorian! – exclamou.

– Pessimamente! – disse ele, olhando-a, atônito. – Pessimamente! Foi horrível. Medonho. Está doente? Não imagina o que foi. Não pode calcular o que sofri.

A moça sorriu.

– Dorian... – disse ela, com sua voz musical, demorando-se no nome, como se ele fosse mais doce do que mel para as rubras pétalas de seus lábios – ...Dorian, você deveria ter compreendido. Mas compreende agora, não é verdade?

– Compreender o quê? – perguntou ele, encolerizado.

– Porque representei tão mal hoje. Porque sempre representarei mal. Porque nunca mais representarei bem.

Ele encolheu os ombros.

– Está doente, suponho. Estando doente, não deve representar. Torna-se ridícula. Meus amigos aborreceram-se e eu também.

Ela não o ouvia. A alegria transtornara-a. Um êxtase de felicidade dominava-a.

– Dorian, Dorian! – exclamou. – Antes de conhecê-lo, representar era a única realidade de minha vida. Era só no teatro que eu vivia. Achava que tudo ali era verdade. Eu era Rosalinda numa noite e Pórcia na outra. A alegria de Beatriz era a minha alegria e as tristezas de Cordélia também eram minhas. Eu acreditava em tudo. As pessoas vulgares que representavam comigo me pareciam divinas. Os cenários pintados eram o meu mundo. Eu só conhecia sombras e julgava-as reais. Você apareceu – oh, meu belo amor! – e libertou minha alma da prisão. Ensinou-me o que é verdadeiramente a realidade. Hoje à noite, pela primeira vez, compreendi como era vazia, falsa e tola a peça frívola onde sempre me movimentei. Hoje à noite, pela primeira vez, percebi como Romeu era medonho, um velho pintado, como a lua do pomar era artificial, o cenário vulgar, como as palavras que eu pronunciava eram irreais, não palavras minhas, não o que eu desejava dizer. Senti que você me trouxera algo mais alto, uma coisa da qual a arte é apenas um reflexo. Você me fizera compreender o verdadeiro significado do amor. Meu amor, meu amor! Príncipe Encantado! Príncipe da vida! Estou farta de sombras. Você é, para mim, mais do que a arte jamais poderá ser. O que eu tenho a ver com os bonecos de uma peça? Quando entrei em cena, hoje, não pude compreender como é que tudo me fugia. Eu acreditara que ia representar magnificamente. Vi que nada podia fazer. De repente, minha alma percebeu o que aquilo significava. A revelação teve sabor delicioso. Ouvi-os assobiar e sorri. Que poderiam eles saber de um amor como o nosso? Leve-me embora. Dorian, leve-me com você, para onde possamos ficar a sós. Detesto o teatro. Sou capaz de fingir uma paixão que não sinto, mas é impossível imitar uma que me queima como fogo. Oh, Dorian, Dorian, compreende o que isto significa? Mesmo que eu pudesse representar uma pessoa apaixonada, isso seria para mim uma profanação. Você me fez ver isso.

O rapaz atirou-se no sofá e virou o rosto para o outro lado.

– Você matou o meu amor – murmurou.

Ela fitou-o, admirada, e riu. Dorian nada disse. Sibyl aproximou-se e, com seus dedos delicados, afagou-lhe os cabelos. Ajoelhou-se e encostou em seus lábios as mãos de Dorian. Ele retirou-as com um estremecimento.

Depois, levantou-se bruscamente e dirigiu-se para a porta.

– Sim, você matou o meu amor. Estimulava a minha imaginação; agora não estimula nem mesmo a minha curiosidade. Não produz nenhum efeito, simplesmente. Amei-a porque era maravilhosa, porque tinha gênio e inteligência, porque realizava os sonhos de grandes poetas e dava forma e substância às sombras da arte. Jogou tudo isso fora. É superficial e estúpida.

Meu Deus! Como fui louco em amar tal criatura! Que tolo fui! Você nada mais é para mim. Nunca mais a verei. Nunca mais pensarei em você. Nunca mais mencionarei o seu nome. Você não sabe o que significou para mim. Porque... Oh, não posso suportar a ideia... Antes nunca a tivesse conhecido. Você arruinou o romance de minha vida. Como conhece mal o amor, se pode dizer que ele estragou sua arte! Sem a arte, você não é nada. Ela a teria tornado famosa, esplêndida, magnífica. Você seria idolatrada pelo mundo e usaria o meu nome. Que é você, agora? Uma artista de terceira classe, com um rostinho bonito.

A moça estava pálida e trêmula. Apertou as mãos uma na outra e a voz parecia-lhe presa na garganta.

– Você não fala a sério, Dorian. Está representando.

– Representando! Deixo isto para você. Representa tão bem! – respondeu o rapaz, com amargura.

Ela ergueu-se e, com uma comovente expressão no rosto, atravessou a sala até onde ele estava. Pôs a mão em seu braço e olhou-o bem nos olhos. Dorian empurrou-a.

– Não me toque! – exclamou.

Sibyl deixou escapar um gemido e atirou-se a seus pés, ali ficando, tal flor espezinhada.

– Dorian, Dorian, não me abandone! – murmurou. – Sinto muito ter representado tão mal. Estava pensando em você, o tempo todo. Mas tentarei... sim, tentarei. Foi tão súbito este meu amor por você! Creio que jamais o teria percebido, se você não me tivesse beijado, – se não nos tivéssemos beijado. Beije-me de novo, meu amor! Não me deixe. Eu não o suportaria! Oh, não me abandone. Meu irmão... Oh, não tem importância. Ele não queria dizer aquilo. Estava brincando... Mas você, oh!... será que não me pode perdoar pela noite de hoje? Trabalharei com afinco, procurarei progredir. Não seja cruel para comigo, porque o amo mais do que a qualquer coisa na vida. Afinal de contas, foi só uma vez que não lhe agradei. Mas, tem razão, Dorian. Eu deveria ter-me mostrado mais artista. Foi tolice minha, mas não pude deixar de agir assim. Oh, não me abandone, não me abandone!

Uma crise de soluços impediu-a de continuar. Ficou prostrada no chão, como um animalzinho ferido. Dorian Gray fitou-a com seus belos olhos; os lábios bem-modelados adquiriram expressão de desdém. Há sempre algo de ridículo nas emoções das pessoas que deixamos de amar. Sibyl Vane pareceu-lhe absurdamente melodramática. Os soluços e as lágrimas o aborreciam.

– Vou-me embora – disse, finalmente, com sua voz calma, límpida. – Não desejo ser mau, porém não posso mais vê-la. Você me decepcionou.

Ela chorava silenciosamente. Não respondeu, mas aproximou-se e estendeu as mãozinhas, às cegas, parecendo buscá-lo. Ele virou-se e saiu da sala. Dali a minutos, deixava o teatro.

Mal soube por onde andou. Lembrava-se de ter vagueado por ruas mal-iluminadas, passando por arcadas sombrias e casas sinistras. Mulheres de vozes roucas e risos ásperos o chamaram. Passaram bêbados cambaleantes, por ele praguejando e resmungando de si para si, como monstruosos macacos. Viu crianças grotescas encolhidas nas soleiras e ouviu gritos e blasfêmias, partindo de lúgubres pátios.

Quando raiou a madrugada, achava-se perto de Convent Garden. O véu de sombras dissipou-se; tingindo-se de um tom levemente rosado, o céu pouco a pouco foi se transformando em pérola perfeita. Grandes carroças cheias de lírios balouçantes rolaram lentamente pela rua deserta e lisa. A atmosfera estava pesada, com o perfume das flores, e a beleza destas pareceu servir de lenitivo à sua dor. Seguiu os carros até o mercado e viu os homens descarregarem suas mercadorias. Um deles, de avental branco, ofereceu-lhe algumas cerejas. Dorian agradeceu, admirado por ver o homem recusar pagamento, e começou a comê-las em silêncio. Haviam sido colhidas à meia-noite e a frescura da lua nelas penetrara. Uma longa fila de rapazes, carregando cestas cheias de tulipas listradas, assim como de rosas rubras e amarelas, passou por ele, abrindo caminho através das pilhas enormes de verdura cor de jade. Sob o pórtico, com seus pilares verdes esbranquiçados pelo sol, via-se um grupo ocioso de moças sujas e sem chapéu, esperando que acabasse o leilão. Outras estavam reunidas perto das portas giratórias do café na Piazza. Os pesados cavalos das carroças passaram batendo com as patas nas pedras do calçamento, sacudindo suas campainhas e seus arreios. Alguns cocheiros dormiam numa pilha de sacos. Com seus pescoços irisados de cor-de-rosa, os pombos corriam, à procura de grãos.

Dali a pouco, Dorian chamou um carro e foi para casa. Durante alguns momentos, demorou-se na soleira, contemplando a praça silenciosa, vendo as janelas fechadas, de venezianas coloridas. O céu era agora cor de opala, os telhados das casas brilhavam como prata. Tênue coluna de fumaça subia de chaminé próxima, espiralando-se como fita violeta, na atmosfera nacarada.

Na grande e dourada lanterna veneziana – despojo de algum doge – que pendia do teto do grande saguão de lambris de carvalho, ainda ardiam três vacilantes bicos de gás, as chamas parecendo pétalas azuis debruadas de fogo brando. Dorian apagou-as e, tendo atirado na mesa o chapéu e a capa, passou pela biblioteca em direção à porta do quarto. Era um grande aposento octogonal no andar térreo que, no seu recente gosto por luxo, ele mandara decorar e onde havia algumas interessantes tapeçarias da Renascença, descobertas num sótão, em Selby Royal. Quando virou a maçaneta da porta, seus olhos deram com o retrato que Basil Hallward pintara. Fitou-o, como que surpreendido. Dirigiu-se em seguida para o dormitório, um tanto perplexo. Tirou a flor da lapela e pareceu hesitar. Finalmente voltou, foi até o retrato e examinou-o. À luz fraca que penetrava a custo pelas cortinas de seda creme, achou seu rosto um tanto mudado. A expressão parecia diferente. Dir-se-ia que havia um quê de crueldade na boca. Era realmente estranho.

Virou-se e, dirigindo-se para a janela, abriu a cortina. A luz brilhante da madrugada invadiu a sala, banindo as sombras fantásticas para os cantos empoeirados, onde se quedaram, trêmulas. Mas a estranha expressão que ele notara no rosto do retrato parecia continuar ali, talvez até intensificada. O sol vivo e ardente realçava os traços cruéis à volta da boca, tão claramente como se ele estivesse a mirar-se num espelho, após ter cometido algum ato condenável.

Contraiu-se e, apanhando na mesa um espelho oval com moldura de cupidos de marfim, um dos inúmeros presentes de lorde Henry, olhou apressadamente para a superfície polida. Nenhum traço igual àqueles lhe deformava os lábios rubros. Que significaria isso?

Esfregou os olhos e aproximou-se do retrato, examinando-o novamente. Não havia sinal de mudança quando olhava para a pintura propriamente dita, mas indubitavelmente a expressão mudara. Não era apenas ilusão sua. Era de uma terrível evidência.

Dorian atirou-se numa cadeira e pôs-se a refletir. Lembrou-se, de repente, do que dissera no ateliê de Basil Hallward, no dia em que o quadro ficara pronto. Sim, lembrava-se perfeitamente. Formulara um desejo insensato: que ele permanecesse sempre moço e o retrato envelhecesse; que sua beleza ficasse intacta e que sobre o rosto da tela pesasse o fardo de suas paixões e de seus pecados; que a imagem pintada ficasse vincada pelas rugas do sofrimento e da reflexão, e que ele conservasse o viço e a beleza da mocidade, da qual apenas agora tinha consciência. Teria sido este desejo satisfeito? Tais coisas eram impossíveis. Parecia monstruoso até mesmo pensar nisto. Apesar de tudo, ali estava o retrato à sua frente, com expressão de crueldade na boca.

Crueldade! Teria sido cruel? Era culpa da moça, não dele. Sonhara com ela como grande artista, dera-lhe seu amor por considerá-la genial. E ela o decepcionara. Mostrara-se superficial e indigna. Apesar disto, Dorian sentiu infinita tristeza ao lembrar-se de Sibyl caída a seus pés, chorando como criança.

Recordou-se da frieza com que a observara. Por que fora feito assim? Por que lhe haviam dado semelhante alma? Mas também ele sofrera. Durante as três terríveis horas do espetáculo, vivera séculos de dor, uma eternidade de tortura. Sua vida valia bem a de Sibyl. Se ele a ferira para sempre, ela o machucara por um momento. Além do mais, as mulheres são mais aptas a aceitar o sofrimento do que os homens. Vivem de suas emoções. Quando arranjam um amante, fazem-no apenas para ter alguém com quem possam armar cenas. Lorde Henry lhe dissera isto, e lorde Henry conhecia as mulheres. Por que haveria de se importar com Sibyl Vane? Nada mais significava para ele.

Mas, o retrato? Que dizer dele agora? Guardava o segredo de sua vida e contava sua história. Ensinara-o a amar a própria beleza. Iria ensiná-lo a abominar a própria alma? Dorian teria coragem de vê-lo ainda?

Não; era apenas uma ilusão provocada pelos sentidos perturbados. A horrível noite que ele passara deixara fantasmas atrás de si. Sobre seu cérebro caíra de repente aquela mancha rubra que enlouquece os homens. O retrato não mudara. Era insensatez pensar assim.

Mas ali estava, a observá-lo, com seu belo rosto desfigurado e sorriso cruel. Os cabelos sedosos brilhavam ao sol da manhã. Os olhos azuis encontraram os de Dorian. Uma sensação de infinita piedade, não por si próprio, mas pela sua imagem pintada, se apoderou dele. Já se alterara, e ainda mais alterada ficaria. Os cabelos dourados se tornariam grisalhos. As rosas brancas e rubras morreriam. A cada pecado que Dorian cometesse, uma nódoa marcaria e estragaria aquela beleza. Mas ele não pecaria. O retrato, mudado ou não, seria o símbolo visível de sua consciência. Resistiria à tentação. Não veria mais lorde Henry, ou, pelo menos, não daria ouvidos àquelas sutis e venenosas teorias, que, no jardim de Basil Hallward, pela primeira vez haviam despertado nele uma paixão por coisas impossíveis. Voltaria para Sibyl Vane, pediria desculpas, se casaria com ela, procuraria amá-la novamente. Sim, era este o seu dever. Ela devia ter sofrido mais do que ele. Pobre menina! Percebeu que fora egoísta e mau. O fascínio que a moça exercera sobre ele voltaria. Seriam felizes juntos. A vida de Dorian Gray seria bela e pura.

Levantou-se da cadeira e colocou um grande biombo diante do retrato, estremecendo ao relancear para ele o olhar. "Horrível!", murmurou para si mesmo, dirigindo-se para a porta-janela e abrindo-a. Ao pisar a grama, respirou profundamente. O ar fresco da manhã pareceu afastar os sombrios pensamentos. Pensou somente em Sibyl. Um tênue eco de seu amor pareceu vibrar... Dorian repetiu o nome da moça várias vezes. Os pássaros que cantavam no jardim úmido de orvalho pareciam estar falando dela às flores.

8

Quando Dorian acordou, já passava bastante do meio-dia. O criado entrara várias vezes, nas pontas dos pés, para ver se ele fazia algum movimento, e ficara a imaginar por que o patrão dormia até tão tarde. Finalmente a campainha tocou e Victor entrou de mansinho no quarto, trazendo chá e uma pilha de cartas, numa pequena bandeja de velha porcelana de Sèvres. Abriu as cortinas de cetim cor de azeitona, forradas de azul, que cobriam as três janelas altas e disse, sorrindo:

– *Monsieur* dormiu bem esta noite?

– Que horas são, Victor? – perguntou Dorian Gray, sonolento.

– Uma e um quarto, *monsieur*.

Como era tarde! O rapaz sentou-se e, tendo sorvido alguns goles de chá, apanhou as cartas. Uma era de lorde Henry e fora trazida por mensageiro àquela manhã. Dorian hesitou por um momento, deixando-a depois de lado. Abriu as outras, distraidamente. Eram as mesmas de sempre, convites para jantar, bilhetes para exposições particulares, programas de concertos de caridade e coisas semelhantes, que choviam sobre os rapazes da sociedade, todas as manhãs, na estação. Havia uma conta pesada, de um jogo de toucador Luís XV, em prata, que ele ainda não tivera coragem de apresentar a seus tutores, homens extremamente antiquados, que não compreendiam que vivemos numa época em que as coisas supérfluas são as únicas de que necessitamos. Havia várias cartas em termos corteses, de agiotas da Jermyn Street, oferecendo-se para emprestar qualquer quantia, de um momento para outro e a juros bastante razoáveis.

Passados dez minutos, Dorian levantou-se e, envergando um roupão de casimira bordado de seda cheio de detalhes, entrou no banheiro de piso de ônix. A água fria refrescou-o após o sono prolongado. Ele parecia ter-se esquecido de tudo por que passara. Por uma ou duas vezes experimentou a ligeira sensação de ter participado de uma tragédia, mas nela havia a irrealidade de um sonho.

Logo que se vestiu, dirigiu-se à biblioteca e sentou-se para tomar um leve desjejum francês, que fora colocado numa mesinha redonda perto da janela aberta. Era um dia lindo. O ar cálido parecia impregnado de especiarias. Uma abelha entrou e pôs-se a zumbir à volta do vaso azul, cheio de rosas amarelas, que estava no centro da mesa. Dorian sentiu-se perfeitamente feliz.

De repente, seu olhar caiu sobre o biombo, que ele colocara diante do retrato, e ali se deteve.

– Está frio demais para *monsieur*? – perguntou o criado, pondo uma omelete na mesa. – Quer que feche a janela?

Dorian balançou a cabeça e murmurou:

– Não estou com frio.

Seria verdade? Teria o retrato mudado realmente? Ou fora apenas a imaginação que fizera com que Dorian visse expressão de maldade onde antes houvera apenas alegria? Uma tela pintada poderia modificar-se? Era absurdo. Serviria de assunto, um dia, quando conversasse com Basil. Faria o pintor sorrir.

Apesar disto, quão vívida era a recordação de tudo. Primeiro, à luz frouxa do crepúsculo matutino, depois, na madrugada clara, percebera a nota de crueldade em torno dos lábios deformados. Quase teve medo de ver o criado sair da sala. Sabia que, quando ficasse só, teria de examinar o retrato. Receava certificar-se. Quando Victor trouxe o café e cigarros e se preparava para sair de novo, Dorian sentiu um desejo louco de dizer-lhe que ficasse. Chamou-o quando a porta se fechava. O homem ficou aguardando ordens. Dorian fitou-o por um momento.

– Victor, não estou em casa para ninguém – disse, com um suspiro. O criado fez uma pequena reverência e saiu.

Dorian levantou-se da mesa, acendeu um cigarro e atirou-se num divã luxuosamente estofado, que estava de frente para o quadro. O biombo era antigo, espanhol, de couro dourado e trabalhado em estilo Luís XIV, bastante vistoso. O rapaz examinou-o com curiosidade, imaginando se algum dia teria ocultado o segredo da vida de alguém.

Deveria afastá-lo, afinal de contas? Ou seria melhor deixá-lo sempre ali? De repente adiantava saber? Se fosse verdade, era terrível. Se não fosse, por que se preocupar, então?... Mas, os que aconteceria se, por acaso, ou alguma fatalidade, outros olhos espiassem por trás do biombo e vissem a horrível mudança? Que faria ele se o pintor aparecesse e pedisse para ver seu próprio trabalho? Certamente Basil o faria. Não; tinha de examinar o quadro imediatamente. Qualquer coisa seria preferível a esta pavorosa incerteza.

Levantou-se e fechou ambas as janelas. Pelo menos estaria sozinho quando fitasse a máscara de sua vergonha. Depois, afastou o biombo e viu-se frente a frente com sua imagem. Era a pura verdade. O retrato modificara-se.

Mais tarde, lembrou-se várias vezes, e sempre com espanto, que a princípio observara o retrato com interesse quase científico. Incrível que se tivesse operado tal mudança. Mas era um fato. Haveria alguma sutil afinidade entre os átomos químicos, que na tela se juntavam em forma e cor, e a alma que nele vivia?

Seria possível que realizassem o que a alma pensava?... que tornassem verdadeiro o que ela sonhava? Ou haveria outra razão, mais terrível ainda? Dorian estremeceu, teve medo, e, voltando para o divã, ali ficou, contemplando o retrato, horrorizado.

Achava, no entanto, que para alguma coisa serviria. Fizera com que compreendesse como fora injusto, cruel, com Sibyl Vane. Mas ainda era tempo de reparar. Podia fazer dela sua esposa. Seu amor irreal e egoísta cederia a alguma influência superior e se transformaria em paixão mais nobre. O retrato pintado por Basil Hallward lhe serviria de guia na vida, seria para ele o que a santidade é para alguns, a consciência para outros e o medo de Deus para todos. Havia entorpecentes para o remorso, drogas que amortecem o senso moral. Mas aqui estava um símbolo visível da degradação do pecado, um sinal sempre presente da ruína a que os homens arrastam a própria alma.

O relógio bateu três horas, depois soou a meia hora, sem que Dorian Gray se movesse. Procurava reunir os fios rubros de sua existência e tecê-los, para que tivessem sentido; esforçava-se por encontrar seu caminho através do sanguíneo labirinto de paixão por onde vagueava. Não sabia o que fazer, nem o que pensar. Finalmente, aproximou-se da mesa e escreveu uma carta apaixonada à mulher amada, implorando perdão e acusando-se de loucura. Encheu páginas com palavras de tristeza e amargo sofrimento. Há um certo prazer na autocrítica, quando nos censuramos, achamos que ninguém mais tem o direito de fazê-lo. É a confissão, não o padre, que nos dá a absolvição. Terminada a carta, Dorian sentiu-se perdoado.

De repente, ouviu uma batida à porta; a voz de lorde Henry soou lá fora.

– Meu amigo, preciso falar-lhe. Deixe-me entrar imediatamente. Não me conformo em vê-lo fechado deste jeito.

A princípio, Dorian não respondeu, ficando absolutamente imóvel. Sim, era melhor deixar lorde Henry entrar e explicar-lhe que ia mudar de vida. Romperia com ele, se necessário fosse;

se despediria, se a despedida se tornasse inevitável. Levantou-se de um salto, ocultou o retrato com o biombo e abriu a porta.

– Desculpe-me, Dorian – disse lorde Henry, ao entrar. – Mas não se preocupe muito com o que aconteceu.

– Refere-se a Sibyl Vane? – perguntou o rapaz.

– Sim, naturalmente – respondeu lorde Henry, afundando-se numa poltrona e descalçando lentamente as luvas amarelas. – É horrível, sob certo aspecto, mas não é culpa sua. Diga-me: foi vê-la nos bastidores, terminado o espetáculo?

– Fui.

– Eu sabia. Fez-lhe alguma cena?

– Fui brutal, Harry, extremamente brutal. Mas está tudo certo agora. Sinto muito o que aconteceu, mas serviu para fazer com que eu me conhecesse melhor.

– Ah, Dorian, estou tão contente por vê-lo adotar esta atitude! Tive medo de encontrá-lo mergulhado em remorsos, arrancando esses seus belos cabelos cacheados.

– Já venci esta fase – disse Dorian, balançando a cabeça e sorrindo. – Agora me sinto muito feliz. Para começar, sei o que é consciência. Não é o que você me disse. É o que há de mais divino em nós. Não zombe, Harry; pelo menos, não zombe na minha frente. Quero ser bom. Não suporto a ideia de ter uma alma hedionda.

– É uma encantadora base artística para a ética, Dorian! Felicito-o. Mas, por onde vai começar?

– Casando-me com Sibyl Vane.

– Casando-se com Sibyl Vane! – exclamou lorde Henry, olhando-o, atônito. – Meu caro Dorian...

– Sim, Harry. Sei o que vai dizer. Qualquer coisa horrível a respeito do casamento. Não diga nada. Nunca mais me diga coisas desse gênero. Há dois dias pedi a Sibyl que se casasse comigo. Não vou romper com a palavra dada. Ela será minha esposa!

– Sua esposa! Dorian!... Não recebeu minha carta? Escrevi-lhe hoje de manhã e mandei a carta pelo meu próprio criado.

– Sua carta? Ah, sim, lembro-me. Não a li ainda, Harry. Tive receio de que nela houvesse algo que me desagradasse. Você retalha a vida com seus epigramas.

– De nada sabe, então?

– O que quer dizer com isso?

Lorde Henry atravessou a sala e, sentando-se ao lado de Dorian Gray, tomou-lhe as mãos nas suas e segurou-as com firmeza.

– Dorian... Minha carta... não se assuste... era para contar-lhe que Sibyl Vane morreu.

Um grito de dor escapou dos lábios do rapaz. Levantou-se de um salto, soltando as mãos que o amigo segurava.

– Morreu! Sibyl morreu? Não é verdade! É uma horrível mentira! Como ousa dizer isto?

– É verdade – afirmou lorde Henry, gravemente. – Está em todos os jornais da manhã. Escrevi-lhe, Dorian, pedindo-lhe que não visse ninguém antes de eu chegar. Haverá inquérito, naturalmente, e você não pode ser envolvido. Coisas deste tipo fazem um homem ficar na moda em Paris, mas em Londres há tantos preconceitos! Aqui, ninguém deve começar seu *début* com um escândalo. Convém reservar isto para tornar interessante a velhice. Creio que não sabem seu nome no teatro. Se não o souberem, está tudo bem. Alguém o viu dirigir-se ao camarim de Sibyl? Este é um ponto importante.

Dorian não respondeu por alguns momentos. Estava atordoado, tal o seu horror. Finalmente balbuciou, em voz abafada:

– Harry, você falou em inquérito? Que quis dizer com isto? Sibyl...? Oh, Harry, não posso suportar tal ideia. Diga logo o que aconteceu.

– Tenho quase certeza de que não foi acidente, Dorian, embora não se deva deixar que o público desconfie. Parece que, ao deixar o teatro em companhia de sua mãe, mais ou menos à meia-noite e meia, Sibyl disse que se esquecera de qualquer coisa em cima. Esperaram-na durante algum tempo, mas ela não apareceu. Finalmente, foram encontrá-la morta, no chão de seu camarim. Tomara uma droga por engano, uma daquelas coisas que se usam no teatro. Não sei o que foi, mas continha ácido prússico, ou alvaiade. Suponho que tenha sido ácido prússico, porque morreu instantaneamente.

– Harry, Harry, que horror! – exclamou o rapaz.

– Sim, foi muito trágico, é claro, mas você não deve envolver-se no caso. Li no *Standard* que Sibyl tinha 17 anos. Pensei que fosse até mais moça. Parecia tão criança e entendia tão pouco da arte de representar! Dorian, não se deixe impressionar por isto. Venha jantar comigo e depois iremos dar uma espiada na Ópera. Hoje canta a Patti, e todo o mundo estará lá. Você pode ir para o camarote de minha irmã. Ela vai levar umas mulheres muito elegantes em sua companhia.

– Então, assassinei Sibyl Vane – disse Dorian para si mesmo. – Assassinei-a, tão certo como se a tivesse degolado. Apesar disto, as rosas não são menos lindas, os pássaros cantam com a mesma alegria no meu jardim. E hoje à noite devo jantar com você, depois ir à Ópera e cear em algum lugar, mais tarde, com certeza. Como a vida é extraordinariamente dramática! Se eu tivesse lido tudo isto num livro, Harry, creio que teria chorado. Mas, de certo modo, agora que aconteceu realmente, e comigo, parece-me espantoso demais para lágrimas. Aqui está a primeira carta de amor que escrevi na vida. Estranho que a minha primeira carta de amor tenha sido endereçada a uma morta! Será que eles podem sentir, aqueles seres pálidos e silenciosos a quem chamamos "mortos"? Sibyl! Pode ela sentir, ou saber, ou ouvir? Oh, Harry, como a amei! Parece-me agora que foi há muitos anos. Ela era tudo para mim. Depois, veio aquela noite horrível – será que foi apenas ontem? – em que representou tão mal e meu coração quase se partiu. Explicou-me tudo. Foi imensamente patético. Mas não me emocionei de maneira alguma. Achei-a banal. De repente, aconteceu algo que me fez ter medo. Não posso explicar, mas foi terrível. Disse a mim mesmo que voltaria para Sibyl. Senti que agira mal. E, agora, está morta. Meu Deus, meu Deus! Harry que devo fazer?

Você não sabe que perigo corro; não existe ninguém que possa ajudar-me a proceder direito. Ela o teria conseguido. Não tinha o direito de matar-se. Foi egoísmo de sua parte.

Lorde Henry apanhou um cigarro e uma caixa de fósforos dourada e disse:

– Caro Dorian, a única maneira de uma mulher reformar um homem é entediá-lo tão completamente que ele acabará perdendo todo o interesse na vida. Se você se tivesse casado com aquela pequena, teria sido infelicíssimo. Claro que a teria tratado bem. Sempre podemos ser amáveis com as pessoas a quem não dedicamos afeição alguma. Mas Sibyl logo perceberia que você sentia por ela completa indiferença. E, quando uma mulher descobre isso a respeito do marido, torna-se completamente desleixada, ou então usa chapéus muito elegantes, pagos pelo marido de uma outra. Nada digo sobre o erro do ponto de vista social, que seria lamentável e que eu, naturalmente, faria tudo por evitar, mas garanto-lhe que de qualquer forma teria sido um absoluto fracasso.

– Creio que tem razão – murmurou o rapaz, muito pálido, andando de um lado a outro da sala. – Mas julguei que fosse o meu dever. Não é minha culpa se esta terrível tragédia me impediu de fazer o que era correto. Lembro-me de você ter dito certa vez que há uma fatalidade a respeito das boas resoluções; são sempre tomadas tarde demais. As minhas o foram, sem a menor dúvida.

– As boas resoluções são inúteis tentativas de se interferir nas leis científicas. Sua origem é unicamente a vaidade; seu resultado, completamente nulo. Dão-nos, de vez em quando, algumas daquelas emoções voluptuosas e estéreis que têm certo encanto para os fracos. É só o que se pode dizer. São apenas cheques que os homens sacam contra um banco onde não têm conta-corrente.

– Harry – exclamou Dorian, vindo sentar-se ao lado do amigo. – Por que será que não posso sentir tanto esta tragédia quanto o desejaria? Não me julgo insensível. Que me diz disto?

– Você fez tolices em excesso nos últimos 15 dias para ter direito a considerar-se assim, Dorian – respondeu lorde Henry, com seu sorriso doce, melancólico.

O rapaz franziu a testa.

– Não gosto desta explicação, Harry – replicou. – Mas estou contente por você não me considerar insensível. Não o sou, absolutamente; sei que não. Reconheço que o que aconteceu não me afeta como deveria afetar-me. Parece-me simplesmente o fim magnífico de uma peça magnífica. Tem toda a beleza de uma tragédia grega, tragédia na qual desempenhei um grande papel, mas de onde não saí ferido.

– É um ponto interessante – disse lorde Henry, que sentia estranho prazer em brincar com o egoísmo inconsciente do rapaz. – Extremamente interessante. Creio que a explicação é a seguinte: acontece frequentemente que as verdadeiras tragédias da vida ocorrem de maneira tão pouco artística que nos ferem com sua crua violência, sua absoluta incoerência, sua absurda falta de sentido, sua total ausência de estilo. Afetam-nos exatamente como nos afeta a vulgaridade. Dão-nos uma impressão de mera força bruta e nos revoltamos contra isso. Às vezes, no entanto, surge em nossas vidas uma tragédia contendo elementos artísticos de beleza. Quando esses elementos são reais, apelam simplesmente para nosso senso de efeito dramático. Vemos de repente que não somos mais atores, e sim espectadores da peça. Ou, antes, que somos ambos. Observamo-nos a nós mesmos, e a maravilha do espetáculo nos empolga. No caso presente, o que realmente aconteceu? Alguém se matou por amor a você. Eu gostaria de ter tido semelhante experiência. Ela me teria feito amar o amor para o resto da vida. As mulheres que me adoraram – não foram muitas, mas houve algumas – sempre teimaram em continuar a viver, muito tempo depois de eu ter deixado de gostar delas ou elas de mim. Tornaram-se gordas e tediosas e, quando as encontro, começam imediatamente com reminiscências. Oh, que memória tremenda têm as mulheres! Que coisa terrível! E que estagnação intelectual revela isto! Deveríamos absorver a cor da vida, mas esquecer os pormenores. Estes são sempre vulgares.

– Preciso semear dormideiras no meu jardim – suspirou Dorian.

– Não há necessidade – replicou o outro. – A vida sempre tem dormideiras nas mãos. Claro que, de vez em quando, as coisas duram. Em certa época, usei unicamente violetas, durante toda a estação, como uma espécie de luto artístico por um romance que não queria morrer. Mas acabou morrendo. Não sei mais o que foi que o matou... Talvez o fato de ter ela proposto renunciar ao mundo inteiro por mim. É sempre um momento horrível. Desperta-nos o medo da eternidade. Pois bem, será que vai acreditar em mim? Há uma semana, na casa de lady Hampshire, vi-me, ao jantar, sentado ao lado da tal senhora e ela insistiu em relembrar a história toda, em desenterrar o passado e perscrutar o futuro. Eu sepultara meu romance num canteiro de asfódelos. Ela o arrancou de novo e assegurou-me que eu estragara sua vida. Participo-lhe que jantou lautamente, de modo que não tive dor de consciência. Mas que falta de gosto demonstrou! O único encanto do passado é ser o passado. Mas as mulheres nunca sabem quando o pano caiu. Sempre desejam um sexto ato e, assim que o interesse pela peça se acaba de todo, querem reavivá-lo. Se lhes fosse permitido fazer o que desejam, toda comédia teria um fim trágico e toda tragédia terminaria em farsa. São encantadoramente artificiais, mas não têm senso artístico. Você é mais feliz do que eu. Garanto-lhe, Dorian, que nenhuma das mulheres que conheci teria feito por mim o que Sibyl Vane fez por você. As mulheres comuns sempre se consolam. Algumas o fazem usando cores sentimentais. Jamais confie numa mulher que use lilás, seja qual for a sua idade, nem numa mulher acima de 35 anos que goste de fitas cor-de-rosa. Isto sempre significa que elas têm uma história. Outros encontram grande consolo na repentina descoberta das boas qualidades dos maridos. Atiram-nos no rosto sua felicidade conjugal, como se fosse o mais fascinante dos pecados. A religião consola algumas. Seus mistérios têm todo o encanto de um namoro, pelo que me disse uma senhora, certa vez, e posso bem compreender isto. Nada nos envaidece mais do que sermos chamados de pecadores. A consciência nos torna, a todos, egoístas. Sim, são infindáveis as consolações que as mulheres encontram na vida moderna. Para dizer a verdade, não mencionei a mais importante delas.

– Qual é, Harry? – perguntou o rapaz, distraidamente.

– Oh, a consolação óbvia. Tomarem o admirador de outra, quando perderam o seu. Na boa sociedade, isto sempre reabilita a mulher. Mas, Dorian, quão diferente deve ter sido Sibyl Vane das outras que conhecemos! Há, para mim, algo de belo em sua morte. Estou contente por viver numa época em que tais maravilhas acontecem. Fazem-nos acreditar na realidade das coisas com as quais brincamos, tais como romance, paixão, amor.

– Você se esquece de que fui muito cruel com ela.

– Creio que, acima de tudo, as mulheres gostam da crueldade, da verdadeira crueldade. Têm instintos admiravelmente primitivos. Nós as emancipamos, mas, mesmo assim, continuam sendo escravas, à procura de seus senhores. Gostam de ser dominadas. Tenho certeza de que você foi magnífico. Nunca o vi realmente zangado, Dorian, mas posso imaginar como deve ficar belo. E, afinal de contas, você me disse algo, anteontem, que no momento me pareceu absoluta fantasia, mas que agora vejo ter sido verdade e é a chave de tudo.

– Que foi, Harry?

– Disse-me que Sibyl Vane representava para você todas as heroínas de romance, que era Desdêmona numa noite e Ofélia na outra; que, se morresse como Julieta, ressuscitaria como Imogênia.

– Nunca mais ressuscitará – murmurou o rapaz, ocultando o rosto nas mãos.

– Não, nunca mais ressuscitará. Representou seu último papel. Mas você precisa pensar naquela morte solitária, no espalhafatoso camarim, como tendo sido um lúgubre fragmento de alguma tragédia jacobita, como magnífica cena de Webster, ou Ford ou Cyril Tourneur. A moça nunca viveu realmente, de modo que nunca morreu realmente. Para você, pelo menos, ela sempre foi um sonho, um fantasma que passou pelas peças de Shakespeare, e as embelezou com sua presença, flauta através da qual a música de Shakespeare parecia mais rica e mais alegre. No momento em que tocou a vida real, ela estragou a vida, e a vida estragou-a e, assim, Sibyl morreu. Chore por Ofélia, se quiser. Cubra de cinzas a cabeça porque Cordélia foi estrangulada. Clame aos céus por ter morrido a filha de Brabâncio. Mas não desperdice suas lágrimas com Sibyl Vane. Ela era menos real do que as outras.

Houve um silêncio. A tarde que caía escurecia a sala. Sem ruído, com os pés prateados, as sombras vieram do jardim. As cores iam-se apagando dos objetos fatigadas.

Dali a algum tempo, Dorian ergueu o rosto.

– Você explicou-me a mim mesmo, Harry – murmurou, com um suspiro de alívio. – Sinto tudo o que diz, mas, de certo modo, tinha medo e não sabia como exprimir-me. Como me conhece bem! Mas não falemos mais do que aconteceu. Foi uma extraordinária experiência; apenas isto. Fico imaginando se a vida me reservará outra coisa assim maravilhosa.

– A vida lhe reserva tudo, Dorian. Não existe nada que você, com sua beleza, não possa fazer.

– Mas, suponhamos, Harry, que me torne velho, gasto enrugado? Que acontecerá?

Lorde Henry levantou-se para sair e respondeu:

– Ah, neste caso, meu caro Dorian, terá de lutar por suas vitórias. Atualmente, elas vêm a seu encontro. Não; você precisa conservar a beleza. Vivemos numa época que lê demais para ser sábia e pensa demais para ser bela. Não podemos dispensá-lo, Dorian. Agora, é melhor ir vestir-se e chegar até o clube. Já estamos bastante atrasados.

– Creio que irei encontrá-los na Ópera, Harry. Estou cansado demais para comer seja o que for. Qual é o número do camarote de sua irmã?

– Vinte e sete, creio; de primeira. Você verá o nome dela na porta. Sinto que não possa vir jantar comigo.

– Não tenho vontade – disse Dorian, com ar distraído. – Mas fico-lhe muito grato por tudo o que disse. Você é, sem dúvida, o meu melhor amigo. Ninguém, até hoje, me compreendeu tão bem como você.

– Estamos apenas no início de nossa amizade, Dorian – respondeu lorde Henry, apertando-lhe a mão. – Até logo. Espero vê-lo antes de nove e meia. Lembre-se de que a Patti vai cantar.

Após o amigo fechar a porta, Dorian Gray tocou a campainha e, poucos minutos depois, Victor apareceu com os candelabros e cerrou as cortinas. Dorian esperou com impaciência que ele se retirasse. O homem parecia levar um tempo enorme para fazer as coisas.

Assim que ele saiu, Dorian correu para o biombo e afastou-o. Não; não havia mudança no retrato. Recebera a notícia da morte de Sibyl antes que o próprio Dorian dela soubesse. Tinha conhecimento dos fatos da vida à medida que iam ocorrendo. A viciosa crueldade que deformara os traços delicados da boca provavelmente aparecera no momento exato em que a moça tomara o veneno, fosse este qual fosse. Ou seria o retrato indiferente aos resultados? Tomaria conhecimento apenas do que se passava no âmago da alma? Dorian ficou a conjecturar sobre isto, desejando que algum dia pudesse ver a mudança operar-se diante de seus olhos e estremecendo de horror ao pensar nisto.

Pobre Sibyl! Que romance fora aquele! Ela muitas vezes simulara a morte no palco. Depois, a própria morte a tocara e a levara consigo. Como teria a moça representado aquele terrível final? Teria amaldiçoado Dorian ao morrer? Não; morrera por amor a ele e, dali por diante, ele sempre consideraria o amor um sacramento. Sibyl resgatara tudo ao sacrificar a própria vida. Dorian não pensaria mais no que ela o fizera sofrer naquela noite horrível no teatro. Quando se lembrasse de Sibyl, seria como uma figura maravilhosamente trágica, enviada ao palco da vida para mostrar a suprema realização do amor. Figura maravilhosamente trágica?...

Lágrimas lhe vieram aos olhos, ao recordar a aparência infantil de Sibyl, as maneiras cativantes, a graça trêmula e tímida. Afastou vivamente essas lembranças e de novo contemplou o retrato.

Sentia que chegara realmente a hora de fazer sua escolha. Ou já fora feita? Sim, a vida decidira por ele – a vida e a infinita curiosidade que ele tinha sobre a vida. Mocidade eterna, infinita paixão, prazeres sutis e secretos, loucas alegrias e desenfreados prazeres, ele iria ter todas essas coisas. O retrato suportaria o peso de sua vergonha; apenas isto.

Uma sensação de dor se apoderou dele ao pensar na profanação que estava reservada para o belo rosto da tela. Certa vez, numa pueril imitação de Narciso, ele beijara, ou fingira beijar, os lábios pintados que agora tão cruelmente lhe sorriam. Inúmeras manhãs, sentara-se diante do retrato, maravilhado com sua beleza, quase que enamorado dela, como às vezes lhe parecera. Iria agora alterar-se a cada estado de alma a que Dorian se entregasse? Iria se transformar em algo monstruoso e repulsivo, a ser escondido num quarto fechado, longe do sol que tantas vezes dera um tom de ouro mais brilhante às ondas encantadoras dos cabelos? Que lástima! Que lástima!

Por um momento, pensou em rezar para que cessasse a horrível afinidade que havia entre o retrato e ele. Este mudara devido a uma prece; talvez, em resposta a outra, se tornasse imutável. E, no entanto, quem, conhecendo tudo sobre a Vida, iria desprezar a oportunidade de permanecer sempre jovem, por mais fantástica que fosse a probabilidade, quaisquer que fossem as consequências desastrosas que pudessem advir? Além do mais, aquilo estaria em suas mãos? Teria sido mesmo um pedido seu que ocasionara a transformação? Não haveria, por acaso, alguma razão científica? Se o pensamento pudesse ter alguma influência sobre um organismo vivo, não poderia também exercê-la sobre coisas inertes e inorgânicas? Ainda mais, sem pensamento, ou desejo consciente, não poderiam as coisas alheias a nós vibrar em uníssono com nossas disposições de espírito e nossas paixões, átomo atraindo átomo, num amor secreto, de estranha afinidade? Mas a razão não importava. Ele nunca mais tentaria alguma força terrível com um pedido. Se o retrato tivesse que se modificar, que se modificasse! Apenas isto. Por que indagar demais?

Sim, pois haveria um real prazer em observá-lo. Dorian poderia acompanhar a própria mente até seus mais secretos esconderijos. O quadro seria para ele o mais mágico dos espelhos. Assim como lhe revelara seu corpo, iria revelar-lhe a alma. E, quando sobre ele caísse o inverno, Dorian ainda estaria naquele ponto em que a primavera estremece à chegada do verão. Quando o sangue desaparecesse do rosto do retrato, ali deixando pálida máscara de giz, com olhos plúmbeos, ele ainda conservaria o encanto da adolescência. Não feneceria uma só flor de sua beleza. Não se enfraqueceria uma única pulsação de sua vida. Assim como os deuses da Grécia, ele seria forte, ágil e alegre. Que importava o que acontecesse à colorida imagem da tela? Ele estaria seguro. Era isto o importante.

Sorrindo, puxou de novo o biombo para diante do quadro e dirigiu-se para o quarto de dormir, onde o criado já o esperava. Dali a uma hora estava na Ópera, com lorde Henry inclinando-se sobre sua cadeira.

9

Dorian Gray estava tomando o desjejum, no dia seguinte, quando Basil Hallward entrou.

– Estou muito contente por encontrá-lo, Dorian – disse ele, gravemente. – Vim aqui ontem à noite e disseram-me que você estava na Ópera. Eu sabia, naturalmente, que isto era impossível. Mas gostaria que você tivesse deixado recado para onde fora. Passei uma noite horrível, receando que uma tragédia se seguisse a outra. Acho que você poderia ter telegrafado, chamando-me, quando soube. Li a notícia por acaso, na última edição de *The Globe*, no clube. Vim para cá imediatamente e fiquei muito pesaroso por não encontrá-lo. Nem sei como dizer-lhe o quanto sinto o que aconteceu. Calculo o que deve estar sofrendo. Mas onde estava você? Foi visitar a mãe da moça? Por um momento, pensei em ir até lá, à sua procura. O endereço estava no jornal. É na Euston Road, não é? Mas fiquei com medo de intrometer-me numa dor que eu não poderia aliviar. Pobre mulher! Em que estado deve estar! Sua única filha, ainda mais! Que disse ela de tudo isto?

– Caro Basil, como posso saber? – murmurou Dorian Gray, sorvendo um vinho amarelo pálido, num delicado cálice de cristal veneziano de borda dourada, e dando impressão de estar muito entediado. – Estava na Ópera. Você devia ter ido. Conheci lady Gwendolen, irmã de Harry; estivemos em seu camarote. Ela é encantadora, e a Patti cantou divinamente. Não me fale em assuntos desagradáveis. Aquilo de que não se fala não aconteceu. É somente a expressão, como diz Harry, que dá realidade às coisas. Digo-lhe também que ela não era filha única. Há um filho, um rapaz encantador, creio, mas não trabalha no teatro. É marinheiro, ou coisa que o valha. Agora, fale-me de você e conte-me o que está pintando.

– Foi à Ópera? – perguntou Hallward, falando lentamente e com uma nota de tristeza na voz. – Foi à Ópera, enquanto Sibyl Vane jazia morta nalgum sórdido aposento? Pode falar-me de outra mulher encantadora, dizer que a Patti cantou divinamente, antes que a moça que você amou tenha baixado à paz da sepultura? Mas, homem, pense nos horrores que esperam aquele níveo corpo!

– Cale-se, Basil, não quero mais ouvir! – exclamou Dorian, pondo-se de pé. – Não deve falar-me dessas coisas. O que está feito está feito. O que passou, passou.

– Você chama "ontem" de passado?

– Que tem o tempo decorrido a ver com o caso? Somente as pessoas superficiais necessitam de anos para se livrarem de uma emoção. O homem que é dono de si mesmo pode terminar uma tristeza com a mesma facilidade com que inventa um prazer. Não quero ficar à mercê de minhas emoções. Desejo usá-las, gozá-las e dominá-las.

– Dorian, isto é horrível! Alguma coisa o mudou completamente. Você em aparência é um rapaz encantador, que vinha todos os dias ao meu ateliê posar para o seu retrato. Mas naquele tempo era simples, natural, afetuoso. Era a criatura menos estragada deste mundo. Agora, não sei o que aconteceu com você. Fala como se não tivesse coração, não sentisse piedade. É a influência de Harry, vejo-o bem.

O rapaz corou e, indo até a janela, olhou durante alguns momentos o jardim verde e banhado de sol.

– Devo muito a Harry, Basil – disse, afinal. – Mais do que a você. Você apenas me ensinou a ser vaidoso.

– Pois bem, estou sendo castigado por isto, Dorian... ou o serei, um dia.

– Não sei o que significam essas palavras, Basil – exclamou o rapaz, voltando-se. – Não sei o que você quer. O que você quer?

– Quero o Dorian Gray que eu pintava – respondeu o artista, tristemente.

– Basil – disse o rapaz, indo até onde estava o amigo e pondo a mão em seu ombro. – Você veio tarde demais. Ontem, quando ouvi que Sibyl Vane se matara...

– Sibyl matou-se? Deus do céu! Tem certeza? – exclamou Hallward, fitando-o com expressão de horror.

– Caro Basil! Certamente não achou que se tratasse de um vulgar acidente? Claro que ela se matou.

O homem mais velho ocultou o rosto nas mãos.

– Que horror! – murmurou, com um estremecimento.

– Não – declarou Dorian Gray. – Não há nada de horrível nisso. É uma das maiores tragédias românticas da época. Em geral, os artistas de teatro levam uma existência muito corriqueira. São bons maridos, esposas fiéis, ou qualquer coisa enfadonha. Você sabe o que quero dizer... virtudes da classe média, e essa história toda. Como Sibyl era diferente! Viveu sua mais bela tragédia. Sempre foi uma heroína. Na última noite em que trabalhou, a noite em que você a viu, representou mal, porque conhecera a realidade do amor. Quando conheceu sua irrealidade, morreu como Julieta poderia ter morrido. Passou de novo para a esfera da arte. Há qualquer coisa de mártir nela. Sua morte tem a patética inutilidade do martírio, toda a sua desperdiçada beleza. Mas, como eu ia dizendo, você não deve pensar que não sofri. Se tivesse vindo aqui ontem, mais ou menos às cinco e meia, talvez às quinze para as seis, teria me encontrado em lágrimas. Mesmo Harry, que aqui se achava, que me trouxe a notícia, não tinha ideia de minha dor. Sofri tremendamente! Depois, passou. Não posso repetir uma emoção. Ninguém pode, a não ser os sentimentos. E você é injusto, Basil. Veio aqui para consolar-me. Foi muita amabilidade de sua parte. Encontrou-me consolado e está furioso. Isto é bem de uma pessoa compreensiva!... Você me faz lembrar uma história que Harry me contou a respeito de um filantropo que passou vinte anos procurando conseguir que se reparasse uma ofensa, ou se modificasse uma lei injusta, não sei bem o quê. Finalmente o conseguiu e nada podia exceder seu desapontamento. Não tinha absolutamente o que fazer, quase morreu de *ennui** e tornou-se um declarado misantropo. Além do mais, caro Basil, se deseja realmente consolar-me, ensine-me primeiro a esquecer o que se passou, ou a ver o fato no seu verdadeiro aspecto artístico. Não foi Gautier quem escreveu sobre *la consolation des arts*? Lembro-me de ter apanhado um dia, em seu ateliê, um livrinho encadernado em velino e de ter encontrado por acaso essa frase deliciosa. Pois bem, não sou como aquele rapaz de quem você me falou, quando estivemos juntos, em Marlow, o rapaz que costumava dizer que cetim amarelo podia consolar-nos de todas as misérias da vida. Amo as coisas belas que podem ser tocadas e manuseadas. Velhos brocados, bronzes verdes, trabalhos em laca, marfim esculpido, ambiente requintado, luxo, pompa; pode-se tirar grande proveito dessas coisas.

---

*Tédio, em francês. (*N. do E.*)

Mas o temperamento artístico que elas criam, ou pelo menos revelam, significa ainda mais para mim. Tornar-se alguém espectador de sua própria vida, conforme diz Harry, é escapar ao sofrimento da vida. Sei que se admira por ver-me falar assim. Não compreende o quanto me desenvolvi. Eu era um colegial, quando me conheceu. Sou um homem agora. Tenho novas paixões, novos pensamentos, novas ideias. Sou diferente agora, mas você não deve gostar menos de mim. Estou mudado, mas precisa continuar sendo sempre meu amigo. Claro que gosto muito de Harry. Mas sei que você é melhor do que ele. Não é mais forte, tem demasiado medo da vida, mas é melhor. E como éramos felizes juntos! Não me abandone, Basil, e não discuta comigo. Sou o que sou. Nada mais se pode dizer.

O pintor ficou extremamente comovido. O rapaz lhe era muito caro, a personalidade de Dorian Gray fora o grande fator que dera novo rumo à sua arte. Não suportava a ideia de continuar a censurá-lo. Afinal de contas, aquela indiferença talvez fosse apenas um capricho passageiro. Havia nele tanta coisa boa, tanta coisa nobre!

– Muito bem, Dorian, não falarei mais com você sobre esse horrível fato – disse, afinal, com um sorriso triste. – Desejo apenas que seu nome não seja mencionado em relação a ele. O inquérito será hoje à tarde. Você foi intimado?

Dorian balançou a cabeça. Uma sombra de aborrecimento passara sobre seu rosto, ao ouvir a palavra "inquérito". Havia algo de cru e vulgar em assuntos desse gênero.

– Não sabem o meu nome – respondeu.

– Mas Sibyl certamente o sabia.

– Somente o meu primeiro nome, e tenho certeza de que jamais o mencionou a pessoa alguma. Ela me disse uma vez que estavam todos curiosos para saber quem eu era e que, invariavelmente, respondia que meu nome era Príncipe Encantado. Muito gentil de sua parte. Você precisa fazer um retrato de Sibyl, Basil. Eu gostaria de ter dela algo mais do que a lembrança de alguns beijos e de umas palavras patéticas.

– Tentarei fazer alguma coisa, Dorian, se isto lhe der prazer. Mas você precisa vir de novo posar para mim. Sem você, não posso continuar.

– Nunca mais posarei para você, Basil. É impossível! – exclamou o rapaz, sobressaltado.

O pintor encarou-o.

– Caro amigo, que tolice! Quer dizer que não gosta do retrato que lhe fiz? Onde está? Por que pôs este biombo diante dele? Deixe-me olhá-lo. É a melhor coisa que fiz até hoje. É o cúmulo o seu criado esconder assim a minha obra. Senti que a sala estava diferente quando entrei.

– Meu criado nada tem a ver com isto, Basil. Pensa que deixo que ele arrume a sala a seu gosto? Põe as flores nos vasos, às vezes... Só isto. Não; fui eu que coloquei ali o biombo. A luz era forte demais sobre o retrato.

– Forte demais! Não me diga isto, rapaz. É o lugar ideal. – Deixe-me ver. – Basil encaminhou-se para o canto do aposento.

Dorian soltou um grito de terror e correu a colocar-se entre o biombo e o pintor.

– Basil, você não deve olhá-lo. Não quero que o veja.

– Não quer que eu veja o meu próprio trabalho! Não está falando a sério. Por que não haveria eu de olhar? – exclamou Basil, rindo.

– Se tentar ver o retrato, dou-lhe minha palavra de honra de que nunca mais falarei com você, em toda a vida. Digo isto a sério. Não dou explicações e você não deve pedi-las. Mas, lembre-se, se tocar este biombo, tudo estará acabado entre nós.

Hallward estava como que petrificado. Olhou, atônito, para Dorian. Nunca o vira assim. O rapaz estava pálido de raiva. Tinha os punhos fechados, as pupilas pareciam discos de fogo azul. Tremia dos pés à cabeça.

– Dorian!

– Cale-se!

– Mas, o que aconteceu? Claro que não olharei, se é este o seu desejo – disse, com certa frieza, virando-se e dirigindo-se para a janela. – Mas, francamente, parece-me absurdo que eu não possa ver meu próprio trabalho, principalmente porque vou expô-lo em Paris, no outono. Com certeza terei de dar outra mão de verniz antes, de modo que irei vê-lo, mais dia, menos dia. Por que não hoje?

– Expô-lo? Você quer expô-lo? – exclamou Dorian, sentindo-se invadido por estranha sensação de terror. O mundo iria conhecer seu segredo? As pessoas iriam olhar boquiabertas para o mistério de sua vida? Era impossível. Alguma coisa, ele não sabia o quê, tinha de ser feita para impedir isto.

– Pois bem, acho que não se oporá – disse Basil. – George Petit vai recolher minhas melhores obras, para uma exposição especial, na rue de Seze, que será inaugurada na primeira semana de outubro. O retrato só ficará fora durante um mês. Acho que você poderá dispensá-lo por este tempo. É mesmo uma época em que estará fora. E, se o deixa sempre atrás do biombo, é porque não lhe dá muito valor.

Dorian Gray passou a mão na testa úmida de transpiração. Sabia que estava próximo de um horrível perigo.

– Você me disse, há um mês, que nunca o exporia – exclamou. – Por que mudou de ideia? Vocês, que se dizem muito equilibrados, são tão caprichosos quanto os outros. A única diferença é que seus caprichos não têm significado. Você disse exatamente a mesma coisa a Harry. – Parou de repente e um brilho iluminou seu olhar. Lembrava-se de que lorde Henry lhe dissera, certa vez, meio a sério e meio em tom de brincadeira: "Se quiser conhecer um estranho quarto de hora, faça com que Basil lhe diga por que não deseja expor seu retrato. Ele me contou o motivo e foi para mim uma revelação." Sim, talvez Basil também tivesse o seu segredo. Perguntaria a ele o que era.

Aproximou-se e olhou-o bem no rosto:

– Basil, todos nós temos um segredo. Conte-me o seu que eu lhe contarei o meu. Qual era o seu motivo para recusar expor o retrato?

O pintor estremeceu involuntariamente.

– Dorian, se eu lhe contasse, você talvez viesse a querer-me menos e certamente riria de mim. Eu não suportaria nenhuma dessas coisas. Se desejar que eu nunca mais olhe para o retrato, concordarei. Sempre poderei olhar para você. Se insistir em que a minha melhor obra fique oculta aos olhos do mundo, não me oporei. Sua amizade me é mais cara do que a fama ou a glória.

– Não, Basil, você deve contar-me – insistiu Dorian Gray. – Creio que tenho o direito de saber. – A sensação de terror desaparecera, tendo sido substituída pela curiosidade. Estava decidido a descobrir o mistério de Basil Hallward.

– Sentemo-nos, Dorian – disse o pintor, perturbado. – Sentemo-nos. E responda-me a uma pergunta, apenas. Notou na pintura alguma coisa estranha?... algo que a princípio provavelmente você não percebeu, mas que se revelou de repente?

– Basil! – exclamou o rapaz, agarrando os braços da poltrona, com mãos trêmulas, e fitando-o com olhar assustado.

– Vejo que notou. Não fale. Espere até ouvir o que tenho a dizer: Dorian, desde o momento em que o conheci, sua personalidade exerceu extraordinária influência sobre mim. Fui dominado; alma, cérebro e força. Você se tornou, para mim, a visível encarnação daquele ideal invisível, cuja lembrança nos atormenta, a nós, artistas, como um sonho delicioso. Adorei-o, Dorian. Tinha ciúmes de todas as pessoas com quem você falava. Queria tê-lo só para mim. Só me sentia feliz em sua companhia. Quando você se achava longe, ainda estava presente na minha arte... Claro que nunca deixei que você o percebesse. Teria sido impossível. Você não teria compreendido. Nem eu mesmo compreendo. Só sabia que tinha visto a perfeição frente a frente e que o mundo se tornara maravilhoso a meus olhos – maravilhoso demais, talvez, pois em tão doidos cultos há perigo, o perigo de perdê-los, não menor do que o perigo de conservá-los... Semana após semana, isto continuou e eu ficava cada vez mais absorto em você. Depois, houve um fato novo. Eu o desenhara como Páris, em bela armadura, e como Adônis, com capa de caçador e lança polida. Coroado de flores e lótus, você se sentara na proa da barca de Adriano, olhando o Nilo verde e turvo. Debruçara-se sobre o tranquilo poço de algum bosque grego e vira, na prata silenciosa da água, a beleza de seu rosto. E tudo fora como a arte deveria ser, inconsciente, ideal, remoto. Um dia, dia fatal, eu acho às vezes, resolvi fazer um maravilhoso retrato seu, como você realmente é, não com os trajes das eras mortas, mas com suas próprias vestes e em sua própria época. Não sei se foi o realismo do método, ou a simples maravilha de sua personalidade, assim a mim apresentada diretamente, sem névoa ou véu... não sei dizer. Mas sei que, enquanto trabalhava no retrato, cada pincelada, cada mancha colorida parecia revelar o meu segredo. Fiquei com medo de que outro viesse a saber de minha idolatria. Senti, Dorian, que eu contara demais, que pusera muito de mim no quadro. Foi aí que tomei a resolução de nunca permitir que o retrato fosse exposto. Você ficou um pouco aborrecido, mas é que não compreendeu tudo o que para mim significava. Harry, a quem falei sobre isto, riu de mim. Mas não me importei. Quando o retrato ficou pronto e me vi a sós com ele, senti que eu tivera razão... Pois bem, dali a alguns dias, o quadro saiu do meu ateliê e, assim que me libertei do intolerável fascínio de sua presença, pareceu-me que eu fora tolo em imaginar que nele vira alguma coisa, a não ser que você era extremamente belo, e que eu sabia pintar. Mesmo agora, não posso deixar de perceber que é um erro pensar que a paixão que se sente na criação possa aparecer na obra criada. A arte é sempre mais abstrata do que a imaginamos. Forma e cor nos falam de forma e cor; apenas isto. Muitas vezes me parece que a arte oculta o artista mais completamente do que o revela. Por isto, quando recebi esta oferta de Paris, resolvi fazer de seu retrato a principal peça de minha exposição. Nunca me ocorreu que você pudesse recusar. Vejo agora que você tinha razão. O retrato não deve ser mostrado. Não fique zangado comigo, Dorian, pelo que lhe contei. Conforme eu disse um dia a Harry, você foi feito para ser adorado.

Dorian Gray suspirou profundamente. A cor voltou a seu rosto, um sorriso brincou-lhe nos lábios. O perigo passara. Estava salvo, por enquanto. Apesar de tudo, não podia deixar de sentir infinita piedade pelo pintor que acabara de fazer-lhe tão estranha confissão, e ficou a imaginar se ele próprio jamais poderia ficar assim dominado pela personalidade de um amigo. Lorde Henry tinha o encanto de ser muito perigoso. Mas não passava disto. Era inteligente demais e cínico demais para ser realmente amado. Haveria alguém, um dia, que despertasse nele, Dorian, um estranho sentimento de idolatria? Seria esta uma das coisas que a vida lhe reservava?

– Acho extraordinário, Dorian, que você tenha visto isso no retrato – disse Hallward. – Viu, mesmo?

– Vi alguma coisa que me pareceu muito estranha.

– Pois bem, não se importa que eu olhe o retrato agora?

Dorian balançou a cabeça.

– Não deve pedir-me isto, Basil. Não posso permitir que o veja.

– Outro dia?...

– Nunca.

– Bom, talvez tenha razão. E, agora, adeus, Dorian. Você foi a única pessoa na vida que realmente teve influência em minha arte. O que fiz de bom, seja o que for, devo-o a você. Ah, não sabe o que me custou dizer-lhe tudo o que disse.

– Caro Basil, o que foi que me contou? Simplesmente que achava que me admirava demais. Isto não é nem mesmo um elogio.

– Não foi dito como elogio. Foi uma confissão. Agora que a fiz, parece que alguma coisa me abandonou. Talvez nunca devêssemos exprimir nossa idolatria por palavras.

– Foi uma confissão muito decepcionante.

– Mas, que esperava você, Dorian? Não viu mais nada no retrato, viu? Não havia mais nada para se ver?

– Não, não havia mais nada. Por que pergunta? Mas não deve falar em adoração. É tolice. Você e eu somos amigos, Basil, e precisamos continuar assim.

– Você tem Harry – disse o pintor, tristemente.

– Oh, Harry! – exclamou o rapaz com uma gargalhada. – Harry passa o dia dizendo o que é incrível e as noites fazendo o que é improvável. Apenas o tipo de vida que eu gostaria de levar. Mesmo assim, acho que eu não iria procurar Harry, se me visse em alguma dificuldade. Preferiria recorrer a você, Basil.

– E posará de novo para mim?

– Impossível!

– Estraga minha vida como artista, recusando, Dorian. Nenhum homem pode encontrar duas coisas ideais. Poucos encontram uma.

– Não posso explicar-lhe, Basil, mas nunca mais poderei posar para você. Há qualquer coisa de fatal a respeito de um retrato. Tem vida própria. Irei tomar chá com você. Será igualmente agradável.

– Até mais agradável, para você, creio – murmurou Hallward, com tristeza. – E, agora, adeus. Sinto não me deixar ver de novo o retrato. Mas não há remédio. Compreendo perfeitamente seus sentimentos.

Depois que Basil se retirou, Dorian sorriu para si mesmo. Pobre Basil! Como conhecia mal a verdadeira razão!... E como era estranho que, em vez de ser forçado a revelar seu próprio segredo, Dorian tivesse conseguido, quase que por acaso, arrancar o segredo do amigo! A estranha confissão não lhe desvendara muita coisa. O absurdo ciúme do pintor, sua louca dedicação, seu extravagante panegírico, suas curiosas reticências – compreendia tudo isto agora e tinha pena. Parecia-lhe que havia algo trágico numa amizade tão colorida pelo romance.

Suspirou e tocou a campainha; o retrato teria de ser escondido a todo custo. Não podia arriscar-se novamente a vê-lo descoberto. Fora loucura permitir que ficasse, por uma hora sequer, num aposento ao qual todos os seus amigos tinham acesso.

10

Quando o criado entrou, Dorian fitou-o com firmeza e ficou a imaginar se ele teria tido a ideia de espiar atrás do biombo. O homem mantinha-se impassível, esperando ordens. Dorian acendeu um cigarro e foi até o espelho. Podia ver ali perfeitamente o rosto de Victor. Nada havia o que temer. Mesmo assim, achou melhor ficar de sobreaviso.

Falando lentamente, disse-lhe que prevenisse a governanta de que precisava vê-la. Depois, que fosse até o homem que fazia molduras e lhe pedisse para mandar dois operários, imediatamente. Pareceu-lhe que, ao sair, o criado relanceara o olhar para o biombo. Ou teria sido imaginação sua?

Dali a momentos, trajando um vestido de seda preta, com mitenes fora de moda nas mãos enrugadas, a Sra. Leaf entrou apressadamente na biblioteca. Dorian pediu-lhe a chave da sala de estudo.

– A antiga sala de estudo, Sr. Dorian? – exclamou a mulher. – Oh, está cheia de pó. Preciso mandar arrumá-la, antes de o senhor ir lá. Não está em estado de ser vista pelo senhor. Não está mesmo.

– Não quero que mande arrumá-la, Leaf. Quero apenas a chave.

– Bem, Sr. Dorian, o senhor ficará cheio de teias de aranha, se entrar lá. Há cinco anos que não é aberta, desde que o patrão morreu.

Dorian contraiu-se, ao ouvir falar do avô. Tinha lembranças detestáveis dele.

– Não importa – respondeu. – Quero apenas ver a sala de novo, nada mais do que isto. Dê-me a chave.

– Ah, aqui está – disse a velha senhora, procurando no molho de chaves, com mãos trêmulas. – Vou tirá-la da penca. Mas não está pensando em viver lá?, o senhor está tão bem aqui.

– Não, não – respondeu ele, petulantemente. – Muito obrigado, Leaf. É só.

Ela demorou-se por alguns instantes, tagarelando sobre qualquer assunto doméstico. Dorian suspirou e disse-lhe que cuidasse da casa como bem entendesse. A mulher saiu, toda sorridente.

Depois que a porta se fechou, Dorian pôs a chave no bolso e espiou à volta. Seu olhar caiu sobre uma coberta grande, de cetim púrpura, pesadamente bordada a ouro, magnífico trabalho veneziano do fim do século XVII, que seu avô encontrara num convento perto de Bolonha. Sim, aquilo serviria para enrolar o horrível objeto. Talvez tivesse muitas vezes servido de mortalha. Agora ocultaria uma coisa que tinha uma corrupção própria, pior do que a corrupção da morte – algo que engendraria horrores e, no entanto, nunca morreria. O que os vermes eram para o cadáver, seus pecados seriam para a imagem pintada na tela. Arruinariam a sua beleza e lhe destruiriam a graça. Iriam profaná-la, tornando-a vergonhosa. E, no entanto, ela ainda viveria. Sempre teria vida.

Estremeceu e, por um momento, lamentou não ter dito a Basil a verdadeira razão que o levara a ocultar o retrato. Basil o teria ajudado a resistir à influência de lorde Henry e às influências ainda mais venenosas que vinham de seu próprio temperamento. O amor que lhe dedicava – pois era de fato amor – nada tinha que não fosse nobre e intelectual. Não era apenas aquela admiração física que morre quando os sentidos se cansam. Era um amor como o que sentiram Miguel Ângelo, e Montaigne, e Winckelmann, e o próprio Shakespeare. Sim, Basil poderia tê-lo salvado. Mas agora era tarde demais. O passado sempre poderia ser anulado. Isto se conseguiria pelo pesar, pela negação ou pelo esquecimento. Mas o futuro era inevitável. Havia em Dorian paixões que encontrariam uma válvula de escape, sonhos que tornariam real a sombra de sua maldade.

Tirou do divã a grande colcha de ouro e púrpura que o cobria e, segurando-a nas mãos, foi para trás do biombo. Estaria o rosto da tela mais vil do que antes? Pareceu-lhe que não mudara; apesar disso, detestou-o mais ainda. Cabelos dourados, olhos azuis e lábios rosados – estava tudo ali. Fora apenas a expressão que mudara. Horrível, em sua crueldade. Comparadas com o que ali via de censura e reprovação, como haviam sido fracas as críticas de Basil a respeito de Sibyl Vane! Superficiais, insignificantes. Sua própria alma o encarava agora da tela, chamando-o a julgamento. Uma expressão de dor anuviou-lhe o rosto e ele atirou a rica mortalha sobre o quadro. Ouviu-se uma batida à porta. Dorian passou para o outro lado do biombo e viu o criado entrar.

– Os homens estão aqui, *monsieur.*

Dorian sentiu que, antes de mais nada, precisava livrar-se do criado. Este não deveria ficar sabendo para onde ia ser levado o quadro. Havia nele algo de furtivo, seus olhos eram cismáticos, traiçoeiros. Sentado à escrivaninha, Dorian rabiscou um bilhete a lorde Henry, pedindo que lhe mandasse algo para ler, lembrando-lhe que deveriam encontrar-se às oito horas e quinze, àquela noite.

– Espere a resposta – disse, entregando-lhe o bilhete. – Faça os homens entrarem.

Passados dois ou três minutos, ouviu-se nova batida e o Sr. Hubbard em pessoa, o célebre fabricante de molduras da South Audley Street, entrou, com um ajudante moço, de aparência rude. O Sr. Hubbard era um homenzinho rubicundo, de suíças ruivas, cuja admiração pela arte era temperada consideravelmente pela inveterada penúria da maioria dos artistas que o procuravam. Em geral, nunca saía da loja. Esperava que as pessoas viessem a ele. Mas sempre fazia exceção, quando se tratava de Dorian Gray. Havia no rapaz algo que encantava todo mundo. Era um prazer vê-lo.

– Em que posso servi-lo, Sr. Gray? – perguntou, esfregando as mãos gordas e sardentas. – Quis ter a honra de vir pessoalmente. Acontece que tenho uma moldura maravilhosa. Comprei-a num leilão. Florentina, antiga. De Fronthill, creio. Admiravelmente apropriada a um assunto religioso, Sr. Gray.

– Sinto que tenha tido o incômodo de vir pessoalmente, Sr. Hubbard. Irei certamente até a loja ver a moldura, embora atualmente não esteja muito interessado em arte sacra, mas hoje desejo apenas que um quadro seja levado para o andar de cima. É um pouco pesado, de modo que resolvi pedir-lhe que me cedesse dois de seus homens.

– Não é trabalho algum, Sr. Gray. Estou encantado em poder servi-lo. Onde está a obra de arte?

– Aqui – disse Dorian, afastando o biombo. – Poderão levá-lo, com a coberta e tudo o mais, exatamente como está? Não quero que se arranhe na escada.

– Não há a mínima dificuldade – disse o alegre negociante de molduras, começando, com a ajuda de seu empregado, a desprender o quadro das compridas correntes de bronze que o suspendiam. – Para onde quer que o levemos, Sr. Gray?

– Vou mostrar-lhes o caminho, Sr. Hubbard, se quiserem ter a bondade de seguir-me. Talvez seja melhor irem na frente. Fica bem no alto da casa. Vamos pela escada principal, que é mais larga.

Abriu-lhes a porta, passaram para o saguão e começaram a subir. O tipo complicado da moldura tornava o quadro bastante volumoso e, de vez em quando, apesar dos obsequiosos protestos do Sr. Hubbard, que, como verdadeiro negociante, não gostava de ver um cavalheiro fazer qualquer coisa útil, Dorian punha nele a mão, como para ajudá-los.

– É bem pesado – disse o homenzinho, ofegante, quando chegaram ao patamar final. Enxugou a testa reluzente.

– Sim, é de fato pesado – murmurou Dorian, abrindo a porta que dava para a sala que deveria guardar o curioso segredo de sua vida e ocultar sua alma aos olhos do mundo.

Fazia mais de quatro anos que não entrava ali. Usara-a a princípio como sala de brinquedo, quando criança, e depois como sala de estudo. Era um aposento grande, bem-proporcionado, construído especialmente pelo último lorde Kelso para ser usado por seu neto, o qual, devido à sua estranha semelhança com a mãe, e por outras razões, ele sempre odiara e desejara conservar a distância. Pareceu a Dorian que pouco tinha mudado. Havia o grande *cassone* italiano, com seus painéis de pinturas fantásticas e suas molduras de ouro velho, onde ele tantas vezes se escondera em criança. Havia a estante de pau-cetim, cheia de livros escolares, dobrados nos cantos. Na parede, atrás dele, via-se a mesma rota tapeçaria flamenga, onde uma rainha e um rei desbotados jogavam xadrez no jardim, enquanto por eles passava, a cavalo, um grupo de falcoeiros carregando as aves nos punhos enluvados. Como se lembrava bem de tudo isto! Cada momento de sua infância solitária lhe voltou à lembrança. Reviu a pureza de sua vida de adolescente e pareceu-lhe horrível que fosse este o lugar onde deveria esconder o retrato. Quando iria imaginar, naqueles dias perdidos no passado, o que o futuro lhe reservava!

Mas não havia, em toda a casa, lugar mais protegido de olhos curiosos do que este. Ele tinha a chave, ninguém mais entraria ali. Sob sua mortalha cor de púrpura, o rosto pintado na tela podia agora tornar-se bestial, balofo, imundo. Que importava? Ninguém iria vê-lo.

Ele próprio não o veria. Por que haveria Dorian de acompanhar a medonha corrupção de sua alma? Conservaria a mocidade e isto era suficiente. Além do mais, não poderia seu caráter tornar-se mais nobre, afinal de contas? Não havia razão para que o futuro fosse tão cheio de vergonha. Talvez surgisse em sua vida algum amor que o purificasse e o protegesse daqueles pecados que já pareciam agitar-se em espírito e carne – aqueles curiosos pecados não escritos que tiravam sua sutileza e seu encanto do próprio mistério que os cercava. Talvez, um dia, a expressão cruel desaparecesse da boca rubra e sensível e ele poderia então mostrar ao mundo a obra-prima de Basil Hallward.

Não, isto era impossível. Hora a hora, semana a semana, a coisa pintada na tela ia envelhecendo. Talvez escapasse ao horror do pecado, mas o horror da idade a esperava. As faces se tornariam encovadas ou flácidas. Pés de galinha surgiriam à volta dos olhos apagados, tornando-os horríveis. Os cabelos perderiam o brilho, a boca, entreaberta ou caída, teria expressão tola ou grosseira como a boca dos velhos. Haveria o pescoço enrugado, as mãos frias e cheias de veias, o corpo encurvado como o de seu avô, que fora tão severo com ele, na infância. O retrato tinha de ser escondido. Não havia remédio.

– Pode trazê-lo, por favor, Sr. Hubbard – disse Dorian com voz cansada, voltando-se. – Desculpe-me tê-lo feito esperar tanto. Estava pensando em outra coisa.

– Sempre gosto de descansar um pouco, Sr. Gray – respondeu o homem, ainda ofegante. – Onde devemos colocá-lo?

– Em qualquer lugar. Aqui fica bem. Não quero dependurá-lo. Basta encostá-lo na parede. Obrigado.

– Pode-se olhar a obra de arte?

Dorian sobressaltou-se.

– Isto não o interessaria, Sr. Hubbard – respondeu, encarando o homem. Estava disposto a pular em cima dele, atirá-lo ao chão, se ele ousasse levantar a bela coberta que escondia o segredo de sua vida. – Não o incomodarei mais. Muito agradecido por sua gentileza em ter vindo aqui pessoalmente.

– De nada, de nada, Sr. Gray. Sempre pronto a servi-lo.

O Sr. Hubbard desceu as escadas, seguido de seu empregado, que relanceou para Dorian o olhar com tímida admiração na fisionomia rude, feia. Nunca vira pessoa tão maravilhosa.

Quando o som dos passos desapareceu, Dorian fechou a porta e pôs a chave no bolso. Estava seguro agora. Ninguém jamais contemplaria aquela coisa horrível. Nenhum olhar, a não ser o dele, veria sua vergonha.

Ao chegar à biblioteca, viu que passavam poucos minutos das cinco e que o criado já tinha trazido o chá. Numa mesinha de escura madeira perfumada, com ricas incrustações de madrepérola, presente de lady Radley, esposa de seu tutor, uma mulher bela e ociosa que passara o inverno anterior no Cairo, estavam um bilhete de lorde Henry e, ao lado, um livro encadernado em papel amarelo, a capa um pouco rasgada e de pontas sujas. Um exemplar da terceira edição do *St. Jame's Gazette* fora colocado na bandeja. Evidentemente, Victor já voltara.

Dorian ficou imaginando se ele teria cruzado com os homens no saguão, quando saíam, e se lhes teria perguntado o que tinham vindo fazer ali. Com toda a certeza daria por falta do quadro; já devia mesmo ter-lhe notado a ausência, enquanto punha a mesa do chá. O biombo não fora recolocado e notava-se um espaço vazio na parede. Talvez uma noite Dorian visse o homem subir furtivamente a escada e ir tentar forçar a porta do quarto de cima. Era horrível ter um espião em casa. Ouvira falar de homens ricos que haviam sido vítimas de chantagem, a vida toda, por algum empregado que lera uma carta, apanhara um cartão com endereço, encontrara sob o travesseiro uma flor murcha ou um amarfanhado pedaço de renda.

Suspirou e, tendo-se servido de chá, abriu o bilhete de lorde Henry. Era simplesmente para informá-lo de que lhe mandara o jornal da tarde e um livro que talvez o interessasse. Estaria no clube às oito e quinze. Dorian abriu o *St. James* languidamente e correu os olhos por ele. Um sinal a lápis vermelho, na quinta página, chamou-lhe a atenção.

> INQUÉRITO DE UMA ATRIZ. – Houve inquérito, esta manhã, em Bell Tavern, Hoxton Road, conduzido pelo Sr. Danby, comissário do distrito, sobre a morte de uma jovem atriz, recentemente contratada para o Royal Theatre, Holborn. O veredicto foi "morte por acidente". Grandes manifestações de simpatia foram feitas à mãe da morta, que se mostrara muito comovida durante seu depoimento e o do Dr. Birrell, médico-legista.

Dorian franziu a testa e, rasgando o jornal em dois, atravessou o aposento e jogou fora os pedaços. Como tudo aquilo era feio! E como a fealdade tornava as coisas reais! Ficou um pouco aborrecido com lorde Henry por ter-lhe mandado o jornal. Fora sem dúvida uma estupidez marcar a notícia a lápis vermelho. Victor podia tê-la lido. Sabia ler inglês suficientemente para isto.

Talvez tivesse mesmo lido e suspeitasse de alguma coisa. Mas, que importava? Que tinha Dorian Gray a ver com a morte de Sibyl Vane? Nada havia a temer. Dorian Gray não a matara.

Seu olhar caiu no livro amarelo que lorde Henry lhe mandara. Que seria? Foi até a estante octogonal, cor de marfim, que sempre lhe parecera obra de estranhas abelhas egípcias que trabalhassem em prata; apanhando o volume, atirou-se numa poltrona e começou a virar as páginas. Após alguns minutos ficou absorto. Era o livro mais estranho que jamais lera. Parecia-lhe que, em belos trajes e ao delicado som de flautas, os pecados do mundo desfilavam diante dele em silencioso espetáculo. Coisas vagamente sonhadas se tornavam reais de repente. Coisas com as quais jamais sonhara se revelavam a ele gradualmente.

Era um romance sem enredo, com apenas uma personagem, sendo, na realidade, simplesmente um estudo psicológico de certo jovem parisiense, que passara a vida procurando realizar, no século XIX, as paixões e modalidades de pensamento que pertenciam a todos os séculos, menos ao dele, e procurando, por assim dizer, resumir em si próprio os vários estados pelos quais passara o espírito do mundo, amando, por sua mera artificialidade, as renúncias a que os homens insensatamente chamaram virtudes tanto quanto as rebeliões naturais a que os homens sensatos chamaram pecado. Era escrito naquele estilo rebuscado, vívido e obscuro ao mesmo tempo, cheio de *argots* e de termos arcaicos, de expressões técnicas e paráfrases complicadas, que caracteriza o trabalho de alguns dos melhores artistas da escola francesa dos *symbolistes*. Havia nele metáforas tão monstruosas quanto orquídeas, e igualmente sutis em colorido. A vida dos sentidos era descrita em termos de filosofia mística. O leitor mal sabia, às vezes, se tinha diante de si os êxtases espirituais de algum santo medieval ou as mórbidas confissões de um pecador moderno. Era um livro venenoso. Um pesado odor de incenso parecia impregnar suas páginas e perturbar a mente. A mera cadência das frases, a sutil monotonia da música, tão cheia de estribilhos complexos e movimentos complicadamente repetidos, produziram na mente de Dorian Gray, quando ele ia passando de um capítulo a outro uma espécie de *rêverie*, uma moléstia de sonho, que fez com que não notasse o cair da tarde nem o avançar das sombras.

Límpido e perfurado apenas por uma estrela solitária, o céu de um tom de cobre esverdeado brilhava através das janelas. Dorian leu a esta luz pálida, até não poder mais. Depois, tendo seu criado vindo lembrar-lhe várias vezes que já era tarde, levantou-se e, passando para o aposento contíguo, colocou o livro na mesa florentina, que sempre ficava à sua cabeceira, e começou a vestir-se para o jantar.

Já eram quase nove horas quando chegou ao clube, onde encontrou lorde Henry sozinho, na saleta, parecendo muito entediado.

– Desculpe-me, Harry – exclamou. – Mas é de fato culpa sua. O livro que me mandou me fascinou de tal forma que me esqueci que o tempo tinha passado.

– Sim, achei que iria gostar – replicou o anfitrião, levantando-se.

– Não disse que gostei, Harry. Disse que me fascinou. Há uma grande diferença.

– Ah, você descobriu isto? – murmurou lorde Henry.
Passaram para o salão de jantar.

11

Durante anos, Dorian Gray não pôde libertar-se da influência daquele livro. Talvez fosse mais acertado dizer que nunca procurou libertar-se. Encomendou de Paris nada menos do que nove exemplares da primeira edição e mandou encaderná-los em cores diferentes, para que combinassem com seus estados de alma e com os variáveis caprichos de uma natureza sobre a qual ele às vezes parecia ter perdido completamente o domínio. O herói, o maravilhoso parisiense, em quem os temperamentos romântico e científico se misturavam tão estranhamente, tornou-se para Dorian uma espécie de prefiguração dele mesmo. Na realidade, parecia-lhe que todo o livro continha a história de sua vida, escrita antes de ele a ter vivido.

Em um ponto, era mais feliz do que o fantástico herói do romance. Jamais conheceu – nunca teve, mesmo, motivo para conhecer – aquele ridículo medo de espelhos, de superfícies de metais polidos e águas paradas que o jovem parisiense sentira bem cedo na vida e que fora causado pela súbita decadência de uma beleza que, ao que parecia, havia sido extraordinária. Era com cruel alegria – e talvez em quase todas as alegrias, como certamente em todos os prazeres, a crueldade tinha um lugar – que Dorian costumava ler a última parte do livro, com seu relato realmente trágico, embora às vezes enfático demais, da tristeza e do desespero de alguém que perdera aquilo que, em outros, e no mundo, ele apreciara acima de tudo.

Sim, pois a maravilhosa beleza que fascinara Basil Hallward e muitos outros jamais parecia abandoná-lo. Mesmo aqueles que tinham ouvido as piores coisas a seu respeito, e, de fato, de vez em quando, estranhos boatos sobre sua maneira de viver espalhavam-se por Londres e tornavam-se o assunto dos clubes, não podiam, ao vê-lo, acreditar em algo que o desabonasse, pois Dorian tinha sempre a aparência de alguém que se preservara da mácula do mundo. Homens que mantinham conversas grosseiras calavam-se, quando Dorian Gray entrava na sala. Na pureza de seu rosto havia algo que parecia censurá-los. Sua mera presença lembrava-lhes a inocência que eles haviam deslustrado. Ficavam a imaginar como é que pessoa tão encantadora e graciosa podia ter escapado à mancha de uma época ao mesmo tempo sórdida e sensual.

Frequentemente, ao voltar para casa de uma de suas misteriosas e prolongadas ausências, que suscitavam tão estranhas conjecturas entre os que eram ou se julgavam seus amigos, ele ia furtivamente até o quarto fechado do andar de cima, abria a porta com a chave que agora jamais o deixava e, de espelho em punho, ficava diante do retrato que Basil Hallward pintara, contemplando ora o rosto envelhecido na tela, ora a fisionomia bela e moça que lhe sorria do espelho. A agudeza do contraste acentuava-lhe a sensação de prazer. Ficava cada vez mais enamorado da própria beleza, mais interessado pela corrupção de sua alma. Examinava com extrema atenção, às vezes com prazer monstruoso e terrível, as linhas hediondas que vincavam a testa, ou sulcos à volta da boca sensual, ficando a conjecturar o que seria mais horrível, se as marcas do pecado ou as marcas do tempo. Punha as mãos brancas perto das mãos grosseiras e inchadas do retrato e sorria. Zombava do corpo disforme e dos membros enfraquecidos.

À noite, havia momentos em que, insone, deitado em seu quarto suavemente perfumado, ou na sala sórdida da pequena e mal-afamada taverna perto das docas aonde costumava ir disfarçado e usando um nome falso, ficava pensando na ruína a que condenara a própria alma, com uma piedade tanto mais pungente, por ser egoísta. Mas tais momentos eram raros. A curiosidade a respeito da vida, que lorde Henry despertara nele quando se tinham sentado no jardim de Basil, parecia intensificar-se, ao ser satisfeita. Quanto mais sabia, mais queria saber. Tinha uma fome desenfreada que, à medida que ele a alimentava, mais exigente se tornava.

E, no entanto, Dorian não era totalmente descuidado, pelo menos não em suas relações com a sociedade. Uma ou duas vezes por mês, durante o inverno, assim como em todas as noites de quarta-feira, enquanto durava a estação, ele abria ao mundo sua bela casa e fazia com que ali viessem os mais célebres músicos da época, para agradar os convidados com a maravilha de sua arte. Os jantares íntimos, que lorde Henry o ajudava a organizar, eram conhecidos tanto pelo cuidado na escolha e na colocação dos convidados, como pelo requintado gosto na decoração da mesa, com os sutis e harmoniosos arranjos de flores exóticas, toalhas bordadas e baixelas antigas de ouro e prata. Havia realmente muitos, principalmente entre os rapazes mais jovens, que viam, ou julgavam ver, em Dorian Gray, a verdadeira realização de um tipo com o qual haviam sonhado em seus tempos de Eton ou Oxford, um tipo que devia combinar algo da verdadeira cultura do sábio com a graça, a distinção e as maneiras perfeitas de um homem do mundo. Para esses, Dorian parecia fazer parte do grupo que Dante descreve como tendo procurado "tornar-se perfeito pelo culto à beleza". Como Gautier, Dorian era uma pessoa para quem "o mundo visível existia".

E, certamente, para ele, a própria vida era a primeira, a maior das artes, e todas as outras artes pareciam apenas a preparação para a vida. A moda, que faz com que o que é em verdade fantástico se torne universal por um momento, e o "dandismo", que, à sua maneira, é uma tentativa de firmar o absoluto modernismo da beleza, tinham, naturalmente, grande atração para ele. Seu modo de vestir, os estilos particulares que adotava de vez em quando, exerciam marcante influência nos jovens elegantes dos bailes de Mayfair e dos balcões dos clubes de Pall Mall, que o copiavam em tudo que ele fazia e procuravam reproduzir o encanto fortuito de suas graciosas afetações, embora ele próprio não as levasse muito a sério.

Sim, pois embora Dorian estivesse disposto a aceitar a posição que lhe fora oferecida logo após sua maioridade, sentindo, na verdade, um sutil prazer em pensar que um dia poderia tornar-se para a Londres de sua época o que para a Roma de Nero fora, um dia, o autor de *Satyricon*, no íntimo desejava ser algo mais do que um mero *arbiter elegantiarum*, consultado sobre o uso de uma joia, o nó de uma gravata ou o manejo de uma bengala. Procurou elaborar um novo esquema de vida que tivesse sua filosofia fundamentada e seus princípios ordenados, a fim de encontrar na espiritualização dos sentidos sua mais alta realização.

O culto dos sentidos tem sido muitas vezes, e com justiça, censurado, tendo os homens um natural instinto de terror em relação às paixões e sensações que parecem mais fortes do que eles, e que eles têm consciência de compartilhar com as formas de existências organizadas com menos elevação. Mas parecia a Dorian Gray que a verdadeira natureza dos sentidos jamais fora compreendida e que eles permaneciam selvagens e animais, apenas porque os homens haviam tentado submetê-los pela fome, ou matá-los pelo sofrimento, em vez de torná-los elementos de uma nova espiritualidade, onde a característica predominante fosse um delicado instinto de beleza. Ao relembrar os movimentos do homem através da História, sentia-se atormentado por uma sensação de perda. Tinha havido tanta capitulaçao! E por tão pouco! Houvera rejeições loucas e voluntárias, monstruosas formas de autoflagelação e de renúncia, cuja origem era o medo e cujo resultado era uma degradação infinitamente mais terrível do que aquela degradação imaginária à qual, em sua ignorância, eles tinham tentado escapar, pois a natureza, em sua maravilhosa ironia, obrigava o anacoreta a comer com as feras do deserto e dava por companheiros, ao eremita, os animais do campo.

Sim, era preciso que houvesse, como profetizara lorde Henry, um novo hedonismo que recriasse a vida e a salvasse deste duro e feio puritanismo que, curiosamente, está revivendo em nossos dias. Deveria, certamente, ter o auxílio da inteligência, mas nunca aceitar teoria ou sistema que implicasse sacrifício de qualquer modalidade de apaixonada experiência. Seu objetivo, sem dúvida, seria a própria experiência, e não os frutos das experiências, fossem eles doces ou amargos. Nada teria com o ascetismo, que mata os sentidos, nem com a vulgar devassidão, que os embota. Mas deveria ensinar o homem a concentrar-se nos momentos de uma vida que é, ela própria, apenas um momento.

Poucos são aqueles que não despertaram, às vezes, antes do alvorecer, após uma dessas noites sem sonhos que quase nos fazem amar a morte, ou uma das noites de horror ou de alegria informe, quando pelos meandros do cérebro perpassam fantasmas mais terríveis do que a própria realidade, animados pela vida intensa que espreita em todos os grotescos e dá à arte gótica sua perene vitalidade, arte esta que se poderia imaginar ser especialmente a arte daqueles cuja mente esteve perturbada pela doença do sonho. Gradualmente, dedos brancos insinuam-se pelas cortinas e parecem estremecer. Assumindo formas negras e fantásticas, sombras mudas arrastam-se para os cantos e ali se agacham. Lá fora, os pássaros começam a mover-se por entre a folhagem, há o som de homens que se dirigem ao trabalho, ou o suspiro e o soluço do vento que desce dos morros e vagueia ao redor da casa silenciosa, como se temesse acordar os que dormem mas vendo-se obrigado a fazer sair o sono de sua caverna purpúrea. Tênues véus de gaze vão-se erguendo, um a um, e, pouco a pouco, as formas e as cores dos objetos lhes são restituídas e vemos a madrugada refazer o mundo pelo molde antigo. Os pálidos espelhos readquirem sua vida mímica. As velas apagadas estão onde as havíamos deixado e, a seu lado, o livro cortado que estivéramos estudando, ou a flor que usáramos no baile, ou a carta que receáramos ler ou havíamos lido demasiado. Nada nos parece mudado. Das irreais sombras da noite ressurge a vida real que conhecêramos. Temos de retomá-la onde a deixamos, de nós se apodera a terrível sensação da necessidade de continuarmos o esforço do mesmo círculo tedioso de hábitos estereotipados, ou um louco desejo, talvez, de que nossas pálpebras possam abrir-se certa manhã sobre um mundo refeito de modo diverso, nas trevas, para nosso gozo, mundo onde as coisas apresentassem formas e cores novas, e estivesse mudado, e encerrasse outros segredos, mundo onde o passado pouco ou nenhum lugar ocupasse ou, em todo caso, não sobrevivesse em forma consciente de obrigação ou arrependimento, pois até a lembrança da alegria tem sua amargura e a do prazer a sua dor.

A criação de tais mundos era o que parecia a Dorian Gray o verdadeiro objetivo, ou um dos verdadeiros objetivos da vida; na busca de sensações que fossem ao mesmo tempo novas e deliciosas e possuíssem aquele elemento de singularidade, tão essencial ao romance, ele, muitas vezes, adotava certas formas de pensamentos que reconhecia serem alheias à sua natureza, entregando-se às suas sutis influências. Depois, tendo-lhes, por assim dizer, captado a cor e satisfeito a curiosidade intelectual, deixava-as com aquela estranha indiferença que não é incompatível com um verdadeiro ardor de temperamento e que, realmente, de acordo com certos psicólogos modernos, é muitas vezes dele uma condição.

Correu o boato, certa vez, de que Dorian iria abraçar o catolicismo; indubitavelmente, o ritual romano tinha para ele grande atração. O sacrifício diário, mais terrível do que todos os sacrifícios do mundo antigo, emocionava-o tanto por sua soberba rejeição da evidência dos sentidos, como pela primitiva simplicidade de seus elementos e pela eterna tristeza da tragédia humana que procurava simbolizar. Ele gostava de ajoelhar-se no frio chão de mármore e ver o sacerdote, nas suas rígidas vestes floridas, com mãos brancas, afastar lentamente para um lado o véu do tabernáculo, ou erguer a custódia em forma de lanterna, resplandecente de pedrarias, com a pálida hóstia que às vezes se julgaria ser realmente o *panis caelestis*, o pão dos anjos: gostava de vê-lo com os paramentos da Paixão de Cristo, partindo a hóstia no cálice e batendo no peito, por seus pecados. Os turíbulos fumegantes que meninos graves, com roupa vermelha e rendas, balançavam no ar como se fossem grandes flores douradas tinham para ele sutil fascínio. Ao sair, costumava olhar admirado para os negros confessionários e desejava sentar-se na penumbra de um deles e escutar os homens e as mulheres que ali vinham sussurrar, através das grades, a verdadeira história de suas vidas.

Mas nunca incorreu no erro de deter seu desenvolvimento intelectual com a formal aceitação de um credo ou sistema, nem de considerar, como casa de moradia, uma estalagem que serve para a estada de uma noite, ou para algumas horas de uma noite sem estrelas e sem lua. O misticismo, com sua maravilhosa faculdade de nos tornar estranhas as coisas comuns, e a sutil antinomia que sempre parece acompanhá-lo impressionaram-no durante uma estação; e durante uma estação ele se inclinou para as doutrinas materialistas do movimento darwiniano na Alemanha, sentindo curioso prazer em buscar a origem dos pensamentos e das paixões dos homens em alguma nacarada célula do cérebro, ou em algum esbranquiçado nervo do corpo, deliciando-se com a concepção da absoluta dependência do espírito e certas condições físicas, mórbidas ou sadias, normais ou doentes. E, no entanto, como já foi dito a seu respeito, nenhuma teoria da vida lhe parecia importante, comparada à própria vida. Tinha aguda consciência da esterilidade de toda especulação intelectual, quando separada da ação e da experiência. Sabia que os sentidos, tanto quanto a alma, têm mistérios espirituais a revelar.

Assim, estudava agora os perfumes e os segredos de sua manufatura, destilando óleos de aroma forte e queimando resinas odoríferas vindas do Oriente. Compreendeu que não havia estado de alma que não tivesse equivalente na vida sensual e dispôs-se a descobrir suas verdadeiras relações, ficando a imaginar o que haveria no incenso para tornar uma pessoa mística, na ambarina para despertar as paixões, na violeta para evocar lembranças de romances mortos, no almíscar para perturbar a mente, na magnólia para turvar a imaginação; procurava frequentemente elaborar uma verdadeira psicologia de perfumes e avaliar as várias influências das raízes odoríferas, das flores de pólen perfumado, dos bálsamos aromáticos e das madeiras escuras e fragrantes, do nardo que causa enjoo, do cajueiro-japonês que enlouquece, dos aloés que, dizem, têm a propriedade de afugentar da alma a melancolia.

Em outra ocasião, dedicou-se inteiramente à música e, num aposento comprido, de teto vermelho e dourado e paredes de laca verde-oliva, costumava dar curiosos concertos, nos quais loucos ciganos arrancavam melodias selvagens de pequenas cítaras, ou graves tunisianos de xales amarelos desferiam as cordas retesadas de monstruosos alaúdes, enquanto negros sorridentes batiam monotonamente em tambores de cobre; acocorados em tapetes escarlates, pequenos indianos de turbantes sopravam compridas flautas de junco ou de bronze, encantando, ou fingindo encantar, grandes serpentes e horríveis víboras. Os ásperos intervalos e as estridentes dissonâncias da música bárbara impressionavam-no, nas ocasiões em que a graça de Schubert, as belas tristezas de Chopin e as poderosas harmonias do próprio Beethoven passavam despercebidas a seus ouvidos. Colecionou, de todas as partes do mundo, os mais estranhos instrumentos que pôde encontrar, quer nos túmulos de nações mortas, quer entre as poucas tribos selvagens que tinham mantido contato com a civilização ocidental; gostava de tocá-los e experimentá-los. Possuía os mais misteriosos *furuparis* dos índios do rio Negro, que as mulheres não têm permissão de olhar, e que mesmo os rapazes só podem ver depois de submetidos ao jejum e à flagelação; jarros de barro dos peruanos, que imitam os gritos estridentes das aves; flautas feitas de ossos humanos como as que Afonso de Ovalle ouviu no Chile; sonoros jaspes verdes que se encontram perto de Cuzco e emitem notas de singular doçura. Tinha cabeças pintadas cheias de seixos que ressoavam, quando agitados; o longo *clarín* dos mexicanos, no qual o artista não sopra, mas aspira o ar; o áspero *ture* das tribos do Amazonas, que é tocado pelas sentinelas que ficam o dia todo sentadas nas árvores altas e pode ser ouvido, dizem, a uma distância de três léguas; o *teponazili*, que tem duas vibrantes línguas de madeira e é percutido com paus embebidos em goma elástica, proveniente do suco leitoso das plantas; os guisos *yotl* dos astecas, que são unidos em cachos, como uvas; um enorme tambor cilíndrico, coberto com pele de cobra, como o que Bernal Diaz viu quando foi com Cortez ao templo mexicano, tendo nos deixado uma vívida descrição de seu som dolente. O fantástico tipo desses instrumentos fascinava-o, e Dorian sentia curioso prazer em pensar que a Arte, assim como a Natureza, tem seus monstros, coisas de forma bestial e vozes hediondas. E, no entanto, depois de algum tempo, cansava-se deles, e ia à Ópera, ficando em seu camarote a ouvir *Tannhauser*, extasiado, sozinho ou com lorde Henry, vendo no prelúdio dessa grande obra de arte uma introdução da tragédia de sua própria alma.

Em certa ocasião, dedicou-se ao estudo de joias e apareceu num baile à fantasia vestido de Anne de Joyeuse, almirante da França, num traje adornado de 560 pérolas. Este interesse absorveu-o por muitos anos e pode-se dizer que Dorian jamais o abandonou. Passava muitas vezes um dia inteiro arrumando e desarrumando nos estojos as várias pedras que colecionara tais como o crisoberilo cor de azeitona, que se torna vermelho à luz de um candeeiro, o cimofânio de veias prateados, o peridoto cor de pistácia, topázios rosados e de um amarelo avermelhado, carbúnculos de um vermelho violento com reflexos de trêmulas estrelas de quatro pontas, granadas cor de sangue, espinélios alaranjados e roxos, ametistas com suas camadas alternadas em tons de rubi e safira. Gostava do ouro rubro da pedra do sol, da brancura nacarada da pedra da lua, da irisação partida da opala leitosa. Mandou vir de Amsterdã três esmeraldas de tamanho extraordinário e grande riqueza de colorido, e tinha uma turquesa *de la vieille roche* que causava inveja a todos os experts.

Descobriu também maravilhosas histórias a respeito de joias. Em *Clericalis Disciplina*, de Alfonso, falava-se de uma serpente, com olhos de jacinto legítimo; na romântica história de Alexandre, consta que o conquistador de Emathia encontrou no vale do Jordão serpentes com colares de esmeraldas verdadeiras nas costas. Diz Filostrato que havia uma pedra preciosa no cérebro do dragão e que bastava "a exibição de letras douradas e de um manto vermelho" para o monstro cair num sono mágico e poder ser morto. A julgar pelo grande alquimista Pierre de Boniface, o diamante tornava o homem invisível e a ágata da Índia lhe dava eloquência. A cornalina aplacava a cólera, o jacinto provocava o sono, a ametista desfazia os vapores do vinho. A granada afastava os demônios, o *hydropicus* tirava da lua a sua cor. A selenita dilatava-se e contraía-se com a lua, e o *meloceus,* que descobre os ladrões, só podia ser afetado pelo sangue de cabritos. Leonardus Camillus vira uma pedra branca extraída do cérebro de um sapo recém-morto, e que era antídoto infalível contra venenos. O bezoar encontrado no coração de um veado árabe era um amuleto que podia curar a peste. Nos ninhos de pássaros árabes havia os *aspilates* que, segundo Demétrio, protegiam quem os usasse do perigo do fogo.

No dia de sua coroação, o rei do Ceilão atravessou a cidade a cavalo, levando na mão um grande rubi. Os portões do palácio de João, o Padre, eram "feitos de sardônias, onde estava incrustado o chifre de uma serpente cornuda, para que homem algum pudesse levar veneno para dentro". Sobre o frontão, havia "duas maçãs douradas, com dois carbúnculos", para que o ouro brilhasse de dia e os carbúnculos de noite. Em *A Margarite of America*, estranho romance de Lodge, consta que no quarto da rainha se podiam ver "todas as damas castas do mundo, cinzeladas em prata, olhando-se através de belos espelhos de crisólitos, carbúnculos, safiras e esmeraldas verdes". Marco Polo vira os habitantes de Zipangu colocarem pérolas rosadas na boca dos mortos. Um monstro marinho enamorara-se da pérola que o mergulhador trouxera ao rei Perozes, matara o ladrão e durante sete luas chorara sua perda. Quando os hunos atraíram o rei à grande cisterna, este atirou-a fora – é Procópio que nos conta a história – e nunca mais foi encontrada, embora o imperador Anastácio tivesse oferecido por ela cinco quintais de moedas de ouro. O rei de Malabar mostrara a certo veneziano um rosário de 304 pérolas, uma para cada deus que ele adorava.

Quando o duque de Valentinois, filho de Alexandre VI, visitou Luís XII da França, seu cavalo ia carregado de folhas de ouro, segundo Brantôme, e seu chapéu tinha duas fileiras de resplandecentes rubis. Carlos da Inglaterra cavalgava com estribos ornados de 421 brilhantes. Ricardo II possuía um casaco avaliado em 30 mil marcos, recoberto de rubis. Hall descreveu que Henrique VIII, a caminho da Torre antes de sua coroação, usava "um gibão com relevos em ouro, peitilho bordado a diamantes e outras pedras preciosas e um grande talabarte de grandes rubis". As favoritas de James I usavam brincos de esmeraldas incrustadas em filigranas de ouro. Eduardo II deu a Piers Gaveston uma armadura de ouro vermelho com incrustações de jacintos, colar de rosas de ouro e turquesas, e um barrete *parsemé* de pérolas. Henrique II usava luvas cheias de pedrarias até os cotovelos e tinha luva de caça de altanaria com 12 rubis e 52 grandes pérolas orientais. O chapéu ducal de Carlos, o Temerário, último duque de Borgonha, era adornado com pérolas em formato de pera e recoberto de safiras.

Como fora bela a vida antigamente! Tão suntuosa, em sua pompa e em sua decoração! A simples leitura do luxo de outros tempos era maravilhosa.

Depois, Dorian voltou sua atenção para os bordados e as tapeçarias que faziam o papel de afrescos nas gélidas salas das nações setentrionais da Europa. Ao investigar o assunto – tinha a extraordinária faculdade de se deixar absorver, no momento, por aquilo a que se dedicasse –, quase se entristecia ao pensar na ruína a que o tempo reduzia as coisas belas e maravilhosas. Ele, pelo menos, escapara a isto. Um verão sucedia a outro, os junquilhos amarelos floresciam e morriam muitas vezes, noites de horror repetiam a história de sua vergonha, mas ele não mudava. Nenhum inverno lhe marcara o rosto ou maculara seu viço de flor. Como era diferente o que acontecia com as coisas materiais! Para onde tinham ido? Onde estava a grande túnica cor de açafrão, pela qual lutaram os deuses contra os gigantes e que havia sido tecida por moças morenas, para o prazer de Atena? Onde estava o enorme velário que Nero estendera sobre o Coliseu, em Roma? Para onde fora o imenso toldo de púrpura, onde estavam representados um céu estrelado e Apolo conduzindo uma carruagem puxada por brancos corcéis de rédeas douradas? Ele ansiava por ver as curiosas toalhas de mesa feitas para o Sacerdote do Sol, onde se exibiam todas as iguarias e quitutes que pudessem ser desejados para um festim; o pano mortuário do rei Chilpérico, com suas 300 abelhas douradas; as fantásticas túnicas que excitavam a indignação do Bispo de Ponto, onde se viam "leões, panteras, ursos, cães, florestas, rochas, caçadores – tudo, enfim, que um pintor pode copiar da natureza"; e o casaco usado por Carlos de Orleans, certa vez, em cujas mangas estavam bordados os versos de uma canção que começava por "*Madame, je suis tout joyeux*", o acompanhamento musical sendo tecido em fio de ouro; cada nota, quadrada naquele tempo, era formada por quatro pérolas. Leu sobre o aposento que fora preparado no palácio de Rheims para a rainha Joana de Borgonha e que era decorado com "1.321 papagaios bordados e marcados com as armas do rei, 561 borboletas, de asas igualmente ornamentadas com as armas da rainha, tudo trabalhado em ouro". Catarina de Médicis mandara fazer seu leito de luto de veludo negro, salpicado de crescentes e de sóis. Os cortinados eram de damasco, com coroas de folhas e guirlandas, sobre um fundo de ouro e prata e com cercadura de pérolas; o leito estava num quarto cheio de emblemas da rainha, em veludo negro aplicado sobre tecido de prata. Luís XIV tinha em seu apartamento cariátides bordadas a ouro, de 15 pés de altura. O leito de gala de Sobieski, rei da Polônia, era feito de brocado de ouro de Smirna, bordado com turquesas e com versos do Alcorão. Seus suportes eram de prata dourada, lindamente cinzelada, com uma profusão de medalhões de esmalte e de pedrarias. Fora tomado ao acampamento turco, diante de Viena, e o estandarte de Maomé estivera sob o dourado trêmulo de seu dossel.

E assim, durante todo um ano, ele procurara colecionar os mais belos espécimes que pudera encontrar em matéria de arte têxtil e de bordados, as musselinas de Délhi, finamente trabalhadas, com palmípedes em fio de ouro e iridescentes asas de escaravelhos; gazes de Dacar, conhecidas no Oriente por sua transparência, como "ar tecido", "água corrente" e "orvalho da noite"; estranhos panos de Java com figuras; complicados tapetes de parede chineses; livros encadernados em cetim pardo ou seda azul-clara e trabalhados em *fleurs de lis*, pássaros e imagens; véus de *lacis* trabalhados em ponto húngaro; brocados da Sicília e veludos espanhóis encorpados; trabalhos georgianos de cantos dourados e *fakousas* japonesas com seu ouro de tom esverdeado e pássaros de maravilhosa plumagem.

Tinha, também, paixão especial por paramentos eclesiásticos, como por tudo que se relacionasse com o ritual da Igreja. Nas compridas arcas de cedro que ladeavam a galeria ocidental da casa, ele havia reunido raros e belos exemplares daquilo que, realmente, constitui as vestes da Noiva de Cristo, que deve usar púrpura e joias, e finas roupas de baixo, para ocultar o pálido corpo macerado, gasto pelo sofrimento voluntário e ferido pela dor que a si própria inflige. Possuía uma maravilhosa capa de seda carmesim e damasco tecida com fio de ouro, onde se repetia o desenho de romãs douradas sobre flores de seis pétalas, que tinham de cada lado o emblema de abacaxis trabalhados em pérolas. A estola dividia-se em painéis com cenas da vida da Virgem, sendo que sua coroação estava representada no barrete em sedas de cor. Era um trabalho italiano do século XV. Outra capa era de veludo verde, com bordados em grupos, em formato de coração, de folhas de acanto, de onde saíam níveas flores de longos caules, sendo os detalhes realçados por fios de prata e cristais coloridos. O fecho tinha a cabeça de um serafim, trabalhado com fio de ouro, em relevo. As estolas eram tecidas com sedas vermelhas e douradas, recobertas com medalhões de santos e mártires, entre eles são Sebastião. Ele tinha também casulas de seda ambarina, brocados de ouro e seda azul, damasco de seda amarela e panos de ouro com figuras representando a Paixão e a Crucificação de Cristo, bordados com leões, pavões e outros emblemas; dalmáticas de cetim branco e damasco de seda cor-de-rosa, decorados com tulipas, delfins e *fleurs de lis;* frontais de altar de veludo carmesim e linho azul; muitos corporais, véus de cálice e sudários. Nos ofícios místicos, a que se destinavam tais objetos, havia algo que lhe excitava a imaginação. Esses tesouros e tudo que colecionara em sua bela casa eram para ele meios de esquecimento, que lhe permitiam, durante uma estação, fugir ao medo que às vezes lhe parecia insuportável. Nas paredes do aposento fechado, onde passara grande parte de sua infância, dependurara com suas próprias mãos o terrível retrato, cujas feições mutáveis lhe mostravam a verdadeira degradação de sua vida, e pusera diante dele, como cortina, a mortalha de ouro e púrpura. Ficava semanas inteiras sem ir lá, esquecendo aquela hedionda coisa pintada, recuperando a despreocupação de espírito, a maravilhosa alegria, entregue à mera felicidade de existir. Depois, subitamente, numa noite sairia de casa, dirigindo-se para aqueles horríveis lugares perto de Blue Gate Fields e ali ficaria, dia após dia, até que o mandassem embora. Ao voltar, sentava-se diante do retrato, às vezes detestando-o, e a si próprio, mas outras vezes cheio desse orgulho de individualismo que é a metade do encanto do pecado e sorrindo, com secreto prazer, para a sombra disforme que tinha que suportar o fardo que deveria ter sido dele.

Depois de alguns anos, não aguentava ficar ausente da Inglaterra por muito tempo e desistiu da vida que compartilhara em Trouville com lorde Henry, assim como da casa branca, de muros altos, na Argélia, onde mais de uma vez haviam passado o inverno. Detestava ficar separado do retrato que significava parte tão grande de sua vida e tinha também medo de que, em sua ausência, alguém entrasse no aposento, apesar das complicadas trancas que mandara colocar na porta.

Sabia perfeitamente que o quadro nada revelaria. Era verdade que ainda conservava, sob a torpeza e a fealdade do rosto, grande semelhança com ele; mas que conclusões poderiam daí tirar? Ele riria de quem tentasse escarnecê-lo. Não fora ele que o pintara. Que lhe importava que tivesse aparência vil e vergonhosa? Mesmo que lhes contasse a verdade, acreditariam? Apesar de tudo, tinha medo. Às vezes, quando se achava em sua vasta casa de Nottinghamshire, recebendo os rapazes elegantes de sua roda, seus principais companheiros, e assombrando o condado com o luxo desregrado e o fausto de seu modo de viver, de repente abandonava os hóspedes e voltava para a cidade, a fim de verificar se a porta não fora forçada e se o retrato ainda lá se achava. Que aconteceria se o roubassem? Só o fato de pensar nisto deixava-o gélido de terror. Sem dúvida, o mundo então conheceria seu segredo. Talvez já o suspeitassem.

Sim, pois embora Dorian a muitos fascinasse, não eram poucos os que dele desconfiavam. Quase não foi admitido num clube do West End, ao qual seu nascimento e sua posição social lhe davam o direito de pertencer; diziam que, em certa ocasião, ao ser levado por um amigo ao salão de fumar do Churchill, o duque de Berwick e outro cavalheiro se levantaram acintosamente e saíram. Estranhas histórias começaram a circular a seu respeito, depois que completou 25 anos. Dizia-se que fora visto metido em brigas com marinheiros estrangeiros num antro, lá para os lados remotos de Whitechapel, e que convivia com ladrões e falsificadores de dinheiro e conhecia os segredos de seus ofícios. Essas extraordinárias ausências começaram a ser notadas e, quando Dorian reaparecia na sociedade, os homens cochichavam uns com os outros pelos cantos, ou passavam por ele com ar desdenhoso, ou o fitavam com olhos frios e perscrutadores, como se estivessem decididos a conhecer seu segredo.

Ele, naturalmente, não ligava para tais insolências; na opinião da maioria das pessoas, seu jeito franco e despreocupado, o sorriso jovem e encantador, a infinita graça da maravilhosa mocidade que jamais parecia abandoná-lo eram, em si, resposta suficiente às calúnias – pois assim as chamavam – que corriam a seu respeito. Observava-se, no entanto, que alguns daqueles que tinham sido seus amigos mais íntimos pareciam, depois de certo tempo, evitá-lo. Mulheres que o haviam adorado perdidamente e que, por sua causa, haviam incorrido na censura da sociedade e desafiado as convenções empalideciam visivelmente de vergonha e horror quando Dorian Gray entrava na sala.

Mas esses escândalos sussurrados ao ouvido apenas aumentavam, aos olhos de muitos, seu estranho e perigoso encanto. Sua grande fortuna era, sem dúvida, um elemento de segurança. A sociedade, pelo menos a sociedade civilizada, nunca está muito disposta a acreditar no que ouve em detrimento daqueles que são ao mesmo tempo ricos e fascinantes. Sente instintivamente que as maneiras têm mais importância do que a moral e, em sua opinião, a mais alta respeitabilidade tem muito menos valor do que o fato de se possuir um bom *chef*. E, afinal de contas, é bem pequeno consolo sabermos que o homem que nos ofereceu um mau jantar, ou um vinho ordinário, é irrepreensível em sua vida particular. Nem mesmo as virtudes capitais podem servir de desculpa a *entrées* quase frias, conforme observou certa vez lorde Henry, quando se discutia tal assunto; e não há dúvida de que muito se pode dizer sobre este seu ponto de vista! Sim, pois os cânones da boa sociedade são, ou deveriam ser, iguais aos cânones da arte. A forma lhes é absolutamente essencial. Deveriam ter a dignidade de uma cerimônia, assim como sua irrealidade, e também combinar o caráter insincero de uma peça romântica com o espírito e a beleza que nos tornam essas peças deliciosas. Será a insinceridade uma coisa assim tão terrível? Creio que não. É apenas um método pelo qual podemos multiplicar nossas personalidades.

Era esta, em todo o caso, a opinião de Dorian Gray. Ele costumava admirar-se da psicologia superficial daqueles que concebem o *ego*, no homem, como uma coisa simples, permanente, de confiança e de uma só essência. Para ele, o homem era um ser com miríades de vidas e de sensações, complexa criatura multiforme que trazia dentro de si estranhas heranças de pensamento e paixão e cuja própria carne estava infectada com as monstruosas doenças dos mortos. Gostava de passear pela sombria e fria galeria de sua casa de campo e contemplar os retratos daqueles cujo sangue lhe corria nas veias. Aqui estava Philip Herbert, descrito por Francis Osborne, em suas *Memoires on the Reigns of Queen Elizabeth and King James*, como alguém que fora "mimado pela Corte, devido a uma formosura que não lhe fez companhia por muito tempo". Seria do jovem Herbert a vida que ele às vezes levava? Teria algum germe estranho e venenoso passado de corpo a corpo, até chegar ao seu? Alguma vaga lembrança daquela graça destruída o teria induzido, subitamente e quase sem motivo, a proferir no ateliê de Basil Hallward a louca prece que tanto modificara sua vida? Aqui, em seu gibão vermelho bordado a ouro, capa cheia de pedrarias, rufos e punhos com frisos dourados, estava Sir Anthony Sherard, com a armadura prateada e negra amontoada aos seus pés. Qual fora o legado deste homem? Teria o amante de Giovanna de Nápoles lhe deixado alguma herança de pecado e vergonha? Seriam suas ações apenas os sonhos que o morto não ousara realizar? Aqui, desta tela desbotada, sorria lady Elizabeth Devereux, com touca de gaze, colete de pérolas e mangas cor-de-rosa. Tinha uma flor na mão direita e a esquerda segurava um colar de esmalte de rosas brancas e rosadas. Na mesa ao lado havia um bandolim e uma maçã. Grandes rosetas adornavam seus sapatinhos pontudos. Dorian conhecia-lhe a vida e as estranhas histórias que eram contadas a respeito de seus amantes. Teria ele herdado algo de seu temperamento? Aqueles olhos ovalados, de pálpebras pesadas, pareciam fitá-lo curiosamente. Que pensar de George Willoughby, com sua cabeleira empoada e fantásticas pintas postiças? Que ar diabólico tinha! A fisionomia era saturnina e escura; os lábios sensuais pareciam contorcidos pelo desdém. Delicados punhos de renda caíam sobre as mãos magras e amarelas, cheias de anéis. Ele fora um afetado dândi do século XVIII e amigo, na mocidade, de lorde Ferrars. Que dizer do segundo lorde Beckenham, companheiro do príncipe regente em seus dias de loucuras e uma das testemunhas do casamento secreto com a Sra. Fitzherbert?

Como era orgulhoso e belo, com seus cachos castanhos e atitude insolente! Que paixões teria despertado? O mundo o considerara infame. Presidira às orgias de Carlton House. A estrela da Ordem da Jarreteira brilhava-lhe no peito. A seu lado estava o retrato da esposa, mulher pálida, de lábios finos, vestida de preto, cujo sangue também corria em Dorian Gray. Como era estranho tudo aquilo! E sua mãe, com o rosto de lady Hamilton e úmidos lábios rubros, ele sabia o que dela herdara. Herdara-lhe a beleza e a paixão pela beleza alheia. Ela ria-lhe, no vestido de bacante. Tinha folhas de parreira nos cabelos. Gotas purpúreas caíam da taça que ela segurava. A carnação da pintura desbotara, mas os olhos eram maravilhosos em sua profundidade e brilhante colorido. Pareciam segui-lo, aonde quer que ele fosse.

E, no entanto, uma pessoa tem ancestrais na literatura, tanto quanto em sua raça, muitos deles mais próximos, talvez, em tipo e temperamento, do que os parentes, e certamente exercendo uma influência da qual essa pessoa tem mais consciência. Havia ocasiões em que parecia a Dorian Gray que toda a história do mundo era apenas um registro de sua própria vida, não como a vivera em atos e circunstâncias, mas como fora criada pela imaginação, como estivera em sua mente e em suas paixões. Sentia que as conhecera, a todas as figuras estranhas e terríveis que haviam passado pelo palco do mundo e tinham tornado o pecado tão maravilhoso e o mal tão cheio de sutilezas.

O herói do romance admirável que tanto influenciara sua vida também conhecera esta estranha fantasia. No sétimo capítulo, conta que, coroado de louros, para que o raio não o ferisse, ele se sentara, como Tibério, num jardim de Capri, lendo os vergonhosos livros de Elephantis, enquanto anões e pavões se moviam à sua volta e o tocador de flauta zombava do turibulário; como Calígula, bebia nas cavalariças com os jóqueis de camisa verde e ceava, numa manjedoura de marfim, com um cavalo de testeira de pedrarias; como Domiciano, vagara por um corredor cheio de espelhos de mármore, olhando à volta, com expressão desvairada, à procura do reflexo do punhal que poria fim a seus dias, cheio de tédio, daquele terrível *taedium vitae* que se apodera das pessoas a quem a vida nada nega; espiara, através de uma límpida esmeralda, as rubras carnificinas do circo e depois, numa liteira de pérolas e púrpura, puxada por mulas com ferraduras de prata, fora levado pela rua das Romãs para a Casa de Ouro e ouvira homens gritarem Nero César, à sua passagem; como Heliogábalo, pintara seu rosto em cores, fiara na roca entre mulheres e trouxera a Lua de Cartago, dando-a ao Sol, em casamento místico.

Inúmeras vezes, Dorian Gray relia esse fantástico capítulo e os dois que se lhe seguiam imediatamente, nos quais, como em algumas estranhas tapeçarias ou esmaltes habilmente feitos, eram descritas as terríveis e belas formas daqueles que o Vício, o Sangue e o Tédio haviam tornado monstruosos ou loucos: Felipe, duque de Milão, que matara a esposa e lhe pintara os lábios com veneno rubro, para que seu amante sugasse a morte, ao acariciar aquele ser inerte; Pietro Barbi, o veneziano, conhecido como Paulo II, que em sua vaidade procurou assumir o título de Formoso e cuja tiara, avaliada em 200 mil florins, fora comprada ao preço de um terrível pecado; Gian Maria Visconti, que usava cães para caçar homens e cujo corpo assassinado fora coberto de rosas por uma prostituta que o amara; o Bórgia em seu cavalo branco, com Fratricídio cavalgando a seu lado, e seu manto manchado pelo sangue de Perotto; Pietro Riario, o jovem cardeal arcebispo de Florença, filho e favorito de Sixto IV, cuja beleza era apenas igualada por seu desregramento, e que recebera Leonora de Aragão num pavilhão de seda branca e carmesim, cheio de ninfas e centauros, tendo dourado um menino para que, no festim, servisse de Ganimedes ou de Hilas; Ezzelin, cuja melancolia só podia ser curada pelo espetáculo da morte e que tinha paixão por sangue rubro, como outros homens tinham por vinho tinto – filho do Demônio, segundo se dizia, trapaceara jogando dados com o pai, ao apostar com ele a própria alma; Giambattista Cibo, que, por zombaria, assumira o nome de Inocente, e em cujas veias exauridas fora injetado o sangue de três rapazes, por um médico judeu; Sigismondo Malatesta, amante de Isotta, senhor de Rimini, cuja efígie havia sido queimada em Roma, como inimigo de Deus e dos homens, que estrangulara Polyssena com um guardanapo, dera veneno a Ginevra d'Este numa taça de esmeralda e, em homenagem a uma vergonhosa paixão, construíra um templo pagão para o culto cristão; Carlos VI, que adorara desvairadamente a esposa de seu irmão, a ponto de um leproso o avisar de que estava sendo tomado de loucura e que, depois que sua mente adoecera e se tornara estranha, só podia ser acalmado por cartas sarracenas pintadas com imagens de Amor e Morte e Loucura; e no seu gibão enfeitado, gorro cheio de pedrarias e cabelos encaracolados como folhas de acanto, Grifonetto Baglioni – que matara Astorre e sua noiva, e Simonetto e seu pajem – possuidor de tão grande beleza que, quando agonizava na praça amarela de Perugia, aqueles que o haviam odiado não puderam deixar de chorar, e Atalanta, que o amaldiçoara, abençoou-o.

Havia um terrível fascínio em todos eles. Via-os à noite e eles o perturbavam de dia. A Renascença conhecia estranhos processos de envenenamento – envenenamento por meio de um elmo e de uma tocha acesa, por uma luva bordada e um leque cheio de pedrarias, por uma bola de perfume dourada ou um colar de âmbar. Dorian Gray fora envenenado por um livro. Havia momentos em que encarava o mal simplesmente como um meio que lhe permitiria realizar sua concepção do belo.

12

Aconteceu em 9 de novembro, véspera de seu trigésimo oitavo aniversário, como disto ele frequentemente se lembrou, mais tarde.

Mais ou menos às onze horas, vinha da casa de lorde Henry, onde jantara, e dirigia-se para a sua, usando um pesado sobretudo de pele, pois a noite era fria e nevoenta. Na esquina de Grosvenor Square e South Audley Street, um homem passou por ele na neblina, caminhando muito depressa, a gola do capote cinzento virada para cima. Levava uma maleta na mão Dorian reconheceu Basil Hallward. Estranha e inexplicável sensação de medo dele se apoderou. Fingiu não reconhecer o pintor e seguiu seu caminho, a passos apressados.

Mas Hallward o vira. Dorian ouviu-o primeiro parar na calçada e depois correr no seu encalço. Momentos depois, sentiu no braço a mão de Basil.

– Dorian! Que sorte! Estive à sua espera, na biblioteca de sua casa, desde as nove horas. Finalmente fiquei com pena do criado, que parecia cansado, e disse-lhe que fosse para a cama, quando ele me acompanhou até a porta. Embarco para Paris no trem da meia-noite e desejava muito falar com você antes de partir. Julguei reconhecê-lo, ou antes, reconheci seu capote de pele, quando você passou por mim, mas não tinha certeza. Não me reconheceu?

– Nesta neblina, caro Basil? Ora, não reconheço nem mesmo a Grosvenor Square. Acho que minha casa fica por aqui, mas não tenho certeza. Sinto saber que vai partir, pois não o vejo há muito tempo. Provavelmente voltará logo?

– Não; vou ficar fora da Inglaterra uns seis meses. Pretendo alugar um ateliê em Paris e me fechar ali até ter terminado um grande quadro que tenho em mente. Mas não era sobre mim que desejava falar-lhe. Aqui está a porta de sua casa. Deixe-me entrar, por um momento, apenas. Tenho uma coisa a dizer-lhe.

– Com muito prazer. Mas não há perigo de perder o trem? perguntou Dorian Gray, calmamente, subindo os degraus da escada e abrindo a porta com sua chave.

A luz do lampião lutava para rasgar a neblina e Hallward consultou seu relógio.

– Tenho muito tempo – respondeu. – O trem parte à meia-noite e quinze e são apenas onze. Para dizer a verdade, eu me dirigia ao clube, à sua procura, quando o encontrei na rua. Não terei de me preocupar com a bagagem, porque já despachei as malas grandes. Só levo comigo esta maleta e em vinte minutos poderei chegar à Estação Victoria.

Dorian olhou-o e sorriu.

– Que modo de viajar, para um pintor que está na moda! Uma maleta Gladstone e um sobretudo! Entre, antes que a neblina invada a casa. E faça o favor de não falar em coisas sérias. Nada é sério hoje em dia. Pelo menos, não deveria ser.

Hallward balançou a cabeça, ao entrar, e acompanhou Dorian à biblioteca. Um bom fogo de lenha ardia na vasta lareira. As luzes estavam acesas e, numa mesa marchetada, via-se, aberto, um estojo de bebidas, holandês, de prata, além de alguns sifões e vários copos grandes de cristal lapidado.

– Você vê que seu criado me fez sentir à vontade, Dorian. Deu-me tudo o que eu desejava, inclusive seus melhores cigarros de boquilha dourada. É um sujeito muito hospitaleiro. Gosto mais dele do que do francês que você tinha aqui, antigamente. Por falar nisto, que fim levou?...

Dorian encolheu os ombros.

– Creio que se casou com a criada de lady Radley e que a estabeleceu em Paris, como modista inglesa. Ouvi dizer que a *anglomanie* está muito em moda lá atualmente. Parece tolice dos franceses, não acha? Mas... sabe de uma coisa? Não era um mau criado. Eu não gostava dele, mas não tinha motivo de queixa. A gente muitas vezes imagina coisas absurdas. Ele me era, na realidade, muito dedicado e pareceu bastante pesaroso ao partir. Quer outro *brandy* com soda? Ou prefere vinho do Reno com *seltzer*? Eu sempre tomo vinho com *seltzer*. Deve haver algum aí, na sala ao lado.

– Obrigado, não quero mais nada – respondeu o pintor, tirando o boné e o sobretudo e atirando-os sobre a maleta que depositara a um canto. – E agora, caro amigo, quero falar-lhe seriamente. Não franza assim a testa. Isto torna as coisas muito mais difíceis para mim.

– De que se trata? – exclamou Dorian, com seu jeito petulante, atirando-se no sofá. – Espero que não seja a meu respeito. Estou cansado de mim mesmo hoje à noite. Gostaria de ser outra pessoa.

– Trata-se de você – respondeu Hallward, com sua voz grave, profunda. – E preciso falar-lhe. Não tomarei mais do que meia hora de seu tempo.

Dorian suspirou e acendeu um cigarro.

– Meia hora! – murmurou.

– Não é pedir muito, Dorian, e falo somente no seu interesse. Acho justo que saiba que se diz horrores a seu respeito, em Londres.

– Não quero saber de nada disso. Adoro os escândalos sobre as outras pessoas, mas os escândalos a meu respeito não me interessam. Não têm o encanto da novidade.

– Deveriam interessá-lo, Dorian. Todo cavalheiro deve preocupar-se com sua reputação. Você não há de querer que o considerem um homem vil e infame. Claro que tem posição e fortuna e essas coisas todas. Mas posição e fortuna não bastam. Ouça-me bem: não creio nesses boatos. Pelo menos não creio neles quando o vejo, Dorian. O pecado é algo que marca a fisionomia de um homem. Não pode ocultar-se. Há quem fale de vícios secretos. É coisa que não existe. Se um infeliz tem um vício, este se denuncia nas linhas da boca, na queda das pálpebras, até mesmo no formato das mãos. Alguém, não vou dizer-lhe o nome, mas você o conhece, me procurou no ano passado, para que lhe pintasse o retrato. Eu nunca o vira, antes, e nada ouvira a seu respeito, na ocasião, embora tenha ouvido muito, depois. Ofereceu-me um preço extravagante. Recusei. Havia qualquer coisa no formato de seus dedos que achei detestável. Sei agora que eu tinha razão sobre o que imaginara sobre ele. Sua vida é horrorosa. Mas você, Dorian, com seu rosto puro, vivo, inocente, e sua mocidade serena e maravilhosa... não posso acreditar em nenhum mal contra você. E, no entanto, eu o vejo raramente, e agora nunca vai ao meu ateliê; quando estou longe de você ouço todos esses horrores a seu respeito, não sei o que dizer. Por que será, Dorian, que um homem como o duque de Berwick se retira da sala de um clube quando você entra? Por que será que inúmeros cavalheiros, em Londres, não frequentam sua casa e não o convidam à deles? Você antigamente era amigo de lorde Staveley. Encontrei-o num jantar, a semana passada. Seu nome, Dorian, surgiu na conversa, em relação às miniaturas que você emprestou para a exposição de Dudley. Staveley torceu os lábios e disse que você talvez tivesse um elevado senso artístico, mas que era um homem a quem não se poderia apresentar uma donzela inocente e com quem uma senhora decente não deveria ficar na mesma sala. Lembrei-me, então, que eu era seu amigo e perguntei-lhe o que queria dizer com isto. Ele contou-me, ali mesmo, na frente de todo mundo. Foi horrível! Por que será sua amizade tão fatal aos jovens, Dorian? Deve estar lembrado daquele infeliz rapaz da Guarda, que se suicidou. Você era seu maior amigo. E houve Sir Henry Ashton, que foi obrigado a sair da Inglaterra, deixando um nome desonrado. Vocês dois eram inseparáveis. E que me diz de Adrian Singleton e de seu terrível fim? E do único filho de lorde Kent, e de sua carreira? Encontrei o pai, ontem, na St. James's Street. Parecia alquebrado, de vergonha e dor. E o jovem duque de Perth? Que espécie de vida tem ele, agora? Qual o cavalheiro que desejaria ser visto em sua companhia?

– Basta, Basil. Está falando de coisas sobre as quais nada sabe – disse Dorian Gray mordendo os lábios, com expressão de infinito desprezo na voz. – Você me pergunta por que Berwick deixa a sala quando entro. É porque sei tudo a respeito de sua vida, não porque ele saiba alguma coisa da minha. Com o sangue que lhe corre nas veias, como poderia ter uma vida limpa? Você me pergunta de Henry Ashton e do jovem Perth. Terei eu ensinado a um os seus vícios e ao outro seus desregramentos? Se o tolo filho de Kent toma por esposa uma mulher da rua, tenho algo a ver com isso? Se Adrian Singleton falsifica a assinatura de um amigo, numa dívida, sou por acaso seu tutor? Sei bem como fala o povo na Inglaterra. Os que pertencem à classe média ventilam seus preconceitos morais à mesa de jantar e cochicham sobre o que eles chamam a libertinagem de seus superiores, para fingir que frequentam a alta sociedade e têm intimidade com as pessoas que difamam. Neste país, basta um homem ter distinção e inteligência para que as línguas dos medíocres se agitem contra ele. E que espécie de vida leva esta gente que assume atitude moralista? Meu caro, você se esquece de que estamos na pátria dos hipócritas.

– Dorian, não é esta a questão – exclamou Hallward. – Sei que a Inglaterra tem grandes defeitos e que a sociedade inglesa está muito errada. É por este motivo que desejo que você seja bom. E você não o tem sido. Temos o direito de julgar um homem pela influência que ele exerce sobre seus amigos. Os seus parecem perder todo o senso de honra, de bondade, de pureza. Você lhes incutiu a loucura do prazer. Eles desceram aos mais profundos abismos. Você os levou para ali. Sim, os levou para ali e no entanto pode sorrir, como sorri agora. E há pior, ainda. Sei que você e lorde Henry são inseparáveis. Nem que fosse apenas por este motivo, Dorian, não deveria fazer com que o nome da irmã dele andasse de boca em boca.

– Cuidado, Basil, está indo longe demais.

– Tenho de falar e você tem de me escutar. E me escutará. Quando conheceu lady Gwendolen, jamais a tocara o mais leve sopro de escândalo. Existirá hoje, em Londres, uma única mulher decente que se atreva a passear com ela, no parque? Nem mesmo permitem aos filhos que vivam em sua companhia. Há também outras histórias; dizem que o viram sair furtivamente, de madrugada, das piores casas de Londres, Dorian, e depois entrar nos mais baixos antros. São verdadeiras tais histórias? Podem ser verdadeiras? Ri-me, quando as ouvi pela primeira vez. Ouço-as, agora, e elas me fazem estremecer. Que me diz de sua casa de campo e da vida que ali se leva? Dorian, você não sabe o que corre a seu respeito. Não vou dizer-lhe porque não pretendo fazer-lhe sermão. Lembro-me de Harry ter dito, certa vez, que todo homem que se arvora em cura amador começa dizendo isto e logo quebra sua palavra. Eu não quero fazer sermão. Quero que leve uma vida que faça com que o mundo o respeite. Quero que tenha um nome limpo e uma boa reputação. Quero que se liberte dessa gente horrível com quem anda. Não encolha os ombros desta forma. Não seja indiferente. Você exerce uma extraordinária influência. Que seja para o bem, não para o mal. Dizem que corrompe todas as pessoas com quem convive intimamente e que basta entrar numa casa para que a desonra entre atrás. Não sei se é ou não verdade. Como poderei saber? Mas é o que dizem a seu respeito. Contam-se coisas das quais é impossível duvidar. Lorde Gloucester foi um de meus maiores amigos em Oxford. Mostrou-me uma carta que sua esposa lhe escrevera, quando morria, sozinha, em sua *villa*, em Mentone. Seu nome, Dorian, estava envolvido na mais terrível confissão de que já tive conhecimento até hoje. Eu disse ao meu amigo que era absurdo, que eu o conhecia a fundo, que você era incapaz de tal coisa. Que o conhecia a fundo?... Será que o conheço? Antes de poder responder a isto, teria de ver sua alma.

– Ver minha alma! – murmurou Dorian Gray, levantando-se do sofá, de um salto, e empalidecendo de terror.

– Sim, ver sua alma – respondeu Basil Hallward, gravemente, com profunda e triste entonação na voz. – Mas só Deus pode fazê-lo.

Um amargo riso de escárnio brotou dos lábios de Dorian Gray.

– Você a verá, esta noite! – exclamou, apanhando uma lâmpada sobre a mesa. – Venha; é sua própria obra. Por que não haveria de vê-la? Poderá depois contar tudo ao mundo, se quiser. Ninguém acreditaria. Se acreditassem, gostariam ainda mais de mim por isto. Conheço minha época melhor do que você, apesar de sua tediosa loquacidade. Venha, digo-lhe. Você falou bastante sobre corrupção. Agora vai vê-la frente a frente.

Havia a loucura do orgulho em cada uma de suas palavras. Dorian bateu o pé no chão, com seu jeito moço e insolente. Sentia terrível alegria ao pensar que outra pessoa iria compartilhar do seu segredo, que o homem que pintara o retrato que fora a origem de sua vergonha iria carregar, por toda a vida, o fardo da hedionda lembrança do que fizera.

– Sim, vou mostrar-lhe minha alma – disse Dorian, aproximando-se e olhando o outro firmemente, com olhar severo.

– Verá aquilo que imagina que só Deus pode ver.

Hallward recuou.

– Isto é blasfêmia, Dorian! – exclamou. – Não deve dizer essas coisas. São horríveis e nada significam.

– Você acha? – Dorian riu de novo.

– Tenho certeza. Quanto ao que eu disse hoje à noite, disse-o para seu próprio bem. Você sabe que sempre fui um amigo leal.

– Não me toque. Acabe o que tem a dizer.

Uma sombra de dor passou pelo rosto de Basil. Ele parou por um instante, com um sentimento de imensa piedade. Afinal de contas, que direito tinha de envolver-se na vida de

Dorian Gray? Mesmo que o amigo tivesse feito a décima parte do que lhe atribuíam, como deveria ter sofrido! Depois, endireitou-se, foi até a lareira e ali ficou, de pé, olhando as achas ardentes com suas cinzas e seus palpitantes cernes de chamas.

– Estou esperando, Basil – disse o jovem, em voz dura, clara. O pintor voltou-se.

– O que tenho a dizer é o seguinte – exclamou. – Você precisa dar-me uma resposta a essas tremendas acusações que lhe são feitas. Se me disser que são absolutamente inverídicas, do princípio ao fim, acreditarei. Negue-as, Dorian, negue-as! Não vê o que estou sofrendo? Meu Deus! Não me diga que você é mau, corrupto, vil.

Dorian Gray sorriu. Seus lábios torceram-se, em expressão de desprezo.

– Vamos lá em cima, Basil – disse, calmamente. – Tenho um diário de minha vida, e ele jamais sai do aposento onde está sendo escrito. Eu o mostrarei a você se vier comigo.

– Irei com você, Dorian. Vejo que perdi o trem. Não tem importância. Posso ir amanhã. Mas não me peça que leia, seja o que for, hoje à noite. Só o que desejo é uma simples resposta à minha pergunta.

– Ela lhe será dada lá em cima. Eu não poderia dá-la aqui. Você não terá de ler por muito tempo.

13

Dorian saiu da sala e começou a subir, seguido de perto por Basil Hallward. Caminhavam de mansinho, como instintivamente se caminha à noite. A lâmpada atirava sombras fantásticas na parede e na escada. Um vento começou a soprar e algumas janelas se puseram a ranger

Quando chegaram ao patamar de cima, Dorian colocou a lâmpada no chão e, tirando a chave do bolso, enfiou-a na fechadura.

– Insiste em saber, Basil? – perguntou, em voz baixa.

– Insisto.

– Estou encantado – declarou Dorian, sorrindo. Depois, acrescentou, um tanto asperamente: – Você é o único homem no mundo que tem o direito de saber tudo a meu respeito. Está mais ligado à minha vida do que pensa. – Apanhando a lâmpada, abriu a porta e entrou. Uma fria corrente de ar passou por eles e a luz da lâmpada subiu por um momento, com uma chama de tom alaranjado. Dorian estremeceu. – Feche a porta depois de entrar – murmurou, pondo a lâmpada na mesa.

Hallward olhou à volta, intrigado. O aposento dava impressão de que ninguém vivera ali havia muitos anos. Uma desbotada tapeçaria flamenga, um quadro coberto por um pano, um velho *cassone* italiano, uma estante de livros quase vazia – era tudo o que parecia conter, além de uma cadeira e uma mesa. Enquanto acendia uma vela meio gasta, sobre a lareira, Dorian notou que estava tudo coberto de pó, o tapete cheio de furos. Um camundongo correu por detrás dos lambris. Havia no ar um úmido cheiro de mofo.

– Então acha que é somente Deus que vê a alma, Basil? Afaste aquela cortina e verá a minha.

A voz que falara era fria e cruel.

– Está louco, Dorian, ou representando – murmurou Hallward, franzindo a testa.

– Não quer? Então, terei de fazê-lo eu mesmo – declarou o rapaz. Arrancou a cortina e atirou-a no chão.

Uma exclamação de horror escapou dos lábios de Hallward ao ver, na penumbra, o rosto hediondo do retrato que parecia sorrir-lhe com escárnio. Havia algo em sua expressão que lhe causava repulsa e ódio. Deus do céu! Era o rosto de Dorian Gray que ali estava! O horror, fosse qual fosse, ainda não estragara aquela maravilhosa beleza. Ainda havia ouro nos cabelos ralos, carmim na boca sensual. Os olhos aguados conservavam um pouco da beleza de seu azul, os traços delicados das narinas finamente cinzeladas e as linhas do pescoço bem-modelado não haviam de todo desaparecido. Sim, era Dorian Gray. Mas, quem o pintara? Basil tinha impressão de reconhecer seu próprio trabalho e a moldura era de seu desenho. A ideia era monstruosa; apesar disso, tinha medo. Apanhou a lâmpada e aproximou-se do quadro. No canto esquerdo estava sua assinatura, em grandes letras a vermelhão.

Era uma obscena paródia, alguma sátira infame, ignóbil. Ele jamais pintara aquilo. Apesar de tudo, era o seu quadro. Sabia disso e teve impressão de que seu sangue, de um momento para outro, se transformara, de fogo, em gelo. Seu próprio quadro! Que significava isto? Por que se alterara? Virou-se e fitou Dorian Gray, com olhar doentio. A boca tremia-lhe, a língua ressequida parecia incapaz de articular. Passou a mão na testa e sentiu-a úmida de transpiração pegajosa.

Dorian apoiava-se na chaminé, contemplando-o com a estranha expressão que vemos no rosto daqueles que estão absortos numa peça, no momento em que um grande artista representa. Não havia nesta expressão tristeza e nem verdadeira alegria. Havia apenas a paixão do espectador e, talvez, um lampejo de triunfo nos olhos. Ele tirara a flor da lapela e aspirava-a, ou fingia aspirá-la.

– Que significa isto? – exclamou Hallward, finalmente. Sua voz lhe pareceu estridente e estranha.

– Há muitos anos, quando eu era mocinho, você me conheceu, me lisonjeou e me ensinou a ter vaidade da minha beleza – disse Dorian Gray, esmagando a flor na mão. – Um dia, apresentou-me a um de seus amigos e ele me explicou a maravilha da mocidade; você terminou o meu retrato, que me revelou o milagre da beleza. Num louco momento, que hoje não sei se lamento ou não, manifestei um desejo; talvez você o chame de oração...

– Lembro-me! Oh, como me lembro bem! Não! Isto é impossível. Este quarto é úmido. O mofo atacou a tela. As tintas que usei continham algum maldito veneno mineral. Asseguro-lhe que é impossível.

– Ah, o que é impossível? – murmurou o rapaz, indo até a janela e apoiando a testa na vidraça fria e enevoada.

– Você me disse que o havia destruído.

– Enganei-me. Ele é que me destruiu.

– Não acredito que seja o meu quadro.

– Não vê nele o seu ideal? – perguntou Dorian, amargamente.

– Meu ideal, como você o chama...

– Como você o chamou.

– Nada havia de mau nele, nada de vergonhoso. Você era para mim um ideal como jamais encontrei outro. Este é o rosto de um sátiro.

– É o rosto da minha alma.

– Cristo! Que coisa eu adorei! Tem os olhos de um demônio.

– Cada um de nós tem um céu e um inferno dentro de si, Basil – exclamou Dorian, com um gesto de desespero.

Hallward voltou-se novamente para o retrato e contemplou-o.

– Meu Deus, é verdade! – exclamou. – E é isto o que você fez de sua vida; oh, deve ser ainda pior do que o imaginam aqueles que o acusam. – Ergueu de novo a luz para o quadro e examinou-o. A superfície parecia não ter sofrido alteração, estava como ele a deixara. Aparentemente, era de dentro que vinham a ignomínia e o horror. Devido a alguma estranha aceleração de vida interior, a lepra do pecado ia devorando lentamente a imagem. O apodrecer de um cadáver em úmida sepultura não era tão terrível.

Sua mão tremeu e a vela caiu do castiçal ao chão e ali ficou bruxuleante. Basil pôs-lhe o pé em cima e apagou-a. Depois, atirou-se na cadeira meio desmantelada diante da mesa e escondeu o rosto nas mãos.

– Deus do céu, Dorian, que lição! Que terrível lição! – Não recebeu resposta, mas podia ouvir o rapaz soluçar perto da janela. – Reze, Dorian, reze – murmurou. – Que foi que nos ensinaram na infância? *Não nos deixeis cair em tentação. Perdoai-nos os nossos pecados. Livrai-nos de todo* o *mal.* Vamos recitar juntos. A oração de seu orgulho foi atendida. A oração de seu arrependimento também o será. Eu o adorei em demasia. Fui punido. Você se adorou em demasia. Ambos fomos punidos.

Dorian Gray voltou-se lentamente e fitou-o com olhos marejados de lágrimas.

– É tarde demais, Basil – murmurou.

– Nunca é tarde demais, Dorian. Vamos nos ajoelhar e tentar lembrar uma oração. Não há um versículo que diz: *Embora teus pecados sejam escarlates, eu os tornarei brancos como a neve?*

– Essas palavras já nada mais significam para mim.

– Cale-se! Não diga isto. Você já fez mal demais na vida. Meu Deus! Não vê que esta maldita coisa está zombando de nós?

Dorian Gray relanceou o olhar para o retrato e, de repente, um insopitável sentimento de ódio por Basil Hallward dele se apossou, como se tivesse sido sugerido pela imagem da tela, sussurrado nos seus ouvidos por aqueles lábios sardônicos. As loucas paixões de um animal acuado acenderam-se em seu peito e ele odiou o homem sentado à mesa com uma intensidade com que jamais odiara na vida. Olhou desesperado à volta. Qualquer coisa brilhou em cima da canastra pintada, à sua frente. Seu olhar caiu sobre ela. Era a faca que comprara, dias antes, para cortar um pedaço de corda, tendo-se esquecido de levá-la embora. Dirigiu-se lentamente para aquele lado, passando por Hallward. Assim que se viu atrás dele, agarrou a faca e voltou-se. Hallward moveu-se na cadeira, como se fosse erguer-se. Dorian precipitou-se sobre ele e enfiou a faca na grande artéria que fica atrás da orelha, esmagando-lhe a cabeça na mesa e apunhalando-o repetidas vezes.

Ouviu-se um gemido abafado e o som horrível de um gorgolejar de sangue. Três vezes os braços estendidos tiveram movimentos convulsivos, agitando no ar as mãos grotescas, de dedos rígidos. Dorian feriu-o mais duas vezes, mas o homem não se moveu. Alguma coisa começou a cair no chão. Ele esperou um momento, ainda comprimindo a cabeça contra a mesa. Depois, atirou ali a faca e ficou à escuta.

Nada ouvia, a não ser um gotejar no tapete rasgado. Abriu a porta e passou para o patamar. Reinava absoluto silêncio na casa. Não se via ninguém. Durante alguns segundos, ficou debruçado sobre a balaustrada, espiando o negro poço de sombras. Depois, tirou a chave da porta e voltou ao quarto, fechando-se por dentro.

A coisa ainda estava sentada na cadeira, comprimindo a mesa com a cabeça caída, de costas abauladas e braços longos e fantásticos. Não fosse pelo corte rubro no pescoço e a negra poça coagulada que lentamente se ia alastrando na mesa, poder-se-ia dizer que o homem dormia, simplesmente.

Com que rapidez tudo fora feito! Sentiu-se estranhamente calmo e, dirigindo-se para a janela, abriu-a e passou para o balcão. O vento dissipara a neblina e o céu parecia uma gigantesca cauda de pavão, constelada de miríades de olhos dourados. Ele espiou lá embaixo; viu o policial que fazia a ronda, projetando o longo raio de luz de sua lanterna nas portas das casas silenciosas. A mancha vermelha de um carro brilhou na esquina e desapareceu. Uma mulher de xale esvoaçante arrastava-se pelas grades, cambaleando. De vez em quando, parava e olhava para trás. Em dado momento, começou a cantar em voz rouca. O policial aproximou-se e disse-lhe qualquer coisa. Ela seguiu adiante, tropeçando e rindo. Um vento áspero varreu a praça. As luzes dos lampiões a gás estremeceram e tornaram-se azuis, as árvores nuas sacudiram os ramos negros e rígidos. Dorian teve um calafrio e voltou ao quarto, fechando a janela atrás de si.

Tendo alcançado a porta, abriu-a, virando a chave. Nem mesmo olhou para o homem assassinado. Sentia que o segredo de tudo estava em não levar muito a sério a situação. O amigo que pintara o retrato fatal, causa de toda a sua desgraça, desaparecera de sua vida. Isto bastava.

Depois, lembrou-se da lâmpada. Era uma peça curiosa de trabalho mourisco, feita de prata fosca com arabescos de aço brunido e incrustações de turquesas toscas. Talvez o criado desse por sua falta e fizesse perguntas. Hesitou por um momento, voltando-se, em seguida, e apanhando-a. Não pôde deixar de ver o morto. Como estava imóvel! E que horrível brancura tinha as mãos! Parecia estar ali uma terrível figura de cera.

Tendo fechado a porta depois de sair, desceu silenciosamente a escada. A madeira estalou e pareceu gemer, como se sofresse. Dorian parou várias vezes, aguardando. Não; reinava silêncio. Ouvira apenas o som dos próprios passos.

Quando chegou à biblioteca, viu a maleta e o sobretudo, a um canto. Precisava escondê-los em algum lugar. Abriu um armário secreto que havia nos lambris da parede, onde guardava seus estranhos disfarces, e enfiou-os ali. Mais tarde poderia destruí-los. Depois, tirou o relógio do bolso. Faltavam vinte minutos para as duas.

Sentou-se e pôs-se a refletir. Todos os anos – quase todos os meses – enforcavam-se homens na Inglaterra por crimes iguais ao dele. Houvera no ar uma loucura homicida. Alguma estrela rubra se aproximara demais da Terra... E, no entanto, que provas havia contra ele? Basil Hallward saíra dali às dez horas. Ninguém o vira voltar. A maioria dos empregados estava em Selby Royal. Seu criado de quarto fora para a cama... Paris! Sim, Basil fora para Paris, no trem da meia-noite, conforme pretendera. Com seus hábitos estranhamente reservados, só dali a meses haveria suspeitas. Meses! Tudo poderia ser destruído muito antes disto.

Um súbito pensamento lhe ocorreu. Envergou o sobretudo e o chapéu e passou para o vestíbulo. Ali parou – escutando os passos lentos e pesados do policial na calçada, lá fora, vendo o reflexo de sua lanterna na janela. Esperou, de respiração suspensa.

Dali a momentos, puxou o trinco e saiu, fechando de mansinho a porta. Depois, começou a tocar a campainha. Dentro de cinco minutos, o criado apareceu, meio vestido, parecendo muito sonolento.

– Sinto ter sido obrigado a acordá-lo, Francis – disse ele, entrando. – Mas esqueci minha chave. Que horas são?

– Duas e dez – disse o homem, olhando o relógio e piscando.

– Duas e dez? Como é tarde! Acorde-me às nove horas, amanhã. Tenho um trabalho a fazer.

– Sim, senhor.

– Veio alguém, hoje à noite?

– Veio o Sr. Hallward. Ficou até as onze, depois saiu, para apanhar o trem.

– Oh, sinto não tê-lo visto. Deixou algum recado?

– Não, senhor, a não ser que lhe escreveria de Paris, se não o encontrasse no clube.

– É só, Francis. Não se esqueça de chamar-me às nove, amanhã.

– Não, senhor.

O homem foi-se arrastando, de chinelos, pelo corredor.

Dorian Gray atirou o chapéu e o sobretudo na mesa e passou para a biblioteca. Durante um quarto de hora, andou pelo aposento, mordendo o lábio e refletindo. Depois, tirou o Livro Azul de uma das prateleiras e começou a virar as páginas. "Alan Campbell, 152, Hertford Street, Mayfair." Sim, era o homem de quem precisava.

14

Às nove horas do dia seguinte, o criado entrou no quarto com uma xícara de chocolate e abriu as venezianas. Dorian dormia tranquilamente, deitado no lado direito, a mão sob a face. Parecia um rapazinho que tivesse ficado cansado de brincar, ou de estudar.

O homem teve que lhe tocar o ombro duas vezes, antes que ele acordasse. Quando Dorian abriu os olhos, um leve sorriso roçou-lhe os lábios, como se ele tivesse tido um sonho delicioso. E, no entanto, não sonhara, absolutamente. Sua noite não fora perturbada por imagem de prazer ou dor. Mas os moços sorriem sem motivo. É este um de seus maiores encantos.

Voltou-se e, apoiando-se no cotovelo, começou a sorver o chocolate. O brando sol de novembro entrou pelo quarto. O céu brilhava e havia um tepidez alegre na atmosfera. Parecia manhã de maio.

Pouco a pouco, os acontecimentos da noite anterior insinuaram-se em seu cérebro, com pés sangrentos e silenciosos, e ali se reconstituíram com terrível clareza. Dorian contraiu-se à lembrança de tudo o que sofrera e, por um momento, o mesmo estranho sentimento de ódio a Basil Hallward, que fizera com que o matasse, voltou, provocando-lhe calafrios. O morto ainda estava lá sentado, agora tocado pelo sol. Que horror! Coisas tão hediondas pertenciam à noite, não ao dia.

Ele sentia que, se ficasse remoendo sobre o que sofrera, acabaria doente ou louco. Havia pecados que tinham maior fascínio quando relembrados do que no momento em que haviam sido cometidos; estranhos triunfos que tinham satisfeito mais o orgulho do que as paixões e davam à inteligência viva sensação de alegria, maior do que qualquer prazer que aos sentidos tivessem causado, ou pudessem causar. Mas esse não era um deles. Era algo que devia ser banido do pensamento, narcotizado com dormideiras, estrangulado para que não estrangulasse.

Quando bateu a meia hora, Dorian passou a mão na testa e levantou-se apressadamente, vestindo-se com maior esmero ainda, dando grande atenção à escolha da gravata e do alfinete, mais de uma vez trocando os anéis dos dedos. Levou também bastante tempo tomando o desjejum, provando os vários pratos, conversando com o criado a respeito de algumas novas librés que estava pensando em encomendar para os criados de Selby e examinando a correspondência. Algumas cartas fizeram-no sorrir; três o aborreceram. Releu várias vezes uma delas, rasgando-a em seguida com leve expressão de tédio no rosto: "Que coisa tremenda, a memória de uma mulher!" Repetiu assim o que um dia dissera lorde Henry.

Depois de ter tomado sua xícara de chá preto, limpou lentamente os lábios com o guardanapo, fez sinal ao criado que esperasse e, dirigindo-se à mesa, sentou-se e escreveu duas cartas. Pôs uma no bolso e entregou a outra ao criado.

– Leve isto a 152 Hertford Street, Francis, e, se o Sr. Campbell estiver fora de Londres, peça seu endereço.

Assim que se viu só, acendeu um cigarro e começou a desenhar, num pedaço de papel, primeiro umas flores e motivos arquitetônicos, depois rostos humanos. De repente percebeu que todos os rostos que desenhara tinham fantástica semelhança com Basil Hallward. Franziu a testa e, levantando-se, foi até a estante e dali tirou um volume, ao acaso. Estava resolvido a não pensar no que acontecera, até que isto se tornasse absolutamente necessário.

Depois de ter-se deitado no sofá, olhou o título. Era *Émaux et camées*, de Gautier*, edição em papel japonês de Charpentier, com gravuras a água-forte de Jacquemart. A encadernação era de couro cor de limão esverdeado, com desenhos de um rendilhado dourado e salpicada de romãs. Presente de Adrian Singleton. Ao virar as páginas, seus olhos deram com um poema sobre a mão de Lacenaire, mão gélida e amarela *du supplice encore mal lavée*, com seus pelos vermelhos e *doigts de faune*. Relanceou o olhar para seus próprios dedos brancos e afilados, estremecendo involuntariamente, e continuou lendo, até chegar a estas lindas estrofes sobre Veneza:

Sur une gamme chromatique,
Le sein de perles ruisselant,
La Vénus de l'Adriatique
Sort de l'eau son corps rose e blanc.

Les dômes, sur l'azur des ondes
Suivant la phrase au pur contour,
S'enflent comme des gorges rondes
Que souleve un soupir d'amour.

L'esquif aborde et me dépose,
Jetant son amarre au pilier,
Devant une façade rose,
Sur le marbre d'un escalier.

---

*Théophile Gautier (1811-1872) deixou uma vasta produção jornalística e literária em prosa e em verso. Iniciou-se na literatura pelo romantismo, mas ficou consagrado como poeta parnasiano. Seu poema mais importante foi "Émaux et camées". (*N. do E.*)

Como eram deliciosas! Ao lê-las, tinha-se impressão de navegar pelos verdes canais da cidade rosa e nacarada, sentado numa gôndola negra de proa prateada e cortinas rastejantes. As simples linhas lembravam a Dorian os sulcos turquesa que acompanhavam a gôndola, quando se acercava do Lido. Os súbitos lampejos de cores recordavam-lhe o brilho dos pássaros de peito irisado que esvoaçavam à volta de Campanile, ou passeavam, com graça solene, pelas arcadas escuras e poeirentas. Reclinando-se com olhos semicerrados, repetiu a si próprio, várias vezes:

Devant une façade rose,
Sur le marbre d'un escalier.

Toda a Veneza estava nestes versos. Lembrou-se do outono que ali passara e de um amor maravilhoso que o inspirava a deliciosas loucuras. Havia romance em toda parte. Mas Veneza, assim como Oxford, conservara o fundo apropriado ao romance e, para o verdadeiro romântico, o ambiente era tudo, ou quase tudo. Basil estivera em sua companhia parte do tempo e ficara louco por Tintoreto. Pobre Basil! Que fim horrível tivera!

Suspirou, apanhou de novo o livro e procurou esquecer. Leu sobre as andorinhas que entram e saem voando, no pequeno café de Smirna, onde os hadjis ficam sentados, contando suas contas de âmbar, e os mercadores de turbantes fumam longos cachimbos adornados de borlas, conversando gravemente; leu sobre o obelisco da *Place de la Concorde,* que derrama lágrimas de granito em seu solitário e sombrio exílio, ansiando por voltar ao Nilo quente e coberto de flores de lótus, onde há esfinges, íbis rosados, abutres brancos com patas douradas e crocodilos com olhinhos de berilo, que se arrastam na lama verde e fumegante; começou a meditar sobre esses versos que, arrancando música de um mármore manchado de beijos, nos falam da curiosa estátua que Gautier compara a uma voz de contralto, o "*monstre charmant*" que está deitado na sala do pórfiro, do Louvre. Mas, depois de algum tempo, o livro caiu de sua mão. Dorian ficou nervoso e experimentou uma sensação de terror. E se Alan Campbell estivesse fora da Inglaterra? Muitos dias se passariam antes que ele voltasse. Talvez se recusasse a vir. Que fazer, então? Cada momento era de vital importância. Tinham sido grandes amigos, cinco anos antes, quase inseparáveis mesmo. Depois, a intimidade cessara de repente. Quando agora se encontravam na sociedade, era apenas Dorian Gray que sorria; Alan Campbell jamais o fazia.

Era um rapaz extremamente inteligente, embora não apreciasse devidamente as artes plásticas. O pequeno senso da beleza da poesia que por acaso possuísse lhe fora incutido por Dorian. Sua predominante paixão intelectual era a ciência. Em Cambridge, passara grande parte de seu tempo trabalhando no laboratório e distinguira-se em Ciências Naturais. Para dizer a verdade, ainda se dedicava ao estudo de química; tinha um laboratório próprio, onde costumava fechar-se o dia todo, com grande desgosto de sua mãe, que desejava vê-lo candidatar-se ao Parlamento e tinha a vaga ideia de que um químico era um homem que aviava receitas. Era, no entanto, um músico e tocava violino e piano melhor do que muitos amadores. Fora realmente a música que primeiro o aproximara de Dorian Gray – a música e aquela indefinível atração que Dorian parecia exercer frequentemente, sem se dar conta disto. Conheceram-se em casa de lady Berkshire, na noite em que Rubinstein ali tocara, e depois disto tinham sido vistos sempre juntos, na Ópera, ou onde quer que houvesse boa música. A intimidade durara 18 meses. Campbell estava sempre em Selby Royal ou em Grosvenor Square. Para ele, assim como para muitos outros, Dorian Gray era o protótipo de tudo o que havia de fascinante e de maravilhoso na vida. Ninguém jamais soube se haviam brigado ou não. Mas, de repente, todo mundo começou a notar que eles mal se falavam quando se encontravam, e Campbell sempre saía cedo de uma festa quando Dorian se achava presente. Mudara, também – mostrava-se estranhamente melancólico, às vezes, parecendo quase não gostar de ouvir música, e nunca mais tocara, dando a desculpa de que estava tão absorto na ciência que não tinha tempo de exercitar-se. E isto era bem verdade. Dia a dia, parecia mais interessado em biologia, e seu nome apareceu uma ou duas vezes em revistas científicas, em relação a certas curiosas experiências.

Era por este homem que Dorian Gray esperava. Olhava para o relógio, a cada minuto. À medida que passava o tempo, ia-se tornando terrivelmente agitado. Levantou-se, afinal, e começou a andar de um lado a outro da sala, como um belo animal acuado. Dava passadas longas e silenciosas. Suas mãos estavam estranhamente frias.

A expectativa se tornou intolerável. O tempo parecia estar passando com pés de chumbo, enquanto ele era levado por ventos monstruosos em direção a algum negro precipício. Sabia o que o esperava ali; via-o, realmente, e, estremecendo, comprimiu com mãos úmidas as pálpebras escaldantes, como se quisesse cegar a própria mente e fazer os olhos entrarem nas órbitas. Era inútil. O cérebro tinha seu próprio alimento com que se refestelar; a imaginação, que o terror tornara grotesca, torcida e desfigurada, como coisa viva que sofresse, dançava tal obsceno fantoche numa coluna, sorrindo através de máscaras móveis. Depois, de repente, o tempo parou para ele. Sim, essa coisa cega, de respiração lenta, não mais se arrastou. Morto o tempo, os pensamentos horríveis acorreram à frente e arrancaram a seu túmulo um hediondo futuro, mostrando-o a Dorian. Ele olhou-o. O simples horror deixou-o petrificado.

Finalmente a porta se abriu e o criado entrou. Dorian voltou para ele o olhar vidrado.

– O Sr. Campbell está aí – disse o homem.

Um suspiro de alívio escapou dos lábios secos e a cor voltou ao rosto de Dorian Gray.

– Faça-o entrar imediatamente, Francis. – Sentia-se o mesmo novamente. A onda de covardia passara.

O homem inclinou-se e saiu. Dali a momentos, Alan Campbell entrou, com ar severo, muito pálido, de uma palidez acentuada pelo cabelo negro como carvão e pelas sobrancelhas escuras.

– Alan! Foi muita gentileza sua. Agradeço-lhe por ter vindo.

– Eu tinha intenção de nunca mais pôr os pés nesta casa, Gray. Mas você disse que era questão de vida ou morte. – A voz de Alan era dura e fria. Falava com lenta deliberação. Havia uma expressão de desprezo no olhar firme e perscrutador, quando ele se voltou para Dorian Gray. Conservava as mãos nos bolsos do sobretudo de astracã e não parecia ter notado o gesto com que fora recebido.

– Sim, é uma questão de vida ou morte, Alan, e para mais de uma pessoa. Sente-se.

Campbell sentou-se perto da mesa e o dono da casa instalou-se em frente a ele. Os olhares dos dois homens se encontraram. No de Dorian, havia infinita piedade. Sabia que era horrível o que ia fazer.

Após um tenso momento de silêncio, inclinou-se e disse, serenamente, mas observando o efeito de cada palavra no rosto daquele que ele mandara chamar:

– Alan, num quarto fechado, no último andar desta casa, quarto onde ninguém entra, a não ser eu, há um homem morto, sentado diante de uma mesa. Está morto há dez horas. Não se mova e não me olhe deste jeito. Quem é o homem e como morreu são coisas que não lhe dizem respeito. O que você tem a fazer é o seguinte...

– Basta, Gray. Não quero saber mais nada. Seja ou não verdade o que me contou, nada tenho com isto. Recuso, terminantemente, a ver-me envolvido em sua vida. Guarde seus horríveis segredos para você mesmo. Não me interessam mais.

– Alan, eles terão de interessá-lo. Este terá de interessá-lo. Sinto muito por você, Alan, mas nada posso fazer. É o único homem capaz de salvar-me. Sou obrigado a envolvê-lo. Não tenho alternativa. Alan, você é um cientista, conhece química e coisas desse gênero. Tem feito experiências. O que tem a fazer é destruir o corpo que está lá em cima; destruí-lo, de modo a não restar qualquer vestígio. Ninguém viu este homem entrar aqui em casa. Para ser exato, atualmente pensam que ele está em Paris. Não lhe sentirão a falta por muitos meses. Quando a notarem, é preciso que não haja aqui nenhum rastro. Você, Alan, precisa transformá-lo, e transformar tudo que lhe pertence, em um monte de cinzas que eu possa espalhar no ar.

– Está louco, Dorian.

– Ah! Estava esperando que você me chamasse de Dorian.

– Está louco, repito, por pensar que eu levantaria um dedo para ajudá-lo, louco por fazer essa monstruosa confissão. Não quero envolver-me neste caso, seja ele qual for. Acha que vou arriscar minha reputação por sua causa? Que me importa o trabalho diabólico que você esteja pretendendo fazer?

– Foi suicídio, Alan.

– Folgo em sabê-lo. Mas, quem o levou a isto? Você, suponho.

– Ainda se recusa a ajudar-me?

– Claro que me recuso. Não me envolverei, de maneira alguma. Não me importo com a vergonha que possa cair sobre sua pessoa. Você merece tudo. Eu não ficaria triste de vê-lo desonrado publicamente. Como ousa pedir-me, logo a mim, entre todos os homens, que participe desse horror? Pensei que conhecesse mais o caráter das pessoas. Seu amigo lorde Henry

Wotton não pode ter-lhe ensinado muito sobre psicologia, sejam quais tenham sido seus ensinamentos. Nada me induzirá a dar um passo para ajudá-lo. Você procurou a pessoa errada. Dirija-se a algum de seus amigos, não a mim.

– Alan, foi assassinato. Matei-o. Você não sabe o que ele me fez sofrer. Seja o que for a minha vida, ele contribuiu para fazê-la, ou destruí-la, mais do que o pobre Henry. Mesmo que ele não tenha tido intenção, o resultado foi o mesmo.

– Assassinato! Deus do céu, foi a isso que você chegou? Não o delatarei. Não é da minha conta. Além do mais, mesmo que eu não me envolva no assunto, você certamente será preso. Ninguém comete um crime sem fazer alguma tolice. Mas não quero envolver-me.

– Terá de se envolver. Espere, espere um momento: ouça-me. Ouça apenas, Alan. Só o que lhe peço é que faça uma experiência científica. Você vai a hospitais e necrotérios e os horrores que ali pratica não o perturbam. Se, em alguma hedionda sala de dissecação, ou fétido laboratório, encontrasse esse homem deitado numa mesa de chumbo, você o encararia apenas como um material admirável. Não se impressionaria. Não acharia que estava agindo mal. Pelo contrário, provavelmente sentiria que estava prestando um benefício à humanidade, aumentando o conhecimento humano, satisfazendo a curiosidade intelectual, ou coisa desse gênero. Quero apenas que faça o que já fez muitas vezes. Destruir um corpo deve ser, realmente, muito menos horrível do que o trabalho que está habituado a fazer. E, lembre-se, é a única prova contra mim. Se o corpo for descoberto, estou perdido: e certamente o será, se você não me ajudar.

– Não desejo ajudá-lo. Voce se esquece disto. O assunto me é absolutamente indiferente. Nada tem a ver comigo.

– Alan, peço-lhe isso, encarecidamente. Pense na minha posição. Pouco antes de você chegar, quase desmaiei de terror.

Talvez você um dia chegue a experimentar terror. Não! Não pense nisso. Encare o caso puramente do ponto de vista científico. Você não indaga de onde vêm as coisas mortas com as quais faz suas experiências. Não indague agora. Já lhe contei demais. Mas suplico-lhe que faça isto. Fomos amigos em outros tempos, Alan...

– Não fale dessa época, Dorian: morreu.

– Os mortos às vezes demoram a partir. O homem lá em cima não irá embora. Está sentado à mesa, de cabeça abaixada e braços estendidos. Alan! Alan! Se não me ajudar, estarei perdido. Pense, eles me enforcarão, Alan! Não compreende? Eles me enforcarão pelo que fiz.

– Não adianta prolongar essa cena. Recuso-me formalmente a fazer seja o que for. É loucura da sua parte pedir-me.

– Recusa-se?

– Sim, recuso-me.

– Suplico-lhe, Alan.

– É inútil.

A mesma expressão de piedade surgiu no olhar de Dorian Gray. Depois, estendeu a mão, apanhou um pedaço de papel e escreveu qualquer coisa. Leu-o duas vezes, dobrou-o cuidadosamente e empurrou-o para o outro lado da mesa. Feito isto, levantou-se e foi até a janela.

Campbell olhou-o, admirado, depois apanhou o papel e abriu-o. Ao lê-lo, seu rosto tornou-se mortalmente pálido e ele caiu para trás, na cadeira. Sentiu-se fisicamente mal. Seu coração parecia estar batendo desesperadamente dentro de uma cavidade vazia.

Após dois minutos de terrível silêncio, Dorian voltou-se e veio para perto de Alan, pondo a mão em seu ombro.

– Sinto-o, por você, Alan – murmurou. – Mas não me deixou alternativa. Já escrevi uma carta. Aqui está. Veja o endereço. Se você não me ajudar, terei de mandá-la. Sabe qual será o resultado. É-lhe impossível recusar-me ajuda. Procurei poupá-lo. Faça-me a justiça de reconhecer isto. Você foi severo, áspero, ofensivo. Tratou-me como homem algum jamais ousou tratar-me; nenhum homem vivo, pelo menos. Suportei tudo. Agora me compete impor condições.

Campbell escondeu o rosto nas mãos e teve um estremecimento.

– Sim, é minha vez de impor as condições, Alan. Você sabe quais são. É muito simples. Vamos lá, não fique nesta agitação febril. O negócio tem de ser feito. Encare-o e faça-o.

Dos lábios de Campbell escapou um gemido; ele tremia todo. O tique-taque do relógio sobre a lareira parecia dividir o tempo em distintos átomos de agonia, cada qual mais terrível de suportar. Era como se um círculo de ferro lhe comprimisse a cabeça, como se a desgraça com a qual o ameaçavam já tivesse caído sobre ele. A mão sobre seu ombro pesava como chumbo. Era intolerável. Parecia esmagá-lo.

– Vamos, Alan, você precisa resolver imediatamente.

– Não posso fazer isto – respondeu o outro maquinalmente, como se as palavras conseguissem alterar os fatos.

– É preciso. Não há escolha. Não perca tempo.

Alan hesitou por um momento.

– Há fogo no aposento de cima?

– Sim, há um fogão a gás, com asbestos.

– Terei de ir até minha casa e apanhar umas coisas no laboratório.

– Não, Alan, você não deve sair daqui. Anote num papel as coisas que deseja e meu criado tomará um carro e irá buscá-las.

Campbell rabiscou algumas linhas, enxugou-as com o mata-borrão e endereçou o envelope a seu assistente. Dorian apanhou o bilhete e leu-o cuidadosamente. Depois, tocou a campainha e entregou-o a seu criado, com ordem de voltar o mais depressa possível e de fazer o que fora pedido.

Quando a porta se fechou, Campbell teve um sobressalto e, tendo-se levantado, foi até a lareira. Tremia como se tivesse um acesso de febre. Durante vinte minutos, nenhum dos dois falou. Uma mosca voou ruidosamente pelo aposento e o tique-taque do relógio parecia o bater de um martelo.

Quando soou uma hora, Campbell voltou-se e, fitando Dorian Gray, viu que seus olhos estavam cheios de lágrimas. Havia na pureza e finura daquele rosto triste algo que o enfureceu.

– Você é infame, completamente infame! – murmurou.

– Silêncio, Alan, você salvou-me a vida – disse Dorian.

– Sua vida? Deus do céu! Que vida! Você começou com corrupção, até chegar ao crime. Ao fazer o que vou fazer, o que você me obriga, não é em sua vida que estou pensando.

– Ah, Alan – murmurou Dorian, com um suspiro. – Desejaria que sentisse por mim a milésima parte da piedade que sinto por você.

Voltou-se, ao falar, e ficou olhando o jardim. Campbell não respondeu.

Após dez minutos, ouviu-se uma batida à porta e o criado entrou, trazendo um vasto estojo de mogno cheio de produtos químicos, um longo rolo de arame de aço e de platina e dois grampos de ferro, de formato curioso.

– Deixo isto aqui, senhor? – perguntou a Campbell.

– Sim – respondeu Dorian. – E creio que tenho outro serviço para você, Francis. Qual é o nome daquele homem, em Richmond, que fornece orquídeas para Selby?

– Harden, Sr. Gray.

– É verdade; Harden. Vá a Richmond imediatamente, procure o próprio Harden e diga-lhe que me mande o dobro das orquídeas que encomendei, com o mínimo possível de brancas. Para dizer a verdade, não quero nenhuma branca. O dia está muito bonito, Francis, e Richmond é um belo lugar, do contrário eu não o incomodaria.

– Não é incômodo nenhum. A que horas devo voltar?

Dorian olhou para Campbell.

– Quanto tempo vai levar sua experiência, Alan? – perguntou em voz calma, indiferente. A presença de uma terceira pessoa na sala parecia dar-lhe enorme coragem.

Campbell franziu a testa e mordeu o lábio.

– Mais ou menos cinco horas – respondeu.

– Bastará, então, voltar às sete e meia, Francis. Espere: deixe do lado de fora meu traje de jantar. Pode ter a noite de folga. Não vou jantar em casa, de modo que não preciso de você.

– Obrigado, senhor – disse o homem, saindo da sala.

– Agora. Alan, não há um minuto a perder. Como este estojo é pesado! Vou levá-lo para você. Traga as outras coisas. – Dorian falava, rapidamente, em tom autoritário. Campbell sentia-se dominado por ele. Saíram juntos da sala.

Quando chegaram ao patamar de cima, Dorian tirou a chave do bolso e virou-a na fechadura. Depois, parou e uma expressão perturbada sombreou-lhe o olhar. Estremeceu, murmurando:

– Não sei se conseguirei entrar, Alan.

– Para mim, tanto faz. Não preciso de você – disse Alan, friamente.

Dorian entreabriu a porta. Ao fazê-lo, viu o rosto do retrato, espiando-o, à luz do sol. No chão, à sua frente, estava a cortina rasgada. Lembrou-se de que, na noite anterior, pela primeira vez na vida esquecera-se de esconder a tela fatal e ia precipitar-se para ela, quando recuou, com um estremecimento.

Que significava aquele orvalho sanguinolento que se via, úmido e luzidio, numa das mãos, como se a tela tivesse suado sangue? Que horrível era! Pareceu-lhe, no momento, mais horrível do que a coisa silenciosa que ele sabia estar estendida na mesa, a coisa cuja sombra disforme e grotesca no tapete manchado lhe indicava que não se movera, que ainda ali estava, como ele a deixara.

Soltou um profundo suspiro, abriu a porta um pouco mais e, de olhos semicerrados e cabeça virada, entrou apressadamente, decidido a não olhar nem uma só vez para o homem morto. Depois, abaixando-se e apanhando a cortina de ouro e púrpura, atirou-a sobre o quadro.

Parou, com medo de voltar-se, os olhos fixos no intricado desenho à sua frente. Ouviu Campbell trazer o pesado estojo, os ferros e as outras coisas necessárias a seu pavoroso trabalho. Ficou a imaginar se ele e Basil Hallward se teriam conhecido e, neste caso, o que teriam pensado um do outro.

– Deixe-me, agora – disse uma voz severa, atrás dele.

Dorian voltou-se e saiu apressadamente, percebendo apenas que o morto fora endireitado na cadeira e que Campbell contemplava um luzidio rosto amarelo. Ao descer a escada, ouviu o ruído da chave na fechadura.

Passava muito das sete horas, quando Campbell voltou à biblioteca. Estava pálido, mas absolutamente calmo.

– Fiz o que me pediu – murmurou. – E, agora, adeus. Nunca mais desejo vê-lo.

– Você me salvou da desgraça, Alan. Nunca me esquecerei disso – respondeu Dorian, simplesmente.

Assim que Campbell saiu, ele foi para cima. Havia no aposento um cheiro horrível de ácido nítrico. Mas a coisa que estivera sentada na cadeira desaparecera.

15

Àquela noite, às oito e meia, vestido com esmero e usando um grande buquê de violetas de Parma na lapela, Dorian Gray foi introduzido no salão de lady Narborough por criados que se curvavam respeitosamente. Sua testa latejava e ele se sentia terrivelmente excitado, mas suas maneiras, quando se inclinou sobre a mão da dona da casa, eram, como sempre, naturais e graciosas. Talvez uma pessoa nunca se sinta tão à vontade como quando representa um papel. Quem olhasse para Dorian Gray àquela noite, certamente não acreditaria que ele passara por tão grande tragédia. Os dedos bem-cinzelados jamais poderiam ter agarrado uma faca homicida, nem os lábios sorridentes blasfemado contra Deus e a bondade. Ele próprio não podia deixar de admirar-se da calma de sua atitude e por um momento sentiu intensamente o terrível prazer de uma vida dupla.

Era um grupo pequeno, reunido às pressas por lady Narborough, mulher muito inteligente, que tinha o que lorde Henry costumava descrever como vestígios de uma verdadeira fealdade. Fora excelente esposa para um de nossos mais enfadonhos embaixadores e, tendo enterrado o marido condignamente num mausoléu de mármore, que ela própria desenhara, e casado as filhas com homens ricos e velhuscos, dedicava-se atualmente aos prazeres da ficção francesa, da cozinha francesa, e do espírito francês, quando este estava a seu alcance.

Dorian era um de seus grandes prediletos e ela sempre lhe dizia que se sentia extremamente feliz por não o ter conhecido na mocidade. "Sei perfeitamente, meu caro, que teria ficado apaixonada por você", costumava dizer, "e teria feito loucuras por sua causa. Felizmente não se cogitava de você naquele tempo. A verdade é que nunca tive nem mesmo um namoro, com quem quer que fosse. Em todo o caso, a culpa cabe a Narborough. Ele era extremamente míope e não há prazer em enganar-se um marido que nada vê."

Os convidados daquela noite eram bastante enfadonhos. Acontecem, explicou a dona da casa a Dorian, por detrás de um leque desbotado, que uma de suas filhas casadas viera de repente hospedar-se com ela e, para piorar as coisas, trouxera o marido.

– Acho muito pouco gentil da parte de minha filha, caro amigo – murmurou. – Claro que eu vou passar o verão em sua casa, todos os anos, depois que volto de Homburg, mas o caso é que uma velha como eu precisa respirar ar puro de vez em quando; além do mais, eu os animo, disto não há dúvida. Você não imagina que vida eles levam lá. É a pura, a verdadeira vida do campo. Levantam-se cedo, porque têm muito que fazer, e vão para a cama cedo, porque têm pouco sobre que pensar. Não houve escândalo algum na vizinhança, desde o tempo da rainha Elizabeth e, por conseguinte, todos adormecem, terminado o jantar. Você não vai sentar-se perto de nenhum deles. Ficará a meu lado e me divertirá.

Dorian murmurou um cumprimento gentil e passeou o olhar pela sala. Sim, era um grupo muito tedioso. Havia duas pessoas que ele nunca vira; os outros eram Ernest Harrowden, uma das mediocridades de meia-idade tão comuns nos clubes de Londres, que não têm inimigos, mas são detestados pelos amigos; lady Ruxton, mulher de 47 anos, que se vestia com exagero, tinha nariz adunco e estava sempre procurando comprometer-se, mas era de uma feiura tão peculiar que, com grande desapontamento seu, ninguém acreditava em coisa alguma que a desabonasse; a Sra. Erlynne, uma nulidade saliente, com um delicioso ciciar e cabelos vermelhos venezianos; lady Alice Chapman, filha da dona da casa, moça sem graça e desalinhada, com uma daquelas características fisionomias inglesas que, uma vez vistas, nunca são lembradas; seu marido, criatura de faces coradas, suíças brancas, que, como tantos outros de sua classe, estava sob a impressão de que uma jovialidade imoderada pode compensar uma absoluta carência de ideias.

Dorian arrependia-se de ter vindo, até ouvir lady Narborough exclamar, olhando para o grande relógio dourado que exibia suas curvas vistosas na prateleira da lareira coberta de pano lilás:

– É o cúmulo lorde Henry Wotton chegar tão tarde! Arrisquei-me a mandar convidá-lo hoje de manhã e ele prometeu que não me decepcionaria.

Era um consolo saber que Harry viria. Quando a porta se abriu, ao ouvir-lhe a voz lenta e musical, que emprestava encanto a uma desculpa insincera, Dorian deixou de sentir-se entediado.

Mas, ao jantar, não conseguiu comer coisa alguma. Os pratos eram retirados, um após outro, sem que os provasse. Lady Narborough não se cansava de repreendê-lo pelo que ela considerava "um insulto ao pobre Adolphe, que preparou o *menu* especialmente para você" e, de vez em quando, lorde Henry olhava-o do outro lado da mesa, admirado de seu silêncio e ar abstrato. O copeiro enchia com frequência sua taça de champanhe. Dorian bebia avidamente e sua sede parecia aumentar.

– Dorian, que você tem hoje? – perguntou finalmente lorde Henry, quando o *chaud-froid* estava sendo servido. – Parece indisposto.

– Creio que está apaixonado – exclamou lady Narborough. – E não quer contar-me, com medo de que eu fique enciumada. E tem razão; eu ficaria.

– Cara lady Narborough, não me apaixono há uma boa semana – murmurou Dorian, sorrindo. – Para ser exato, desde que Madame de Ferrol deixou Londres.

– Como é que vocês, homens, podem apaixonar-se por aquela mulher! – exclamou a velha senhora. – Francamente, não o compreendo.

– É apenas porque ela nos lembra a senhora, quando era uma menina, lady Narborough – disse Henry. – É o único elo entre nós e seus vestidos curtos.

– Ela não lembra meus vestidos curtos, em absoluto, lorde Henry. Mas eu me lembro dela perfeitamente, em Viena; há trinta anos, e de como andava *décolletée*.

– Continua andando *décolletée* – respondeu ele, pegando uma azeitona com seus dedos longos. – E, quando usa um vestido muito elegante, parece uma *édition de luxe* de um mau romance francês. É realmente maravilhosa e surpreendente. Sua capacidade de afeição familiar é extraordinária. Quando lhe morreu o terceiro marido, seus cabelos tornaram-se completamente dourados, de desgosto.

– Como pode dizer isto, Harry! – exclamou Dorian.

– É uma explicação muito romântica – riu a anfitriã. – Mas, seu terceiro marido, lorde Henry! Não me diga que Ferrol é o quarto.

– Sem dúvida, lady Narborough.

– Não creio numa palavra do que diz.

– Pois bem, pergunte ao Sr. Gray. É um de seus mais íntimos amigos.

– É verdade, Sr. Gray?

– Ela me garantiu que sim, lady Narborough – respondeu Dorian. – Perguntei-lhe se, como Margarida de Navarra, trazia dependurados na cinta seus corações embalsamados. Respondeu-me que não, porque nenhum deles tivera coração.

– Quatro maridos! Palavra de honra, isto é *trop de zèle.*

– *Trop d'audace*, foi o que eu lhe disse – replicou Dorian.

– Oh, é bastante audaciosa, seja para o que for, meu caro. E que tal é Ferrol? Não o conheço.

– Os maridos das mulheres muito belas pertencem à classe dos criminosos – declarou lorde Henry, sorvendo seu vinho.

Lady Narborough bateu-lhe com o leque.

– Lorde Henry, não me admiro quando ouço o mundo dizer que o senhor é extremamente mau.

– Mas que mundo diz isso? – perguntou lorde Henry, erguendo as sobrancelhas. – Só pode ser o outro mundo. Este aqui e eu estamos em muito bons termos de amizade.

– Todas as pessoas que conheço dizem que o senhor é mau – exclamou a velha senhora, balançando a cabeça.

Lorde Henry ficou sério por alguns momentos.

– É realmente monstruosa a maneira com que as pessoas, hoje em dia, dizem contra nós, nas nossas costas, coisas que são absolutamente verdadeiras.

– Ele não é mesmo incorrigível? – exclamou Dorian, inclinando-se para a frente.

– Espero que sim – disse a dona da casa, rindo. – Mas, francamente, se todos adoram Madame de Ferrol deste jeito ridículo, terei de me casar de novo, para ficar na moda.

– A senhora nunca se casará de novo, lady Narborough – interrompeu lorde Henry. – Foi demasiado feliz. Quando uma mulher se casa outra vez, é porque detestava o primeiro marido. Quando um homem se casa outra vez, é porque adorava a primeira mulher. As mulheres tentam a sorte; os homens arriscam a deles.

– Narborough não era perfeito – exclamou a velha dama.

– Se tivesse sido, a senhora não o teria amado, cara amiga – replicou lorde Henry. – As mulheres nos amam por nossos defeitos. Se tivermos um número suficiente deles, tudo nos perdoarão, até mesmo nossa inteligência. Nunca mais me convidará para jantar, depois disto, suponho, lady Narborough; mas é a pura verdade.

– Claro que é verdade, lorde Henry. Se as mulheres não os amassem por seus defeitos, onde estariam vocês? Nenhum estaria casado. Seriam um bando de infelizes celibatários. Não que isto fosse modificá-los muito. Hoje em dia, todos os homens casados vivem como solteiros e todos os solteiros vivem como casados.

– *Fin de siècle* – murmurou lorde Henry.

– *Fin du globe* – respondeu a dona da casa.

– Eu gostaria que fosse *fin du globe* – disse Dorian, com um suspiro. – A vida é uma grande decepção.

– Ah, meu caro – disse lady Narborough, calçando as luvas. – Não me diga que esgotou a Vida. Quando um homem diz isto, sabemos que a Vida o esgotou. Lorde Henry é muito mau e às vezes desejo que também eu o tivesse sido; mas o senhor foi feito para ser bom... parece tão bom! Preciso arranjar-lhe uma boa esposa. Lorde Henry, não acha que o Sr. Gray devia casar-se?

– É o que sempre lhe digo, lady Narborough – declarou lorde Henry, com uma curvatura.

– Pois bem, precisamos arranjar-lhe um casamento adequado. Hoje à noite, examinarei o Debrett cuidadosamente e farei uma lista das moças casadoiras.

– Com as respectivas idades, lady Narborough? – perguntou Dorian.

– Claro que com as idades ligeiramente revisadas. Mas não devemos fazer nada precipitadamente. Quero que seja aquilo que o *Morning Post* chama de aliança desejável e espero que ambos sejam felizes.

– Que tolices dizem a respeito de casamento! – exclamou lorde Henry. – Um homem pode ser feliz com qualquer mulher, enquanto não a amar.

– Ah, como é cínico! – exclamou a velha senhora, afastando a cadeira e fazendo sinal com a cabeça a lady Ruxton. – Precisa vir logo jantar de novo comigo. É realmente um tônico admirável, muito melhor do que aquele que Sir Andrew costuma receitar-me. Deve, no entanto, dizer-me que pessoas desejaria encontrar aqui. Quero que seja uma reunião deliciosa.

– Gosto dos homens que tenham futuro e das mulheres que tenham passado – respondeu ele. – Ou acha que com isto haveria o perigo de ser uma reunião só de mulheres?

– Creio que sim – respondeu ela rindo e levantando-se. – Mil perdões, cara lady Ruxton – acrescentou. – Não vi que não tinha terminado seu cigarro.

– Não se preocupe, lady Narborough. Fumo demais. Vou procurar moderar-me, no futuro.

– Por favor, não faça isto, lady Ruxton – disse lorde Henry. – A moderação é uma coisa fatal. O suficiente é tão mau quanto uma simples refeição. Mais do que o suficiente é tão bom quanto um festim.

Lady Ruxton fitou-o com curiosidade.

– Precisa vir explicar-me isto, uma dessas tardes, lorde Henry. Parece uma teoria fascinante – murmurou, saindo majestosamente da sala.

– Agora, façam o favor de não se demorarem falando de política e de escândalos – exclamou lady Narborough, da porta. – Se o fizerem, certamente brigaremos depois, lá em cima.

Os homens riram. O Sr. Chapman ergueu-se solenemente da ponta da mesa e veio para a cabeceira. Dorian Gray mudou de lugar, indo sentar-se ao lado de lorde Henry. O Sr. Chapman começou a falar em voz alta sobre a situação na Câmara dos Comuns. Zombou dos adversários. A palavra *doctrinaire* – terrível palavra para a mentalidade britânica – reaparecia de vez em quando entre as explosões. Um prefixo aliterativo servia de ornamento de oratória. Ele ergueu a bandeira britânica às culminâncias do pensamento. A estupidez hereditária da raça – ele chamava-a, jovialmente, de profundo senso comum inglês – foi apresentada como o verdadeiro baluarte da sociedade.

Um sorriso encrespou os lábios de lorde Henry, que se voltou para Dorian Gray, fitando-o.

– Está melhor, caro amigo? Parecia indisposto, ao jantar.

– Estou muito bem, Harry. Sinto-me cansado; só isto.

– Você mostrou-se encantador, ontem à noite. A duquesinha é-lhe muito dedicada. Disse-me que vai a Selby.

– Prometeu-me que iria no dia vinte.

– Monmouth também vai?

– Oh, sim, Harry.

– Ele aborrece-me terrivelmente, quase tanto quanto aborrece a esposa. A duquesa é muito inteligente, inteligente demais para uma mulher. Falta-lhe o indefinível encanto da franqueza. São os pés de barro que tornam perigoso o ouro das imagens. Ela tem pés muito bonitos, mas não são de barro. De porcelana branca, se você quiser. Passaram pelo fogo, e o fogo enrijece aquilo que não destrói. Ela teve experiências.

– Há quanto tempo está casada? – perguntou Dorian.

– Uma eternidade, pelo que me contou. A julgar pelo Pariato, creio que há dez anos; mas dez anos em companhia de Monmouth devem ter parecido uma eternidade, com o tempo dado de lambujem! Quem mais irá?

– Oh, os Willoughbys, lorde Rugby e esposa, nossa anfitriã de hoje, Geoffrey Clouston, o grupo de sempre. Convidei lorde Grotrian.

– Gosto dele – disse lorde Henry. – Muita gente não o aprecia, mas acho-o encantador. Ele compensa o fato de aparecer às vezes vestido com exagero mostrando-se sempre extremamente bem-educado. É um tipo muito moderno.

– Não sei se poderá ir, Harry. Talvez tenha de acompanhar o pai a Monte Carlo.

– Oh, como os parentes são inconvenientes! Veja se consegue fazer com que ele vá. Por falar nisto, Dorian, você saiu cedo ontem. Escapuliu antes das onze. Que fez depois? Foi diretamente para casa?

Dorian olhou-o vivamente e franziu a testa.

– Não, Harry – respondeu, afinal. – Quando cheguei em casa eram quase três horas.

– Foi ao clube?

– Fui – respondeu Dorian. Depois, mordeu o lábio. – Não, não foi isto o que eu quis dizer. Não estive no clube. Caminhei por aí. Esqueci-me do que fiz... Como é curioso, Harry! Sempre quer saber o que a gente andou fazendo. Eu sempre quero esquecer o que fiz. Entrei em casa às duas e meia, se é que deseja saber a hora exata. Esquecera minha chave e o criado teve de abrir a porta para mim. Se quiser confirmação, pode perguntar-lhe.

Lorde Henry encolheu os ombros.

– Caro amigo, como se me importasse! Vamos subir para o salão. Obrigado, Sr. Chapman, não quero xerez. Algo lhe aconteceu, Dorian. Diga-me o que houve. Você está diferente hoje.

– Não se preocupe comigo, Harry. Sinto-me nervoso, mal-humorado. Irei vê-lo amanhã ou depois. Apresente minhas desculpas a lady Narborough. Não pretendo subir. Vou para casa. Preciso ir para casa.

– Está certo, Dorian. Com certeza o verei amanhã, à hora do chá. A duquesa estará presente.

– Procurarei estar lá, Harry – disse Dorian, retirando-se.

Ao dirigir-se para casa, percebeu que a sensação de terror, que julgara ter dominado, novamente dele se apossara. As perguntas despreocupadas de lorde Henry tinham feito com que perdesse a calma por um momento, e precisava conservá-la. Havia coisas perigosas que tinham de ser destruídas. Teve uma contração. Detestava até mesmo a ideia de tocá-las.

Mas tinha de ser feito. Compreendia isto e, depois de fechar a porta da biblioteca, abriu o armário secreto, onde guardara o sobretudo e a maleta de Basil Hallward. Um grande fogo ardia na lareira. Dorian colocou ali mais uma acha. O cheiro de pano chamuscado e de couro queimado era horrível. Passaram-se três quartos de hora, até tudo ser consumido. No fim, sentiu-se mal e nauseado e, tendo acendido algumas pastilhas argelinas num braseiro de cobre furado, banhou as mãos e a testa em vinagre fresco e perfumado a almíscar. De repente, teve um sobressalto. Seus olhos adquiriram um brilho estranho e ele mordeu o lábio inferior. Entre duas das janelas ficava um grande armário florentino, feito de ébano, com incrustações de marfim e de lazulita. Contemplou-o como se o fascinasse e atemorizasse, como se possuísse alguma coisa que ele desejasse e, no entanto, quase detestasse. Sua respiração acelerou-se. Um louco desejo dele se apossou.

Acendeu um cigarro e jogou-o fora. As pálpebras cerraram-se, até as longas pestanas quase tocarem as faces. Mas ele ainda contemplava o armário. Finalmente, levantou-se do sofá onde se deitara, foi até lá e, tendo-o aberto, tocou uma mola secreta. Uma gaveta triangular saiu lentamente. Os dedos moveram-se instintivamente naquela direção, enfiaram-se na gaveta e fecharam-se sobre uma coisa. Era um pequeno estojo chinês de laca preta e ouro fosco, muito trabalhado, os lados adornados por desenhos sinuosos como ondas; os cordéis de seda tinham contas redondas de cristal e pingentes com fios de metal. Abriu-o. Dentro havia uma pasta verde, lustrosa como cera, com um cheiro pesado e persistente.

Dorian hesitou por alguns momentos, tendo nos lábios um sorriso estranhamente fixo. Depois, tiritante, embora a atmosfera da sala fosse terrivelmente quente, endireitou-se e olhou o relógio. Faltavam vinte para as duas. Guardou de novo o estojo, fechou as portas do armário e encaminhou-se para seu quarto.

Quando a meia-noite batia suas pancadas de bronze na penumbra, Dorian Gray vestiu-se simplesmente, pôs um cachecol à volta do pescoço e saiu furtivamente de casa. Na Bond Street, encontrou um carro com um bom cavalo. Chamou-o, em voz baixa, deu ao cocheiro o endereço. O homem sacudiu a cabeça.

– É longe demais para mim – murmurou.

– Aqui tem uma libra esterlina – disse Dorian. – Receberá outra se guiar depressa.

– Muito bem, senhor – respondeu o homem. – Estará lá dentro de uma hora.

Depois que o freguês entrou, ele fez o cavalo virar e tocou, em direção ao rio.

16

Começava a cair uma chuva fina e fria, os lampiões da rua brilhavam lividamente no nevoeiro. As tavernas fechavam suas portas e diante delas se formavam grupos esparsos e confusos de homens e mulheres. De alguns bares, chegavam sons de horríveis risadas. Em outros, bêbados brigavam e gritavam.

Reclinado no carro, o chapéu caído na testa, Dorian Gray observava com olhar indiferente a sórdida vergonha da cidade grande e, de vez em quando, repetia para si mesmo as palavras que lorde Henry lhe dissera no dia em que se tinham conhecido: "Curar a alma por meio dos sentidos e os sentidos por meio da alma." Sim, era este o segredo. Ele muitas vezes experimentava fazer isto e agora outra vez o experimentaria. Havia antros de ópio, onde se podia comprar o esquecimento, antros de horror, onde a lembrança de velhos pecados podia ser destruída pela loucura de pecados novos.

A lua estava muito baixa no céu, parecendo uma caveira amarela. De vez em quando, uma nuvem grande e disforme estendia um braço longo e a ocultava. Os lampiões a gás tornavam-se mais raros, as ruas mais estreitas, mais sombrias. Em dado momento, o cocheiro perdeu-se no caminho e teve que retroceder durante uma milha. Um vapor erguia-se do cavalo quando este chapinhava nas poças de água. Os vidros laterais do carro estavam embaçados pela neblina cinzenta.

"Curar a alma por meio dos sentidos e os sentidos por meio da alma." Como as palavras ressoavam em seus ouvidos! Sua alma estava, sem dúvida, mortalmente enferma. Seria verdade que os sentidos poderiam curá-la? Sangue inocente fora derramado. Ah, para isto não havia volta; embora fosse impossível o perdão, era possível o esquecimento e ele estava resolvido a esquecer, a aniquilar aquilo, a esmagá-lo como esmagamos uma víbora que nos picou. Realmente, que direito tinha Basil de falar-lhe como falara? Quem o fizera juiz dos atos alheios? Dissera coisas terríveis, abomináveis, difíceis de suportar.

O carro avançava, cada vez mais devagar, ao que lhe parecia. Dorian abriu o alçapão e disse ao cocheiro que guiasse mais depressa. Atormentava-o uma terrível necessidade de ópio. Ardia-lhe a garganta e as mãos delicadas comprimiam-se nervosamente. Ele bateu furiosamente no cavalo, com a bengala. O cocheiro riu e brandiu o chicote. Dorian respondeu com uma risada e o homem calou-se.

O caminho parecia interminável e as ruas assemelhavam-se à teia negra de alguma aranha rastejante. A monotonia tornou-se insuportável e, à medida que a neblina se adensava, ele foi ficando amedrontado.

Passaram, então, por olarias solitárias. Aqui, a neblina era mais tênue e ele pôde ver os estranhos fornos em formato de garrafa, com suas línguas amarelas de fogo, que se abriam em leque. Um cão ladrou à sua passagem e, num ponto longínquo, uma gaivota errante grasnou, na escuridão. O cavalo tropeçou num buraco e começou a galopar.

Dentro de algum tempo, deixaram a estrada argilosa e de novo rodaram estrepitosamente por ruas mal calçadas. Muitas das janelas estavam às escuras, mas, de vez em quando, viam-se sombras fantásticas recortadas contra uma cortina iluminada. Dorian observava-as com curiosidade. Moviam-se como monstruosas marionetes e faziam gestos como seres vivos. Odiou-as. Havia em seu coração uma raiva surda. Quando dobraram uma esquina, uma mulher gritou-lhes qualquer coisa de uma porta aberta e dois homens correram atrás do carro, durante umas cem jardas. O cocheiro bateu-lhes com o chicote.

Dizem que a paixão nos faz pensar em círculo. Com horrível insistência, os lábios mordidos de Dorian formavam e repetiam aquelas palavras sutis que diziam respeito à alma e aos sentidos, até nelas encontrar, por assim dizer, a absoluta expressão de seu estado de espírito e justificar, pela aprovação intelectual, paixões que, mesmo sem esta justificativa, ainda o teriam dominado. De célula em célula, arrastava-se em sua mente um único pensamento; o desejo de viver, o mais terrível dos apetites do homem, atiçava cada nervo e cada fibra de seu ser. A fealdade que ele antigamente detestara, porque dava realidade às coisas, tornou-se preciosa para ele por esta mesma razão. A fealdade era a única realidade. As brigas grosseiras, os antros repugnantes, a violência de uma vida desordenada, a própria vileza dos ladrões e dos párias eram mais vívidos, em sua intensa atualidade de expressão, do que todas as graciosas formas da Arte, ou as quiméricas sombras da poesia. Era disto que ele precisava para conseguir o esquecimento. Em três dias estaria livre.

De repente o cocheiro parou, com um tranco, à entrada de sombria viela. Acima dos telhados baixos e dos recortes das chaminés das casas erguiam-se os mastros negros dos navios. Espirais de névoa branca aderiam às vergas, como velas espectrais.

– É mais ou menos por aqui, não é? – perguntou o cocheiro em voz rouca, através do alçapão.

Dorian teve um sobressalto e espiou à volta.

– Aqui está bem – respondeu.

Desceu do carro e, tendo dado ao homem a gorjeta prometida, caminhou rapidamente em direção ao cais. Aqui e acolá, uma lanterna luzia na popa de algum enorme navio mercante. A luz estremecia e estilhaçava-se nas poças. Um clarão rubro vinha de um navio que ia partir e que se abastecia de carvão. A calçada escorregadia parecia um impermeável molhado.

Caminhou apressadamente para a esquerda, de vez em quando relanceando o olhar para trás, a ver se estava sendo seguido. Dentro de sete ou oito minutos, chegou a uma casa pequena e de aspecto pobre, entalada entre duas fábricas miseráveis. Numa das janelas de cima brilhava uma luz. Ele parou e bateu de um modo muito peculiar.

Depois de algum tempo, ouviu passos no corredor e o ruído da corrente que estava sendo retirada. A porta abriu-se de mansinho e ele entrou sem dizer uma palavra à criatura disforme e atarracada que se confundiu com as sombras, quando ele passou. Ao fim do corredor, via-se uma rota cortina verde que se sacudiu ao vento que entrara com ele. Abriu-a e viu-se num aposento longo, baixo, que parecia ter sido um salão de dança de terceira classe. À volta, ardiam resplandecentes bicos de gás, que se refletiam embaçados e deformados nos espelhos descascados à sua frente. Ensebados refletores de latão canelado os sustentavam, projetando trêmulos discos de luz. O chão estava coberto por serragem de um tom ocre, enlameado em certos pontos e manchado com escuros círculos de bebida derramada. Alguns malaios estavam acocorados perto de um fogão a carvão, jogando com fichas de osso e mostrando, quando falavam, os dentes alvos. A um canto, com a cabeça enterrada nos braços, notava-se um marinheiro esparramado numa mesa; perto do bar, pintado em cores berrantes e que ocupava toda uma parede, viam-se duas esquálidas mulheres zombando de um velho que escovava as mangas do paletó com expressão de nojo. "Ele pensa que está cheio de formigas vermelhas", disse, rindo, uma delas, à passagem de Dorian. O homem olhou-a, apavorado, e começou a gemer.

Na extremidade da sala havia uma escada pequena que levava a um quarto escuro. Quando Dorian galgou apressadamente os três desmantelados degraus, um pesado cheiro de ópio veio a seu encontro. Aspirou profundamente e suas narinas palpitaram de prazer. Quando ele entrou, um jovem de macios cabelos louros, que estava debruçado sobre uma lâmpada, acendendo um cachimbo longo e fino, levantou o olhar e inclinou a cabeça, de modo hesitante.

– Você aqui, Adrian? – murmurou Dorian.

– Onde haveria eu de estar? – respondeu o outro, desinteressadamente. – Ninguém mais quer falar comigo.

– Pensei que tivesse deixado a Inglaterra.

– Darlington não vai fazer nada. Meu irmão pagou a conta, afinal. George também não fala mais comigo... Não me importo – acrescentou, com um suspiro. – Enquanto a gente tiver isto aqui, não precisa de amigos. Creio que tive amigos demais.

Dorian contraiu-se e correu os olhos pelas grosseiras criaturas que, em tão fantásticas posições, jaziam nos colchões rasgados. Os membros contorcidos, a boca aberta, os olhos fixos e baços fascinavam-no. Ele sabia em que estranhos céus elas sofriam, que insípido inferno lhe ensinava o segredo de algum novo prazer. Estavam melhor do que ele, que se sentia prisioneiro de seus pensamentos. A memória, tal horrível enfermidade, estava corroendo-lhe a alma. De vez em quando, tinha impressão de que os olhos de Basil Hallward o fitavam. Apesar disso, sentia que não devia permanecer ali. A presença de Adrian Singleton perturbava-o. Queria estar onde ninguém soubesse quem era ele. Queria fugir de si mesmo.

– Vou para aquele outro lugar – disse, após uma pausa.

– No cais?

– Sim.

– Aquela gata danada deve estar lá. Não a querem mais aqui.

Dorian encolheu os ombros.

– Estou farto de mulheres que me amam. As mulheres que nos odeiam são muito mais interessantes. Além do mais, lá o artigo é melhor.

– Mais ou menos a mesma coisa.

– Gosto mais do de lá. Venha tomar alguma coisa. Preciso beber.

– Não quero nada – murmurou o jovem.

– Pouco importa.

Adrian Singleton ergueu-se com ar cansado e acompanhou Dorian ao bar. Um mestiço, de turbante roto e sobretudo surrado, cumprimentou-os com um medonho sorriso, ao colocar diante deles uma garrafa de conhaque e dois copos. As mulheres aproximaram-se e começaram a tagarelar. Dorian virou-lhes as costas e, em voz baixa, disse qualquer coisa a Adrian Singleton.

Um sorriso torto, como um punhal malaio, enrugou o rosto de uma das mulheres.

– Estamos muito orgulhosos, hoje à noite... – zombou ela.

– Pelo amor de Deus, não fale comigo – exclamou Dorian, batendo o pé no chão. – Que quer você? Dinheiro? Tome lá. Nunca mais fale comigo.

Duas chispas vermelhas brilharam por um momento nos olhos da mulher, depois se apagaram, deixando-os opacos e vidrados. Ela jogou para trás a cabeça e recolheu avidamente as moedas sobre o balcão. Sua companheira observava-a invejosamente.

– Não adianta – suspirou Adrian Singleton. – Não me interessa voltar. Que importa?... Sinto-me feliz aqui.

– Escreva-me se precisar de alguma coisa, sim? – disse Dorian, após um intervalo.

– Talvez.

– Boa noite, então.

– Boa noite – respondeu o jovem, subindo os degraus e enxugando com um lenço os lábios ressequidos.

Dorian dirigiu-se para a porta, com expressão de dor na fisionomia. Ao afastar a cortina, um riso hediondo escapou dos lábios pintados da mulher que aceitara o dinheiro.

– Ali vai o queridinho do diabo! – exclamou em voz rouca e entrecortada.

– Maldita! – gritou Dorian. – Não me chame assim.

Ela estalou os dedos.

– Gostaria de ser chamado de Príncipe Encantado, não é? – gritou, ao vê-lo afastar-se.

Ao ouvi-la, o marinheiro sonolento pôs-se de pé com um salto e olhou à volta, com ar selvagem. O som da porta da rua que se fechava chegou a seus ouvidos. Ele correu, como se perseguisse alguém.

Dorian Gray caminhou apressadamente pelo cais, através da chuvinha miúda. O encontro com Adrian Singleton emocionara-o estranhamente e ele ficou a imaginar se seria responsável pela ruína daquela jovem vida – infamante acusação que lhe fizera Basil Hallward. Mordeu o lábio e durante alguns segundos seus olhos se entristeceram. Mas, afinal de contas, que lhe importava? A vida é excessivamente breve para carregarmos nas costas os erros alheios. Cada homem vive a própria vida e paga seu preço por vivê-la. Pena é que se tenha que pagar tantas vezes por uma única falta. Somos obrigados a pagar, efetivamente, uma e muitas vezes. Em suas transações com o homem, o destino jamais fecha suas contas.

Dizem os psicólogos que há momentos em que a paixão pelo pecado, ou por aquilo a que o mundo chama de pecado, domina a tal ponto uma natureza que cada fibra do corpo, como cada célula do cérebro, parece ser o instinto, com terríveis impulsos. Nestes momentos, homens e mulheres perdem a liberdade de sua vontade. Movem-se como autômatos em direção a seu terrível fim. Não têm o direito de escolha e a consciência morre, ou, então, se viver, viverá apenas para emprestar à rebeldia sua fascinação e à desobediência seu encanto. Sim, pois todos os pecados, como não se cansam de nos lembrar os teólogos, são pecados de desobediência. Quando aquele alto espírito, aquela estrela matutina do mal caiu do céu, foi como rebelde que caiu...

Insensível, concentrado no mal, com a mente contaminada e a alma faminta de rebelião, Dorian Gray continuou seu caminho, apressando o passo. Mas, ao entrar numa sombria arcada que muitas vezes lhe servia de atalho para levá-la ao antro que buscava, viu-se de repente agarrado por trás e, antes que tivesse tempo de defender-se, foi atirado contra a parede, sentindo uma mão brutal à volta do pescoço.

Lutou desesperadamente para salvar a vida e, com um terrível esforço, conseguiu afastar os dedos que o asfixiavam. Após alguns segundos, ouviu o estalido de um revólver e viu o brilho de um cano polido, apontado diretamente para sua cabeça, e o vulto apagado de um homem baixo e atarracado à sua frente.

– Que deseja? – perguntou, ofegante.

– Fique quieto – disse o homem. – Se fizer um movimento, mato-o.

– Está louco. Que lhe fiz eu?

– Você arruinou a vida de Sibyl Vane – foi a resposta. – Sibyl Vane era minha irmã. Suicidou-se. Sei disto. É você o responsável. Jurei que, em paga, eu o mataria. Durante anos, procurei-o. Não tinha nenhuma pista, nenhum vestígio. As duas pessoas que poderiam descrevê-lo estavam mortas. Eu não sabia nada de você, a não ser o nome carinhoso com que ela o chamava. Ouvi-o, hoje à noite, por acaso. Reconcilie-se com Deus, porque vai morrer.

Dorian Gray quase desmaiou de medo.

– Não a conheci – balbuciou. – Nunca ouvi falar nela. Você está louco.

– É melhor confessar seu pecado, porque, tão certo como me chamo James Vane, você vai morrer. – Foi um momento horrível. Dorian não sabia o que fazer. – De joelhos! – rosnou o homem. – Dou-lhe um minuto para fazer as pazes com Deus; nada mais. Embarco esta noite para a Índia e primeiro preciso cumprir minha missão. Um minuto, apenas.

Os braços de Dorian tombaram. Imobilizado pelo terror, não sabia o que fazer. De repente, uma louca esperança brilhou em seu espírito.

– Espere! – exclamou. – Há quantos anos sua irmã morreu? Depressa, diga-me!

– Há 18 anos – disse o homem. – Por que pergunta? Que importam os anos?

– Dezoito anos! – riu Dorian Gray, com expressão de triunfo na voz. – Dezoito anos! Leve-me para debaixo do lampião e olhe bem a minha cara!

James Vane hesitou por um momento, não compreendendo o que aquilo significava. Depois, agarrou Dorian Gray e arrastou-o para fora da arcada.

Embora a luz soprada pelo vento fosse vacilante e frouxa, serviu para mostrar-lhe o terrível erro que, ao que parecia, cometera, pois o rosto do homem que ele tentara matar tinha o viço da adolescência, a imaculada pureza da mocidade. Parecia ter pouco mais de vinte primaveras, sendo apenas um pouco mais velho, se é que o era, pensou James Vane, do que sua irmã Sibyl Vane, quando se tinham despedido, havia tantos anos... Evidentemente não era este o homem que lhe arruinara a vida.

Soltou Dorian e recuou, cambaleante.

– Meu Deus! Meu Deus! – exclamou. – E eu, que ia matá-lo!

Dorian Gray respirou profundamente.

– Esteve prestes a cometer um grande crime, homem – disse, fitando-o com severidade. – Que isto lhe sirva de advertência para não querer fazer justiça por suas próprias mãos.

– Perdoe-me, senhor – murmurou James Vane. – Enganei-me. Uma palavra ouvida ao acaso, naquele antro maldito, me pôs na pista errada.

– É melhor ir para casa e guardar o revólver, se não quiser ver-se metido em apuros – disse Dorian, virando nos calcanhares e descendo lentamente a rua.

James Vane ficou na calçada, horrorizado. Tremia da cabeça aos pés. Dali a pouco, uma sombra negra, que viera arrastando-se, colada à parede úmida, surgiu no trecho iluminado e aproximou-se, com passos furtivos. Ele sentiu uma mão em seu braço e virou-se, sobressaltado. Era uma das mulheres que estivera bebendo no bar.

– Por que não o matou? – sibilou ela, aproximando o rosto esquálido. – Eu sabia que você o seguia, quando saiu correndo do Daly. Tolo! Devia tê-lo matado. Ele tem montes de dinheiro e é mau, mau a mais não poder.

– Não é o homem que eu buscava – respondeu James Vane. – E eu não quero o dinheiro de ninguém. Quero a vida de um homem. O homem cuja vida eu quero deve estar beirando os 40 anos agora. Esse aqui é pouco mais do que um rapaz. Graças a Deus não manchei com seu sangue as minhas mãos.

A mulher soltou uma gargalhada amarga.

– Pouco mais que um rapaz! – zombou ela. – Ora, homem, há quase 18 anos que o Príncipe Encantado fez de mim o que sou.

– Você mente! – exclamou James Vane.

Ela ergueu a mão ao céu.

– Juro perante Deus que digo a verdade – exclamou.

– Perante Deus?

– Que eu fique muda, se assim não for. Ele é o pior de todos os que vêm aqui. Dizem que se vendeu ao diabo para conservar a formosura. Vai fazer 18 anos que o conheci. Ele não mudou muito, desde então. Mas eu, sim – acrescentou, com olhar triste e furtivo.

– Jura que isto é verdade?

– Juro – disseram os lábios murchos da mulher. – Mas não me denuncie a ele – gemeu. – Tenho medo. Dê-me algum dinheiro para a pousada hoje.

James Vane separou-se dela com uma blasfêmia e correu para a esquina, mas Dorian Gray desaparecera. Quando olhou para trás, a mulher também se fora.

17

Uma semana depois, Dorian Gray estava sentado no jardim de inverno de Selby Royal, conversando com a bonita duquesa de Monmounth, que juntamente com o marido sexagenário de ar cansado, figurava entre seus hóspedes. Era hora do chá e a luz suave do grande abajur de renda, pousado sobre a mesa, iluminava a louça delicada e o aparelho de prata lavrada com o qual a duquesa servia os convidados. Suas mãos alvas moviam-se graciosamente por entre as chávenas e seus lábios polpudos e vermelhos sorriam a algo que Dorian lhe segredara. Lorde Henry estava reclinado numa cadeira de vime estofada de seda, observando-os. Num sofá cor de pêssego achava-se lady Narborough, fingindo que ouvia a descrição que o duque fazia do último escaravelho brasileiro que acrescentara à sua coleção. Três jovens rapazes trajando requintados smokings ofereciam bolinhos às senhoras. A reunião constava de doze pessoas e outras eram esperadas no dia seguinte.

– De que estão falando? – perguntou lorde Henry, dirigindo-se para a mesa e ali descansando sua xícara. – Espero que Dorian lhe tenha falado de meu plano de rebatizar tudo, Gladys. É uma ideia encantadora.

– Mas não quero ser rebatizada, Harry – replicou a duquesa, fitando-o com seus olhos maravilhosos. – Estou muito satisfeita com o meu nome e tenho certeza de que o Sr. Gray está satisfeito com o dele.

– Querida Gladys, eu não mudaria esses dois nomes, por nada deste mundo. São ambos perfeitos. Estava pensando principalmente nas flores. Ontem apanhei uma orquídea, para a lapela. Era uma flor maravilhosa, toda manchada, tão vistosa quanto os sete pecados capitais. Num momento de irreflexão, perguntei a um dos jardineiros como se chamava. Ele disse que era um belo exemplar de *Robinsoniana*, ou qualquer coisa assim medonha. É uma triste verdade, mas perdemos a faculdade de dar belos nomes às coisas. O nome é tudo. Nunca me aborreço por causa de ações. Minha preocupação são as palavras. É esta a razão pela qual detesto o realismo vulgar em literatura. O homem que chama pá a uma pá deveria ser obrigado a usá-la. É só para isto que ele serve.

– Então, que nome lhe deveríamos dar, Harry? – perguntou ela.

– Seu nome é Príncipe Paradoxo – disse Dorian.

– Reconheço-o imediatamente – exclamou a duquesa.

– Nem quero ouvir falar nisto – riu lorde Henry, deixando-se cair numa cadeira. – Não se pode escapar a um rótulo! Recuso o título.

– As realezas não podem abdicar – foi a advertência feita por uns lindos lábios.

– Quer, então, defender meu trono?

– Quero.

– Eu digo as verdades de amanhã.

– Prefiro os erros de hoje – respondeu a duquesa.

– Você me desarma, Gladys – exclamou ele, percebendo-lhe a disposição de espírito.

– De seu escudo, Harry; não de sua lança.

– Nunca luto contra a beleza – disse ele, fazendo um gesto com a mão.

– É este o seu erro, Harry, acredite-me. Você dá excessivo valor à beleza.

– Como pode dizer isto? Admito que acho melhor ser belo do que bom. Mas, por outro lado, ninguém mais do que eu reconhece que é melhor ser bom do que feio.

– A fealdade é um dos sete pecados capitais, então? – exclamou a duquesa. – Que é feito de sua comparação com a orquídea?

– A fealdade é uma das sete virtudes capitais, Gladys. Você, como uma boa *tory*, não deve subestimá-la. A cerveja, a Bíblia e as sete virtudes capitais fizeram da Inglaterra o que ela é.

– Então, não gosta de sua pátria?

– Vivo nela.

– Para poder censurá-la melhor.

– Gostaria que eu aceitasse o veredicto da Europa sobre ela? – perguntou lorde Henry.

– Que dizem de nós?

– Que Tartufo emigrou para a Inglaterra e abriu uma loja.

– A frase é sua, Harry?

– Dou a você de presente.

– Não. Eu não poderia usá-la. É excessivamente verdadeira.

– Não precisa ter medo. Nossos compatriotas nunca reconhecem uma descrição.

– São práticos.

– São mais astutos do que práticos. Quando fazem sua escrituração, compensam a estupidez com a fortuna e o vício com a hipocrisia.

– Mesmo assim, fizeram grandes coisas.

– Grandes coisas nos foram atiradas, Gladys.

– Carregamos seu fardo.

– Até a Bolsa de Mercadorias, apenas.

Ela balançou a cabeça.

– Acredito na raça – exclamou.

– Representa a sobrevivência dos empreendedores.

– Tem capacidade de desenvolvimento.

– A decadência fascina-me mais.

– Que me diz da arte?

– É uma doença.

– O amor?

– Uma ilusão.

– A religião?

– O substituto, em moda, da Crença.

– Você é cético.

– Jamais! O ceticismo é o começo da Fé.

– Que é você?

– Definir é limitar.

– Dê-me uma pista.

– Os fios quebram-se. Você se perderia no labirinto.

– Você me confunde. Vamos falar de outra coisa.

– Nosso anfitrião é um assunto maravilhoso. Há anos ele foi apelidado Príncipe Encantado.

– Ah, não venha lembrar-me isto! – exclamou Dorian Gray.

– Nosso anfitrião está de péssimo humor hoje – disse a duquesa, corando. – Creio que ele julga que Monmouth se casou comigo por princípios puramente científicos, como o melhor espécime que pôde encontrar de uma moderna borboleta.

– Bem, espero que ele não a crive de alfinetes, duquesa – riu Dorian.

– Ah, minha criada já faz isto, Sr. Gray, quando se aborrece comigo.

– E por que motivo se aborrece, duquesa?

– Pelas coisas mais banais, Sr. Gray, garanto-lhe. Geralmente porque entro em casa às dez para as nove e lhe digo que preciso estar vestida às oito e meia.

– Que criatura pouco razoável! Devia despedi-la.

– Não me atrevo, Sr. Gray. Ora, ela me cria chapéus. Lembra-se do que usei no *garden-party* de lady Hilstone? Não se lembra, mas é gentil de sua parte fingir que sim. Pois bem, ela o fez com nada. Todos os bons chapéus são feitos com nada.

– Assim como todas as boas reputações, Gladys – interrompeu lorde Henry. – Cada êxito que obtemos nos traz um inimigo. Para uma pessoa ser popular é preciso ser medíocre.

– Isto não acontece com as mulheres – declarou a duquesa, balançando a cabeça. – E as mulheres governam o mundo.

Asseguro-lhe que não suporto os medíocres. Nós, as mulheres, como disse alguém, amamos com os ouvidos, assim como os homens amam com os olhos, se é que amam.

– Parece-me que não fazemos outra coisa – murmurou Dorian.

– Ah, então o senhor nunca ama realmente, Sr. Gray – respondeu ela, com fingida tristeza.

– Minha querida Gladys! – exclamou lorde Henry. – Como pode dizer isto? O romance vive pela repetição e a repetição converte o apetite numa arte. Além do mais, cada vez que uma pessoa ama, é a única vez que amou. A diferença de objeto não altera a singularidade da paixão. Apenas a intensifica. Na vida podemos ter, no máximo, uma grande experiência, e o segredo da vida é reproduzir essa experiência o mais frequentemente possível.

– Mesmo quando fomos feridos por ela, Harry? – perguntou a duquesa, após uma pausa.

– Principalmente quando fomos feridos por ela – respondeu lorde Henry.

A duquesa voltou-se e fitou Dorian Gray com curiosa expressão nos olhos.

– Que diz disto, Sr. Gray? – perguntou.

Dorian hesitou por um momento. Depois atirou a cabeça para trás e riu.

– Sempre concordo com Harry, duquesa.

– Mesmo quando ele se engana?

– Harry jamais se engana, duquesa.

– E a filosofia dele o torna feliz?

– Nunca procurei a felicidade. Quem quer saber de felicidade?... Tenho procurado o prazer.

– E encontrou-o, Sr. Gray?

– Muitas vezes. Demais, até.

A duquesa suspirou.

– Eu estou procurando paz – disse ela. – E, se não for vestir-me, não terei nenhuma hoje à noite.

– Deixe-me oferecer-lhe algumas orquídeas, duquesa – exclamou Dorian Gray, pondo-se de pé e dirigindo-se para a extremidade da estufa.

– Você está flertando vergonhosamente com ele – disse lorde Henry à sua prima. – É melhor ter cuidado. Dorian é realmente fascinante.

– Se não o fosse, não haveria luta.

– Grego contra grego, então?

– Estou do lado dos troianos. Eles lutavam por uma mulher.

– Foram vencidos.

– Há coisas piores do que a derrota – respondeu ela.

– Você galopa à rédea solta.

– A velocidade dá vida – foi a *riposte*.

– Vou anotar no meu diário.

– Anotar o quê?

– Que uma criança queimada gosta de fogo.

– Não estou nem mesmo chamuscada. Minhas asas continuam intactas.

– Você usa-as para tudo, menos para voar.

– A coragem passou dos homens para as mulheres. É uma nova experiência para nós.

– Você tem uma rival.

– Quem?

Ele riu e murmurou:

– Lady Narborough. Tem verdadeira adoração por ele.

– Você me assusta. O culto pela antiguidade nos é fatal, a nós, as românticas.

– Românticas! Vocês têm os métodos da ciência.

– Foram os homens que nos educaram.

– Mas não as explicaram.

– Descreva-nos como sexo – desafiou a duquesa.

– Esfinges sem segredos.

Ela fitou-o, sorrindo.

– Como o Sr. Gray está demorando! – disse. – Vamos ajudá-lo. Ainda não lhe disse a cor de meu vestido.

– Ah! Você deverá combinar o vestido com as flores, Gladys.

– Isto seria uma capitulação prematura.

– A arte romântica começa com seu clímax.

– Preciso reservar-me uma oportunidade de retirada.

– À moda dos partos?*

– Eles encontravam segurança no deserto. Eu não poderia fazer isto.

– As mulheres nem sempre têm o direito de escolha – respondeu ele.

Apenas acabara a frase, ouviu-se, no fim da estufa, um gemido abafado e o som de um baque pesado. Todos se puseram de pé. A duquesa ficou paralisada pelo terror. Com expressão receosa no olhar, lorde Henry precipitou-se por entre as folhas balouçantes das palmeiras e foi encontrar Dorian Gray caído de bruços, no chão ladrilhado, tendo perdido completamente os sentidos.

Levaram-no imediatamente para o salão azul e deitaram-se num dos sofás. Após alguns minutos ele voltou a si e olhou à volta, com ar atordoado.

– Que aconteceu? – perguntou. – Oh, lembro-me. Estou seguro aqui, Harry? – Começou a tremer.

– Meu caro Dorian, você desmaiou, apenas – respondeu lorde Henry. – Nada mais. Deve ser excesso de cansaço. É melhor não descer para o jantar. Tomarei seu lugar.

– Não. Vou descer – disse Dorian, levantando-se com dificuldade. – Prefiro descer. Não devo ficar só.

---

*Antigo povo da Cítia. (*N. da T.*)

Foi para o quarto e vestiu-se. Quando se sentou à mesa, havia em sua atitude uma temerária alegria, mas de vez em quando um estremecimento de terror o sacudia, ao lembrar-se de que vira contra a janela da estufa, tal lenço branco, o rosto de James Vane a espreitá-lo.

18

No dia seguinte, não saiu de casa, passando mesmo a maior parte do tempo no quarto, com um medo doentio de morrer e, no entanto, indiferente à vida. A ideia de que estava sendo perseguido, acuado, espionado, começara a dominá-lo. Quando uma cortina se agitava ao vento, ele estremecia. As folhas mortas que esvoaçavam contra as vidraças pareciam-lhe suas resoluções desperdiçadas e seus loucos arrependimentos. Quando fechava os olhos, via de novo o rosto do marinheiro, espiando pelo vidro embaçado, e o horror parecia mais uma vez comprimir-lhe o coração.

Mas, talvez tivesse sido apenas sua imaginação que fizera surgir a vingança das sombras da noite, que colocara ante seus olhos os hediondos vultos do castigo. A vida real era um caos, mas havia algo de terrivelmente lógico na imaginação. Era a imaginação que lançava o remorso no rastro do pecado. Era a imaginação que dava a cada crime sua prole disforme. No vulgar mundo dos fatos, os maus não eram punidos nem os bons recompensados. O sucesso era o quinhão dos fortes, o fracasso atirado aos fracos. Apenas isto. Além do mais, se um estranho estivesse rondando a casa, teria sido visto pelos empregados ou pelos guardas. Se houvesse pegadas nos canteiros, os jardineiros teriam vindo contar-lhe. Sim, fora apenas imaginação.

O irmão de Sibyl Vane não voltara para matá-lo. Partira com seu navio para naufragar em algum distante e gélido mar. Daquele, pelo menos, Dorian estava livre. Ora, o homem não sabia quem ele era, não podia saber. A máscara da mocidade salvara Dorian Gray.

E, no entanto, mesmo que tivesse sido apenas ilusão, era terrível pensar que a consciência podia criar tão aterradores fantasmas, dar-lhes forma visível, fazê-los moverem-se à nossa frente! Que espécie de vida iria ser a dele se, dia e noite, as sombras do crime viessem espiá-lo, surgindo de cantos silenciosos, saindo de lugares secretos para zombar dele, vindo murmurar em seus ouvidos quando estivesse sentado a um banquete, acordá-lo com dedos gélidos quando adormecido! Quando este pensamento se insinuou em sua mente, ele empalideceu de terror e a atmosfera pareceu tornar-se subitamente mais fria. Oh!, em que maldita hora de loucura matara o amigo! Pavorosa, a simples recordação da cena! Viu-a, outra vez. Cada espantoso detalhe voltava-lhe, acrescido de um novo horror. Da negra caverna do tempo, terrível e vestida de escarlate, surgia a imagem do seu pecado. Quando chegou, às seis horas, lorde Henry encontrou-o chorando, como alguém que tivesse o coração partido.

Somente depois do terceiro dia foi que se aventurou a sair. Naquela manhã de inverno havia no ar límpido, impregnado do odor dos pinheiros, algo que pareceu trazer-lhe novamente a alegria e o amor à vida. Mas não haviam sido apenas as condições físicas do ambiente a causa de tal mudança. Sua própria natureza revoltara-se contra o excesso de angústia que procurara mutilar e empanar a perfeição de sua calma. É o que sempre acontece com temperamentos sutis e requintados. Suas paixões fortes machucam, ou cedem. Ou matam o homem, ou elas próprias morrem. As tristezas superficiais e os amores superficiais perduram. Os grandes amores e as grandes tristezas são destruídos por sua própria plenitude. Além do mais, ele convencera-se de que fora vítima de uma imaginação aterrorizada e encarava agora seus receios com um pouco de piedade e não mero desprezo.

Após o almoço, caminhou com a duquesa durante uma hora, no jardim, depois atravessou o parque, indo juntar-se aos que caçavam. A geada parecia sal sobre a grama. O céu era uma taça invertida de metal azul. Fina camada de gelo cercava o lago cheio de juncos.

No canto da mata, viu Sir Geoffrey Clouston, irmão da duquesa, extraindo da espingarda dois cartuchos queimados. Dorian pulou do carro e, tendo dito ao empregado que levasse a égua para casa, dirigiu-se para seu hóspede, através das samambaias murchas e das plantas rasteiras.

– Teve uma boa caçada, Geoffrey? – perguntou.

– Não muito, Dorian. Creio que a maioria dos pássaros foi para o descampado. Espero ter mais sorte depois do almoço, quando formos a outro lugar.

Dorian caminhou a seu lado. O ar crispante e perfumado, as luzes vermelhas e marrons que brilhavam na mata, os gritos roucos dos batedores, soando de quando em quando, as detonações secas das espingardas, que se lhes seguiam, fascinavam-no, causando-lhe sensação de deliciosa liberdade. Sentia-se dominado pela despreocupação da felicidade, pela suprema indiferença da alegria.

De repente, de uma densa moita de capim velho, a alguns metros à frente deles, surgiu uma lebre, bem espetadas as orelhas de pontas pretas, os longos membros traseiros prontos para o pulo. Saltou em busca de um amontoado de amieiros. Sir Geoffrey pôs a espingarda no ombro, mas havia tanta graça de movimento no animal que Dorian se encantou e gritou imediatamente:

– Não atire, Geoffrey! Deixe-a viver.

– Que tolice, Dorian! – riu o outro e, quando a lebre pulou para a moita, atirou.

Ouviram-se dois gritos, o grito de uma lebre que sofre, que é horrível, e o grito de um homem ferido, que é pior.

– Deus do céu, atingi um batedor! – exclamou Sir Geoffrey. – Que idiota, vir pôr-se à frente das espingardas! Parem de atirar aí! – gritou, o mais alto possível. – Um homem foi ferido.

O chefe dos batedores veio correndo, com um bastão na mão.

– Onde, senhor? Onde está ele? – gritou. No mesmo instante, o fogo cessou em toda a linha.

– Aqui – respondeu Sir Geoffrey colericamente, precipitando-se para a moita. – Por que cargas-d'água não conserva seus homens atrás? Isto estragou minha caçada para o resto do dia.

Dorian observou-os, quando mergulharam no amontoado de amieiros, afastando os galhos macios e balouçantes. Dali a momentos, surgiram de novo, arrastando um corpo para a claridade do sol. Dorian virou-se para o outro lado, apavorado. Pareceu-lhe que a desgraça o seguia, aonde quer que fosse. Ouviu Sir Geoffrey perguntar se o homem estava realmente morto e a resposta afirmativa do batedor. Pareceu-lhe que a mata subitamente se enchia de rostos. Ouvia-se o tropel de miríades de pés e um surdo ruído de vozes. Um grande faisão de peito cor de cobre surgiu, voando através dos ramos altos.

Após momentos que, no estado de perturbação em que se achava Dorian, lhe pareceram infindáveis horas de dor, a mão de alguém descansou em seu ombro. Ele teve um sobressalto e voltou-se.

– Dorian, é melhor eu avisar que a caçada está terminada por hoje – disse lorde Henry. – Não ficaria bem continuarmos.

– Eu gostaria que terminasse para sempre, Harry – respondeu ele, amargamente. – É uma coisa hedionda, cruel. O homem está...?

Não pôde terminar a frase.

– Infelizmente, creio que sim – respondeu lorde Henry. – Recebeu toda a carga no peito. Deve ter morrido quase que instantaneamente. Venha, Vamos para casa.

Caminharam lado a lado, em direção à avenida, permanecendo em silêncio durante mais ou menos cinquenta metros. Depois, Dorian olhou para lorde Henry e disse, com um profundo suspiro:

– É mau agouro, Harry, muito mau agouro.

– O quê? Oh, este acidente, suponho – disse lorde Henry. – Meu caro, não há remédio. Foi culpa do homem. Por que se pôs diante das espingardas? Além do mais, isto nada significa para nós. É meio aborrecido para Geoffrey, naturalmente. Não fica bem chumbar os batedores. Dá impressão de que se é mau atirador. E Geoffrey não o é; atira muito bem. Mas não adianta falar no assunto.

Dorian balançou a cabeça.

– É mau agouro, Harry. Sinto que uma coisa terrível está para acontecer a algum de nós. A mim, pelo menos – acrescentou, passando a mão nos olhos, com gesto de dor.

O homem mais velho riu.

– A única coisa horrível no mundo é o tédio. Dorian. É este o pecado para o qual não há perdão. Mas não é provável que ele nos atinja, a não ser que aqueles sujeitos comecem a falar neste caso ao jantar. Preciso dizer-lhes que o assunto é tabu. Quanto a agouros, não existe tal coisa. O Destino não nos manda arautos. É muito sábio, ou muito cruel, para isto. Além do mais, que é que poderia acontecer-lhe, Dorian? Você tem tudo o que uma pessoa possa desejar. Não existe ninguém que não estivesse disposto a trocar de lugar com você.

– Não existe ninguém com quem eu não quisesse trocar de lugar, Harry. Não ria deste jeito. Estou dizendo a verdade. O infeliz camponês que acaba de morrer está melhor do que eu. Não tenho medo da Morte. É a aproximação da Morte que me apavora. Suas asas monstruosas parecem esvoaçar na atmosfera plúmbea à minha volta. Deus do céu! Não vê um homem movendo-se atrás das árvores, espreitando-me, esperando por mim?

Lorde Henry olhou na direção que a trêmula mao enluvada indicava.

– Sim, vejo o jardineiro à sua espera – respondeu, sorrindo. – Com certeza quer perguntar-lhe que flores você deseja para o jantar, hoje à noite. Seu nervosismo é absurdo, caro amigo! Precisa ir ver o meu médico quando voltarmos à cidade.

Dorian soltou um profundo suspiro de alívio ao ver o jardineiro aproximar-se. O homem tocou o chapéu, relanceou o olhar para lorde Henry, de maneira hesitante, e apresentou uma carta ao patrão.

– Sua Graça me disse que esperasse resposta – murmurou ele.

Dorian pôs a carta no bolso.

– Diga a Sua Graça que irei – respondeu, friamente. O homem voltou-se e tomou rapidamente a direção da casa.

– Como as mulheres gostam de fazer coisas perigosas! – riu lorde Henry. – É uma de suas qualidades que mais admiro. Uma mulher flertará com qualquer um, contanto que os outros estejam olhando.

– Como você gosta de dizer coisas perigosas, Harry! No caso presente; está longe da verdade. Gosto muito da duquesa, mas não a amo.

– E a duquesa o ama muito, mas gosta menos de você, de modo que estão admiravelmente combinados.

– O que você está dizendo é um escândalo, Harry, e nunca há base para o escândalo!

– A base de todo escândalo é uma certeza imoral – disse lorde Henry, acendendo um cigarro.

– Você sacrificaria qualquer um, Harry, por causa de um epigrama.

– O mundo vai ao altar por vontade própria – foi a resposta.

– Eu gostaria de poder amar – exclamou Dorian Gray, com profunda tristeza na voz. – Mas parece que perdi a capacidade de sentir paixão e esqueci o desejo. Estou por demais concentrado em mim mesmo. Minha própria personalidade tornou-se um fardo para mim. Quero escapar, fugir, esquecer. Foi tolice minha ter vindo aqui. Creio que vou mandar um telegrama a Harvey, para que apronte o iate. Num iate, está-se a salvo.

– A salvo de quê, Dorian? Você está em apuros. Por que não me diz o que há? Sabe que eu o ajudaria.

– Não posso dizer-lhe, Harry – respondeu ele, tristemente. – E talvez seja apenas imaginação minha. Este infeliz acidente perturbou-me. Tenho o terrível pressentimento de que algo parecido poderá acontecer-me.

– Que tolice!

– Espero que seja tolice, mas não posso deixar de sentir receio. Ah! Eis a duquesa, parecendo Ártemis, num costume elegante. Vê que voltamos, duquesa!

– Soube de tudo, Sr. Gray – respondeu ela. – O pobre Sir Geoffrey está muito perturbado. E parece que o senhor pediu-lhe que não atirasse na lebre. Que curioso!

– Sim, foi muito curioso. Não sei o que me fez dizer aquilo. Algum capricho, provavelmente. Parecia a mais linda das coisinhas vivas. Mas lamento que lhe tenham contado o que aconteceu ao homem. É um assunto horrível.

– É um assunto aborrecido – interrompeu lorde Henry. – Não tem nenhum interesse psicológico. Agora, se Geoffrey tivesse feito aquilo de propósito, como seria interessante! Gostaria de conhecer alguém que tivesse cometido um verdadeiro assassinato.

– Que horror, Harry! – exclamou a duquesa. – Não é mesmo, Sr. Gray? Harry, o Sr. Gray está se sentindo mal outra vez. Vai desmaiar.

Dorian aprumou-se com esforço e sorriu.

– Não foi nada, duquesa – murmurou. – Meus nervos estão em péssimo estado. Apenas isto. Creio que andei demais hoje de manhã. Não ouvi o que Harry disse. Foi muito mau? Precisa contar-me o que foi em outra ocasião. Acho que vou deitar-me. Espero que me desculpem, sim?

Chegaram ao grande lance de escada que levava da estufa ao terraço. Quando a porta de vidro se fechou atrás de Dorian, lorde Henry voltou-se e fitou a duquesa com seus olhos sonolentos.

– Está muito apaixonada por ele? – perguntou.

Ela não respondeu durante algum tempo e ficou contemplando a paisagem.

– Gostaria de saber – respondeu, finalmente.

Ele balançou a cabeça.

– O conhecimento seria fatal. É a incerteza que nos encanta. A névoa torna as coisas maravilhosas.

– Podemos perder o caminho.

– Todos os caminhos acabam no mesmo ponto, cara Gladys.

– Que ponto?

– A desilusão.

– Foi o meu *début* na vida – suspirou a moça.

– Mas trouxe-lhe uma coroa.

– Estou cansada de folhas de morango.*

– Assentam-lhe bem.

– Somente em público.

– Você sentiria a falta delas – disse lorde Henry.

– Não me separei de uma só pétala.

– Monmouth tem ouvidos.

– A velhice tem o ouvido duro.

– Ele nunca teve ciúmes?

– Gostaria que tivesse tido.

---

*Adorno heráldico das coroas ducais. (*N. da T.*)

Lorde Henry olhou à volta, como se buscasse alguma coisa.

– Que está procurando? – perguntou a duquesa.

– O botão de seu florete – respondeu ele. – Você o deixou cair.

Ela riu.

– Ainda tenho a máscara.

– Torna seus olhos mais lindos – replicou lorde Henry.

A duquesa riu de novo. Seus dentes pareciam sementes brancas num fruto vermelho.

Lá em cima, em seu quarto, Dorian Gray estava deitado no sofá, sentindo terror em todas as fibras do corpo. A vida de repente se lhe tornara um fardo hediondo demais para ser suportado. A horrível morte do infeliz batedor, ferido na moita como um animal selvagem, parecia-lhe a prefiguração de sua morte. Ele quase desmaiara, ao ouvir o que lorde Henry disse em tom de cínica brincadeira.

Às cinco da tarde, tocou a campainha chamando o criado e deu-lhe ordem de aprontar a mala para o expresso da noite, que ia para a cidade, e de ter o carro à porta, às oito e meia. Estava decidido a não dormir nem mais uma noite em Selby Royal. Era um lugar agourento. A Morte ali caminhava em pleno dia. A relva da mata manchara-se de sangue.

Depois escreveu um bilhete a lorde Henry, dizendo-lhe que ia à cidade consultar o médico e pedindo-lhe que cuidasse dos hóspedes, em sua ausência. Quando o colocava no envelope, ouviu uma batida à porta e o criado de quarto informou-o de que o chefe dos guardas desejava vê-lo. Dorian franziu a testa e mordeu o lábio.

– Mande-o entrar – murmurou, após alguns momentos de hesitação.

Assim que o homem apareceu, Dorian tirou o livro de cheques de uma gaveta e abriu-o à sua frente.

– Será que veio por causa do infeliz acidente de hoje de manhã, Thornton? – perguntou, apanhando uma caneta.

– Sim, senhor – respondeu o guarda.

– O coitado era casado? Tinha dependentes? – perguntou Dorian, parecendo entediado. – Neste caso, não quero que passem necessidade e lhes mandarei a soma de dinheiro que você julgar adequada.

– Não sabemos quem é, senhor. Foi por isto que tomei a liberdade de vir procurá-lo.

– Não sabem quem é? – disse Dorian, com ar distraído. – Que quer dizer? Não era um dos nossos homens?

– Não, senhor. Nunca o tinha visto, até então. Parece marinheiro.

A caneta caiu das mãos de Dorian Gray e ele teve impressão de que o seu coração parara de bater.

– Marinheiro? – exclamou. – Você disse marinheiro?

– Sim, senhor. Ele parece ter sido uma espécie de marinheiro; tem tatuagens em ambos os braços, e tudo mais.

– Encontraram nele alguma coisa? – perguntou Dorian, inclinando-se para a frente e fitando o homem com olhar assustado. – Qualquer coisa que revele o seu nome?

– Encontramos algum dinheiro, senhor, não muito, e um revólver de seis tiros. Não havia nome algum. Um sujeito de aspecto decente, senhor, mas rude. Uma espécie de marinheiro, foi o que pensamos.

Dorian pôs-se de pé. Uma terrível esperança o perpassou. Agarrou-a desesperadamente.

– Onde está o corpo? – exclamou. – Depressa! Preciso vê-lo imediatamente.

– Está numa cocheira vazia, na granja, senhor. Ninguém gosta dessas coisas em casa. Dizem que um cadáver dá azar.

– Na granja! Vá para lá imediatamente e fique à minha espera. Diga a um dos criados que traga o meu cavalo. Não. Não se incomode. Eu mesmo irei às cocheiras. Será mais rápido.

Em menos de um quarto de hora, Dorian Gray galopava a toda pela avenida. As árvores passavam por ele em procissão espectral; loucas sombras surgiam em seu caminho. Neste dado momento, a égua espantou-se com um poste branco e quase o derrubou. Dorian bateu-lhe no pescoço com o chicote. Ela cortou a penumbra como uma flecha. As pedras saltavam sob seus cascos.

Finalmente chegou à granja. Dois homens vadiavam no pátio. Dorian pulou da sela e atirou as rédeas a um deles. Na última cocheira, brilhava uma luz. Alguma coisa lhe dizia que o corpo estava lá, e ele correu para a porta, pondo a mão no trinco.

Parou, então, por um momento, sentindo que estava à beira de uma descoberta que iria salvar ou arruinar sua vida. Depois, empurrou a porta e entrou.

Sobre um monte de sacos, no canto mais afastado, estava o cadáver de um homem trajando uma camisa grosseira e umas calças azuis. Um lenço manchado fora colocado sobre o rosto. Uma vela tosca, colocada numa garrafa, ardia a seu lado.

Dorian Gray estremeceu. Sentiu que sua mão não poderia afastar o lenço e chamou um dos empregados da fazenda.

– Tire isto do rosto. Quero vê-lo – disse, apoiando-se ao batente da porta.

Depois que o empregado obedeceu, ele aproximou-se. Um grito de alegria escapou-lhe dos lábios. O homem que levara o tiro na moita era James Vane.

Ali ficou durante alguns minutos, olhando o morto. Quando cavalgava de volta em direção a sua casa, tinha os olhos marejados de lágrimas, porque sabia que estava salvo.

19

— Não adianta dizer-me que vai ser bom – exclamou lorde Henry, molhando a ponta dos dedos brancos numa lavanda de cobre vermelho, cheia de água de rosas. – Você é perfeito. Por favor, não mude.

Dorian Gray balançou a cabeça.

– Não, Harry, fiz muitas coisas horríveis, na vida. Não vou mais fazê-las. Iniciei ontem minhas boas ações.

– Onde esteve ontem?

– No campo, Harry. Numa pequena estalagem, sozinho.

– Meu caro rapaz, qualquer pessoa pode ser boa, no campo – disse lorde Henry, sorrindo. – Ali não há tentações. É esta a razão pela qual as pessoas que vivem longe da cidade são tão completamente incivilizadas. A civilização não é absolutamente uma coisa fácil de se atingir. Há apenas duas maneiras de um homem alcançá-la. Uma é ser culto, a outra é ser corrupto. A gente do campo não tem oportunidade para nenhuma delas, de modo que fica estagnada.

– Cultura e corrupção – repetiu Dorian. – Conheci um pouco de ambas as coisas. Parece-me agora terrível que possam ser encontradas juntas. Sim, pois tenho um novo ideal, Harry. Vou mudar. Creio que já mudei.

– Ainda não me contou qual foi sua boa ação. Ou disse que fez mais de uma? – perguntou o companheiro de Dorian, espalhando no prato uma pequena pirâmide de morangos rubros e despejando-lhes em cima, com uma colher perfurada, em forma de concha, uma nuvem de açúcar branco.

– Vou dizer-lhe, Harry. Não é história que eu pudesse contar a qualquer outra pessoa. Poupei alguém. Parece tolice, mas você compreende o que quero dizer. Ela era linda e parecia-se extraordinariamente com Sibyl Vane. Creio que foi isto o que primeiramente me atraiu nela. Você se lembra de Sibyl, não é? Parece que foi há tanto tempo! Pois bem, Hetty não pertencia à nossa classe, é claro. Era apenas uma moça da aldeia. Mas eu a amava sinceramente. Tenho certeza disso. Neste maravilhoso mês de maio que temos tido, ia vê-la duas ou três vezes por semana. Ontem, encontramo-nos num pequeno pomar. As flores de macieira caíam sobre seus cabelos, e ela ria. Deveríamos fugir esta madrugada. De repente, resolvi deixá-la tão pura como a havia encontrado.

– Calculo que a novidade da emoção lhe tenha causado verdadeiro prazer, Dorian – interrompeu lorde Henry. – Mas posso terminar por você a história de seu idílio. Deu bons conselhos à moça e partiu-lhe o coração. Foi este o começo de sua reforma.

– Harry, você é horrível! Não deve dizer coisas tão más. O coração de Hetty não se partiu. Claro que ela chorou, e tudo mais. Mas não ficou desonrada. Pode viver, como Perdita, em seu jardim de hortelã e malmequeres.

– E chorar por um Florizel infiel – disse lorde Henry, rindo, ao reclinar-se na cadeira. – Meu caro Dorian, você tem caprichos curiosamente infantis. Acredita que esta moça jamais possa contentar-se com alguém de sua classe? Provavelmente se casará um dia com algum rude carroceiro, ou um lavrador sorridente. Pois bem, o fato de tê-lo conhecido, Dorian, conhecido e amado, fará com que despreze o marido e ela se sentirá profundamente infeliz. Do ponto de vista moral, não posso dizer que aprecie muito sua grande renúncia. Mesmo como início, é pobre. Além do mais, como é que sabe que Hetty não está, a esta hora, boiando nalgum poço iluminado pelas estrelas, rodeada de nenúfares, como Ofélia?

– Isto é insuportável, Harry! Você zomba de tudo e depois sugere as mais sérias tragédias. Lamento, agora, ter-lhe contado este caso. Não me importo com o que possa dizer-me. Sei que agi bem. Pobre Hetty! Quando passei pela fazenda, hoje de manhã, vi seu rosto pálido, à janela, como um ramo de jasmins. Não falemos mais nisto e não tente convencer-me de que a primeira boa ação que cometi, em muitos anos, o primeiro sacrificiozinho que jamais fiz, seja realmente uma espécie de pecado. Quero tornar-me melhor. Vou ser melhor. Conte-me alguma coisa a seu respeito. Que está acontecendo na cidade? Há dias não vou ao clube.

– Estão ainda discutindo o desaparecimento do coitado do Basil.

– Pensei que já se tivessem cansado disso – declarou Dorian, servindo-se de vinho e franzindo ligeiramente a testa.

– Meu caro, estão falando só há seis semanas e os ingleses não suportam o esforço mental de ter mais de um assunto no espaço de três meses. Em todo o caso, têm tido muita sorte, ultimamente. Primeiro, o meu divórcio; depois, o suicídio de Alan Campbell. Agora eles têm o misterioso desaparecimento de um artista. A Scotland Yard ainda insiste em que o homem de sobretudo cinzento, que partiu para Paris no trem da meia-noite, no dia nove de novembro, era o pobre Basil, mas a polícia francesa declara que ele não chegou a Paris. Suponho que daqui a 15 dias nos venham dizer que foi visto em São Francisco. É esquisito, mas todas as pessoas que desaparecem são vistas em São Francisco. Deve ser uma cidade deliciosa e deve possuir todas as atrações do outro mundo.

– Em sua opinião, que aconteceu a Basil? – perguntou Dorian, erguendo o copo de Borgonha contra a luz e admirando-se por poder discutir o assunto com tanta calma.

– Não tenho a mínima ideia. Se Basil quer ocultar-se, é assunto que não me diz respeito. Se estiver morto, não desejo pensar nele. A morte é a única coisa que me apavora. Detesto-a.

– Por quê? – perguntou Dorian.

– Porque hoje em dia se pode sobreviver a tudo, exceto a isto – disse lorde Henry, passando sob as narinas o gradil dourado de um galheteiro de vinaigrette aberto. – A morte e a vulgaridade são as duas únicas coisas do século XIX que não podem ser explicadas. Vamos tomar café na sala de música, Dorian. Você precisa tocar qualquer coisa de Chopin para mim. O homem com quem minha mulher fugiu executava Chopin de maneira deliciosa. Pobre Victoria! Eu gostava muito dela. A casa ficou vazia com sua ausência. Claro que a vida de casado é apenas um hábito, um mau hábito. Mas lamentamos a perda até mesmo de nossos piores hábitos. Talvez lamentemos mais ainda estes do que os outros. Fazem parte integrante de nossa personalidade.

Dorian não disse nada. Levantou-se da mesa e, passando para o aposento contíguo, sentou-se ao piano e correu os dedos distraidamente pelo marfim branco e negro do teclado. Depois que foi servido o café, parou e, fitando lorde Henry, disse:

– Harry, alguma vez lhe ocorreu que Basil talvez tenha sido assassinado?

Lorde Henry bocejou.

– Basil era muito popular e sempre usava um relógio Waterbury. Por que haveria de ser assassinado? Ele não era suficientemente inteligente para ter inimigos. Claro que era um gênio na pintura. Mas um homem pode pintar como Velásquez e ser muito enfadonho. Basil era deveras enfadonho. Só me despertou interesse uma vez, quando me contou, há anos, que tinha por você uma verdadeira idolatria e que você era o motivo dominante de sua arte.

– Eu gostava muito de Basil – disse Dorian, com uma nota de tristeza na voz. – Mas não comentam que ele foi assassinado?

– Oh, alguns jornais, sim. Mas a mim não me parece absolutamente provável. Sei que em Paris há antros horríveis, mas Basil não era homem de frequentá-los. Não sentia curiosidade. Era este o seu maior defeito.

– Que diria você, Harry, se eu lhe contasse que matei Basil? – perguntou Dorian e ficou observando o amigo atentamente

– Eu diria, meu caro, que estava representando um papel que absolutamente não lhe convinha. Todo crime é vulgar, como toda vulgaridade é crime. Você não é tipo de cometer um assassinato, Dorian. Desculpe-me se lhe feri a vaidade dizendo isso, mas garanto-lhe que é verdade. O crime pertence exclusivamente às classes inferiores. Não as censuro, de modo algum. Imagino, no entanto, que o assassinato seja para elas o que a arte é para nós, simplesmente um método de se conseguir sensações extraordinárias.

– Um método de se conseguir sensações? Acha, então, que um homem que cometeu um assassinato poderia cometer o mesmo crime outra vez? Não diga isto.

– Oh, qualquer coisa se torna um prazer quando é feita com bastante frequência – exclamou lorde Henry, rindo. – É este um dos mais importantes segredos da vida. Creio, no entanto, que o assassinato é sempre um erro. Não se deve fazer uma coisa de que não se possa falar após o jantar. Mas, deixemos o pobre Basil. Gostaria de poder acreditar que ele teve um fim realmente romântico, como o que você sugere; mas não posso. Talvez tenha caído de um ônibus, no Sena, e o motorista abafou o escândalo. Sim, imagino ter sido este o seu fim. Vejo-o deitado de costas, jazendo sob aquelas águas de um tom verde-escuro, as pesadas barcaças navegando acima dele, ervas longas emaranhando-se em seus cabelos. Sabe, não creio que Basil conseguisse fazer outras obras de valor. Nos últimos dez anos, sua pintura decaíra muito.

Dorian soltou um suspiro e lorde Henry atravessou a sala, indo afagar a cabeça de um curioso papagaio javanês, pássaro de grandes penas cinzentas, com crista e rabo cor-de-rosa, que se equilibrava num poleiro de bambu. Quando seus dedos afilados o tocaram, o pássaro baixou sobre os olhos vidrados as pálpebras brancas e enrugadas e começou a balançar-se para a frente e para trás.

– É verdade – continuou lorde Henry, voltando-se e tirando um lenço do bolso. – Sua pintura decaíra bastante. Parecia-me que o pintor perdera alguma coisa. Perdera um ideal. Quando você e ele deixaram de ser amigos, Basil deixou de ser um grande artista. Que foi que os separou? Creio que ele o entediava, Dorian. Se foi isto, ele nunca o perdoou. É um hábito que as pessoas maçantes têm. Por falar nisto, que fim levou aquele magnífico retrato seu que ele pintou? Creio que nunca mais o vi, depois de pronto. Oh! Lembro-me que você me disse, há anos, que o mandara para Selby e que se perdera, ou fora roubado no caminho. Nunca o recuperou? Que pena! Era de fato uma obra-prima. Recordo-me de que eu o quis comprar. Antes o tivesse comprado. Pertencia à melhor época de Basil. Desde então, sua obra tem aquela estranha combinação de má pintura e boas intenções, que sempre dá ao homem o direito de ser chamado um artista inglês representativo. Você anunciou que se extraviara? Devia ter anunciado.

– Não me lembro – declarou Dorian. – Com certeza anunciei. Mas nunca o apreciei muito. Arrependo-me, mesmo, de ter posado. A recordação daquele quadro me é odiosa. Por que falar sobre isto? Fazia-me lembrar aqueles curiosos versos de uma peça... de *Hamlet*, creio... como eram mesmo?...

Como a pintura de uma dor,
Um rosto sem coração.

– Sim, isso é o que ele era.

Lorde Henry riu.

– Se um homem tratar a vida artisticamente, seu cérebro será seu coração – respondeu, afundando-se numa poltrona.

Dorian Gray balançou a cabeça e desferiu alguns acordes no piano.

– "Como a pintura de uma dor" – repetiu ele. – "Um rosto sem coração."

O homem mais velho reclinou-se e fitou-o com olhos semicerrados. Dali a pouco, disse:

– Por falar nisto, Dorian, de que adianta a um homem ganhar o mundo inteiro, se vier a perder... Como é mesmo a frase?... a perder a própria alma?

Dorian Gray teve um sobressalto e encarou o amigo.

– Por que me pergunta isto, Harry?

Lorde Henry ergueu as sobrancelhas, admirado.

– Caro amigo, perguntei por achar que você poderia dar-me a resposta. Apenas isto. Eu atravessava o parque, domingo passado, e perto de Marble Arch achava-se uma pequena multidão de gente humilde, ouvindo um vulgar pregador de rua. Quando passei, ouvi o homem gritar esta pergunta à assistência. Pareceu-me bastante dramático. Londres é muito rica em curiosos efeitos deste gênero. Um domingo úmido, um estranho cristão de capa impermeável, um círculo de rostos pálidos e doentios sob um teto irregular de guarda-chuvas gotejantes, e uma maravilhosa frase atirada ao ar pela voz estridente, histérica – era muito interessante, de fato, à sua moda, e tremendamente sugestivo. Pensei em dizer ao profeta que a Arte tinha uma alma, mas o homem não. Pareceu-me, no entanto, que ele não teria me compreendido.

– Não diga isto, Harry. A alma é uma terrível realidade. Pode ser comprada e vendida e permutada. Pode ser envenenada ou tornada perfeita. Há uma alma em cada um de nós. Sei disto.

– Tem certeza, Dorian?

– Absoluta certeza.

– Ah, então deve ser ilusão. As coisas das quais temos absoluta certeza nunca são verdadeiras. É esta a fatalidade da Fé, a lição do romance. Que ar grave tem você! Não fique tão sério. Que temos nós, você e eu, a ver com as superstições de nossa época? Não: renunciamos à nossa crença na alma. Toque alguma coisa para mim. Toque um noturno, Dorian; e, enquanto tocar, diga-me, em voz baixa, como foi que conseguiu conservar a mocidade. Deve ter algum segredo. Sou apenas dez anos mais velho do que você e estou enrugado, gasto, amarelo. Você é realmente maravilhoso, Dorian. Nunca pareceu mais encantador do que hoje à noite. Fez-me lembrar o dia em que o vi pela primeira vez. Era arrogante e tímido, ao mesmo tempo, e absolutamente extraordinário. Claro que mudou, mas não em aparência. Gostaria que me contasse seu segredo. Eu daria tudo, no mundo, para reaver minha mocidade, exceto fazer exercício, levantar-me cedo ou ser respeitável. Mocidade! Não há nada como a mocidade. É absurdo falar da ignorância da mocidade. As únicas pessoas cuja opinião ouço com respeito, hoje em dia, são muito mais moças do que eu. Parece que estão na minha frente. A vida revelou-lhes sua última maravilha. Quanto aos mais velhos, sempre contradigo os velhos. Assim ajo por princípio. Se a gente lhes pede opinião sobre o que aconteceu ontem, dão-nos as ideias correntes em 1820, quando as pessoas usavam meias compridas, acreditavam em tudo e não sabiam absolutamente nada. Como é bonita esta música que você está tocando! Será que Chopin a escreveu em Maiorca, com o mar gemendo à volta da vila e a espuma salina a salpicar-lhe as vidraças? É maravilhosamente romântica. Que bênção, ter-nos sido deixada uma arte que não é imitativa. Não pare. Quero música hoje à noite. Parece-me que você é o jovem Apolo e que sou Mársias a escutá-lo. Tenho mágoas, Dorian, minhas próprias mágoas, das quais nem mesmo você tem conhecimento. A tragédia da velhice não é sermos velhos, e sim sermos moços. Às vezes fico atônito com minha própria sinceridade. Ah, Dorian, como você é feliz! Que vida deliciosa teve! Você provou de tudo, profundamente. Esmagou uvas contra o paladar. Nada lhe foi ocultado. E tudo tem sido para você apenas como som de música. Nada o estragou. Ainda é o mesmo.

– Não sou o mesmo, Harry.

– É sim, é o mesmo. Fico a imaginar o que será o resto de sua vida. Não a estrague com renúncias. Atualmente você é um tipo perfeito. Não se torne incompleto. Não tem uma única falha. Não balance a cabeça, sabe bem que é verdade. Além do mais, Dorian, não se iluda. A vida não é governada pela vontade ou pela intenção. A vida é uma questão de nervos, de fibras e de células lentamente construídas, onde o pensamento se oculta e a paixão abriga seus sonhos. Você pode imaginar-se seguro e considerar-se forte. Mas uma tonalidade casual num quarto ou num céu matinal, um determinado perfume que você um dia amou e que lhe traz lembranças sutis, o verso de um poema esquecido e novamente encontrado, a cadência de uma peça musical que você havia cessado de tocar, afirmo-lhe, Dorian, é dessas coisas que dependem nossa vida. Foi o que Browning disse em algum lugar, mas nossos sentidos as imaginarão por nós. Há momentos em que o perfume do *lilas blanc* perpassa por mim, de repente, fazendo-me reviver o mais estranho mês de minha vida. Gostaria de poder trocar de lugar com você, Dorian. O mundo vociferou contra nós, mas você sempre foi idolatrado. Você é o protótipo daquilo que nossa era está procurando e receia ter encontrado. Sinto-me satisfeito por você nunca ter feito nada, jamais esculpido uma estátua, ou pintado um quadro, ou produzido qualquer coisa, além de si próprio! A vida foi sua arte. Você pôs-se, a si próprio, em música. Seus dias são seus sonetos.

Dorian levantou-se do piano e passou a mão nos cabelos.

– Sim, a vida foi deliciosa – murmurou. – Mas não vou levar a mesma vida, Harry. E você não deve dizer-me essas coisas extravagantes. Não sabe tudo a meu respeito. Acho que, se soubesse, até mesmo você se afastaria de mim. Está rindo? Não ria.

– Por que parou de tocar, Dorian? Volte e toque de novo aquele noturno. Olhe a imensa lua cor de mel dependurada no céu sombrio. Está esperando que você a encante e, se você tocar, ela se aproximará mais da Terra. Não quer? Vamos ao clube então. Foi uma noite encantadora e devemos terminá-la de maneira também encantadora. Há alguém no White que deseja imensamente conhecê-lo; o jovem lorde Poole, filho mais velho de Bournemouth. Já copiou suas gravatas e suplicou-me que o apresentasse a ele. É delicioso e me faz lembrar você.

– Espero que não – disse Dorian, com expressão triste nos olhos. – Mas estou cansado hoje à noite, Harry. Não vou ao clube. São quase onze horas e quero deitar-me cedo.

Fique aqui. Jamais tocou tão bem. Notei em sua execução algo maravilhoso. Foi mais expressivo do que em qualquer ocasião até hoje.

– É porque vou tornar-me bom – respondeu Dorian, sorrindo. – Já estou um pouco mudado.

– Para mim, nunca mudará, Dorian – respondeu lorde Henry. – Sempre seremos amigos.

– E, no entanto, você me envenenou com um livro, há tempos. Nunca o perdoarei por isso. Prometa-me, Harry, que jamais emprestará esse livro a quem quer que seja. É pernicioso.

– Caro rapaz, você começou de fato a moralizar. Logo andará por aí como os convertidos e os pregadores, alertando as pessoas contra todos os pecados de que se cansou. Você é delicioso demais para agir assim. E, depois, não adianta. Você e eu somos o que somos e seremos o que formos. Quanto a ter sido envenenado por um livro, é coisa que não existe. A arte não influi nas ações. Anula o desejo de agir. É soberbamente estéril. Os livros que o mundo chama imorais são os livros que lhe mostram sua vergonha. Só isto. Mas não vamos discutir literatura. Venha cá amanhã. Vou andar a cavalo às onze horas. Iremos juntos e depois o levarei à almoçar com lady Branksome. É encantadora e deseja consultá-lo sobre umas tapeçarias que pretende comprar. Não deixe de vir. Ou acha preferível irmos almoçar com a nossa duquesinha? Diz ela que nunca o vê. Talvez você esteja cansado de Gladys? Achei que se cansaria. Seu inteligente tagarelar dá nos nervos. Bom, seja como for, esteja aqui às onze horas.

– Devo mesmo vir, Harry?

– Certamente. O parque está lindo agora. Não creio que tenha havido lilases iguais, desde o ano em que o conheci.

– Muito bem, estarei aqui às onze – disse Dorian. – Boa noite, Harry.

Ao chegar à porta, hesitou por um momento, como se tivesse mais alguma coisa a dizer. Depois, suspirou e saiu.

20

Era uma linda noite, tão quente que Dorian jogou o sobretudo no braço e nem mesmo pôs o lenço de seda à volta do pescoço. Quando se dirigia para casa, fumando, dois rapazes em trajes de noite passaram a seu lado. Ouviu um deles murmurar ao outro: "É Dorian Gray." Lembrou-se do prazer que sentia antigamente quando o apontavam, ou o encaravam, ou faziam comentários a seu respeito. Agora estava cansado de ouvir seu nome. Metade do encanto da aldeia, aonde ia frequentemente nos últimos tempos, era ninguém saber quem era ele. Muitas vezes dissera à moça, cujo amor conquistara, que era pobre e ela o acreditara. Havia-lhe dito uma vez que era mau e ela rira, replicando que os maus eram sempre muito velhos e muito feios. Que riso, o dela! Parecia um tordo a cantar. E como era bonita, com seus vestidos de algodão e chapéus de aba larga!

Ao chegar em casa, encontrou o criado à sua espera. Mandou-o deitar-se, atirou-se no sofá da biblioteca e pôs-se a refletir sobre certas coisas que lhe dissera lorde Henry.

Seria verdade que uma pessoa nunca pode mudar? Sentia imensa saudade da imaculada pureza de sua adolescência, de sua alvirrósea mocidade, como certa vez dissera lorde Henry. Sabia que se havia conspurcado, que enchera a mente de corrupção, e de horror a sua fantasia; que exercera perniciosa influência sobre outros e que sentira com isto uma terrível alegria; que, entre as vidas que haviam atravessado seu caminho, arruinara as mais puras e as mais promissoras. Mas seria irreparável? Não haveria esperança para ele?

Ah, em que monstruoso momento de orgulho e paixão rezara para que o retrato suportasse o fardo de seus dias e ele próprio conservasse o imaculado esplendor da eterna mocidade! Aí estava a causa de todo o seu fracasso. Melhor teria sido, para ele, que cada pecado de sua vida fosse seguido de uma punição certa, imediata. Havia purificação no castigo. A prece de um homem a um Deus justo não devia ser "*Perdoai-nos os nossos pecados*", e sim "*Castigai-nos pelas nossas iniquidades*".

O espelho curiosamente lapidado que lorde Henry lhe dera, havia muitos anos, estava na mesa, e os cupidos brancos que o emolduravam riam como antigamente. Dorian apanhou-o, como o fizera naquela noite de horror, quando pela primeira vez notara alteração no retrato fatal, e, com olhos desvairados e marejados de lágrimas, contemplou a superfície polida. Certa vez, alguém que o amara muito escrevera-lhe uma carta alucinada, que terminava com essas palavras de idolatria: "*O mundo mudou, porque você é feito de marfim e ouro. As curvas de seus lábios refazem a história.*" As frases voltaram-lhe à memória e ele repetiu-as muitas vezes de si para si. Depois, odiou a própria beleza e, atirando o espelho ao chão, reduziu-o, com o salto, a estilhaços prateados. Fora a beleza que o arruinara, a beleza e a mocidade pela qual rezara. Não fossem estas duas coisas, e sua vida teria sido livre de mácula. A beleza não passara de máscara, a mocidade fora um escárnio. Que era, afinal, a mocidade? Uma época verde, imatura, tempo de caprichos fúteis e pensamentos mórbidos. Por que destruíra a sua aparência? A mocidade estragara-o.

Melhor não pensar no passado. Nada podia alterá-lo. Era em si próprio, em seu futuro, que tinha de pensar. James Vane estava enterrado num túmulo anônimo, no cemitério de Selby. Alan Campbell suicidara-se, uma noite, em seu laboratório, sem jamais ter revelado o segredo que se vira forçado a conhecer. A excitação sobre o desaparecimento de Basil Hallward logo passaria. Já estava em declínio. Dorian sentia-se perfeitamente seguro neste ponto. Nem era, tampouco, a morte de Basil o que mais lhe pesava na consciência. A morte viva de sua alma era o que o perturbava. Basil pintara o retrato que lhe estragara a vida. Não podia perdoar-lhe isto. Fora o retrato o causador de tudo. Basil dissera-lhe coisas intoleráveis, que ele, no entanto, suportara com paciência. O assassinato não passara de loucura momentânea. Quanto a Alan Campbell, seu suicídio fora um ato voluntário. Nada tinha a ver com ele, Dorian.

Uma nova vida! Era isto que ele aguardava. Certamente já a iniciara. Poupara uma criatura inocente, pelo menos. Nunca mais tentaria a inocência. Seria bom.

Enquanto pensava em Hetty Merton, ficou a imaginar se o retrato do quarto fechado teria mudado. Certamente não seria tão horrível quanto antigamente. Talvez, se sua vida se purificasse, ele pudesse expulsar do rosto do quadro as marcas de paixões vergonhosas que ali houvesse. Era possível que já tivessem desaparecido. Iria ver.

Apanhou a lâmpada que estava na mesa e galgou furtivamente a escada. Quando abriu a porta, um sorriso de alegria passou por seu rosto estranhamente jovem, demorando-se por um momento em seus lábios. Sim, seria bom, e a tela horrenda que ele ocultara nunca mais lhe causaria terror. Parecia-lhe que o fardo já fora retirado de seus ombros.

Entrou de manşinho, fechando a porta atrás de si, como era seu hábito, e arrancou a cortina vermelha que velava o retrato. Um grito de dor e de indignação escapou-lhe dos lábios. Não via mudança, a não ser nos olhos, que tinham expressão de astúcia, e na boca, onde se notava o vinco da hipocrisia. A tela ainda era detestável – mais repulsiva, se possível, do que antes – e o orvalho rubro que manchara a mão parecia mais vivo, mais semelhante a sangue recém-derramado. Depois, estremeceu Teria sido apenas a vaidade que o fizera cometer sua única boa ação? Ou o desejo de novas sensações, como, com seu riso zombeteiro, insinuara lorde Henry? Ou a paixão de representar um papel que, às vezes, nos leva a fazer coisas mais belas do que nós? Ou, talvez, tudo isto? E, por que a mancha estava maior do que antes? Parecia ter-se alastrado, tal horrível moléstia, pelos dedos enrugados. Havia sangue nos pés, como se para ali tivesse escorrido, sangue até mesmo na mão que não empunhara a faca. Confessar? Significaria isto que devia confessar? Entregar-se, ser condenado à morte? Riu. A ideia era monstruosa. Além do mais, mesmo que confessasse, quem acreditaria? Não havia vestígio do morto em parte alguma. Tudo que lhe pertencera fora destruído. O próprio Dorian queimara o que ficara na sala. O mundo diria apenas que estava louco. Seria internado, se insistisse em sua história... E, no entanto, era seu dever confessar e sofrer opróbrio público, fazer pública reparação. Havia um Deus que exigia que os homens confessassem seus pecados à terra, tanto quanto ao céu. Nada do que fizesse o purificaria enquanto não confessasse seu pecado. Seu pecado? Encolheu os ombros. A morte de Basil Hallward parecia-lhe pouca coisa. Estava pensando em Hetty Merton. Sim, pois era um espelho injusto, este espelho da alma que ele contemplava. Vaidade? Curiosidade? Hipocrisia? Não teria havido, em sua renúncia, nada mais do que isto? Houvera algo mais. Pelo menos, assim o julgava. Mas, quem poderia dizer...? Não; não houvera mais nada. Ele a poupara por vaidade. Usara, por hipocrisia, a máscara da bondade. Por curiosidade, tentara a autorrenúncia. Reconhecia-o agora.

Mas aquele assassinato... Iria persegui-lo a vida toda? Teria ele de carregar para sempre o fardo do passado? Deveria realmente confessar? Nunca. Havia apenas um indício contra ele. O retrato – isto sim, era um indício. Iria destruí-lo. Por que o conservara durante tanto tempo? Em certa época, sentira prazer em vê-lo alterar-se e envelhecer. Ultimamente, não sentia tal prazer. Causara-lhe insônia, em muitas noites. Quando se ausentara, Dorian sentira-se aterrado ao pensar que outros olhos poderiam contemplá-lo. Dera uma nota melancólica às suas paixões. Bastara sua lembrança para empanar muitos momentos de alegria. Fora para ele uma espécie de consciência. Sim, fora a consciência. Iria destruí-lo.

Olhou à volta e viu a faca com a qual matara Basil Hallward. Limpara-a inúmeras vezes, até não haver nela a menor mancha. Brilhava, reluzia. Assim como matara o pintor, iria matar a obra do pintor e tudo o que ela significava. Mataria o passado e, depois que este morresse, ele estaria livre. Mataria aquela monstruosa vida da alma; sem suas hediondas advertências, conheceria a paz. Apanhou a arma e apunhalou várias vezes a tela.

Ouviu-se um grito e um baque. O grito foi tão horrível em sua agonia que os empregados acordaram assustados e saíram de mansinho de seus quartos. Dois senhores, que passavam pelo parque, sob a janela, pararam e olharam para aquela vasta casa. Caminharam até encontrar um policial e trouxeram-no até ali. O policial tocou várias vezes a campainha, mas não obteve resposta.

A não ser por uma luz numa das janelas de cima, a casa estava às escuras. Dali a algum tempo, ele afastou-se e ficou num pórtico vizinho, à espreita.

– De quem é esta casa? – perguntou o mais velho dos transeuntes.

– De Dorian Gray, senhor – respondeu o policial.

Os dois homens entreolharam-se e seguiram seu caminho, com um sorriso de escárnio. Um deles era o tio de Sir Henry Ashton.

Dentro, nas dependências dos empregados, os criados semivestidos falavam por murmúrios. A velha Sra. Leaf chorava, contorcendo as mãos. Francis estava pálido como um cadáver.

Após um quarto de hora, chamou o cocheiro e um dos lacaios, e juntos subiram ao andar de cima. Bateram, mas não obtiveram resposta. Chamaram. Silêncio profundo. Finalmente, após tentarem inutilmente forçar a porta, subiram ao telhado e pularam para a sacada. As janelas cederam facilmente; os ferrolhos eram velhos.

Quando entraram, viram, dependurado na parede, um magnífico retrato do patrão, tal qual o haviam visto da última vez, em todo o esplendor de sua mocidade e beleza. Caído no chão estava um morto, em traje de noite, com uma faca enterrada no coração. Murcho, enrugado; rosto repulsivo. Somente depois de lhe examinarem os anéis foi que o reconheceram.

fim

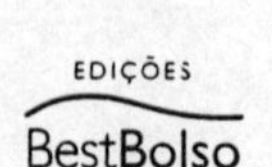

Este livro foi composto na tipologia Minion Pro, em corpo 10,5/13, e impresso em papel 56g/m² no Sistema Cameron da Divisão Gráfica da Distribuidora Record.